# 金沙後宮の千夜一夜

と踊る



干野ワニ

角川文庫
24036

Contents

主な登場人物

## サイード

皇帝の甥であり最側近の美青年。真面目な堅物だが意外な一面が？

## ファリン

（アーファリーン）

第16妃。ロシャナク族長の娘と西方人の学者との間に生まれる。父の影響で幅広い知識を持つ。気弱で、あまり自分に自信を持てないが、好奇心豊かな面もある。

## バームダード帝国

### アルサラーン

冷酷な暴君と噂される皇帝。砂漠一帯の部族を統一した「征服王」。

## 後宮の妃たち

### マハスティ

第2妃。後宮を取り仕切る。皇帝を最も長く知る人物。第1皇女の母。

### デルカシュ

第3妃。マハスティとほぼ同期。面倒見よく、妃の誰もから慕われる中立派。

### バハーミーン

第5妃。おおらかで、猫をこよなく愛する。

### パラストゥー

第6妃。上昇志向が強く正妃の座を狙う。第1皇子ソルーシュの母。

### ロクサーナ

第7妃。第2皇女の母で、マハスティとは母親仲間。

### レイリ

第17妃。ファリンの隣のヴィラの友人。人懐こく明るい。

### アーラ

第18妃。ファリン、レイリと仲が良い。口数が少なくクール。

## ファリンの家族

### ベフナーム

ファリンの伯父にして現在の義父。ロシャナク族長として実権を握る。

### シリン
（シリンバヌー）

ベフナームの娘でファリンの義妹。ファリンが気に入らず、意地悪ばかりしている。

### バァブル

ファリンが祖母からもらったランプから現れた子トラ姿の精霊。ファリンの願いを叶えてくれるというが……？

イラスト／きのこ姫

# 前夜　砂かぶり姫、後宮へゆく

——これは、役得《ヤクトク》すぎる！

ファリンは薄絹《ヴェール》の陰から二人の姿を覗《のぞ》き見ると、神に感謝の祈りを捧《ささ》げた。

ここは謁見の間《ま》の奥に用意された、最も高貴な人物のための休息所である。目隠しのように張り巡らされた薄絹の向こうにおわすのは、この国の皇帝アルサラーン。その傍《かたわ》らに侍《はべ》るのは、皇帝の片腕とも称される内小姓頭《うちごしょうがしら》のサイードだ。

大陸の中央に広がる砂漠地帯。その全域を擁するバームダード帝国を治める皇帝は、身の丈六尺五寸（二メートル近く）の偉丈夫である。ひとたび戦となれば自ら敵将の首を狩り、常に返り血にまみれた若き覇王を、人々は征服王《ファーティフ》と呼んだ。そんな畏怖《いふ》の権化たる皇帝は、だが今は——なめらかな絹の絨毯《ファルシュ》に肘《ひじ》をつき、ゆったりくつろいでいるようだった。彼の長い黒髪も、背後へさらりと流すように広げられている。

一方で片膝《かたひざ》をつき何かを報告しているサイードは、今日も長身痩軀《そうく》に白いお仕着せ

（制服）をきっちり着こなしている。だが内小姓頭は戦場においても常に主君の側《そば》に在《あ》り、その身をもって盾となる存在だ。その禁欲的な立襟《たてえり》の下は、きっと鋼のように鍛え抜かれているのだろう。

内小姓とは、謁見の間や皇帝の私室などがある『内廷《ないてい》』、そして妃《きさき》たちの住まう『後宮《ハレム》』で貴人の側に仕える少年たちの総称で、採用基準は『頭脳明晰《めいせき》、身体頑健、かつ容姿端麗なる者』とされている。彼らはいずれ、政務を司《つかさど》る『外廷《がいてい》』で働く官吏や、皇帝直属軍の士官となる道が約束されている、いわば選ばれし者たちの集団だ。

そんな内小姓たちを導く長たる内小姓頭は、国璽《こくじ》をも預かる、つまり代理決裁権を持つほど皇帝から信任を得た存在だった。そのような要職に、彼が弱冠二十歳で抜擢《ばってき》されたのには理由《わけ》がある。それは皇帝によく似た精悍《せいかん》な美貌《びぼう》と、癖の少ない黒髪――こちらは短めだが――が血縁であることを物語るように、サイードは皇帝の姉の息子、つまり甥《おい》であるからだ。だがファリンには、それだけが重用《ちょうよう》の理由だとは思えなかった。

――いつも威厳に満ちた皇帝陛下が、こんな風にくつろぐこともあるなんて！

その理由は、深く考えるまでもない。きっと今ここが、唯一心許せる相手と二人きりの場所だから……。かつて何度も妄想した情景《シーン》が、現実として目の前に広がっている。こんな状況、こっそり垣間《かいま》見たいと思うなという方が、無理な話ではないか。

ファリンは優美にひだを描く薄絹の陰にうずくまったまま、二人の姿を少しでも鮮明に脳裏へ焼きつけようと重なった布地の隙間から凝視した。やがて斜めに伸ばした首の痛みが、限界に達した頃。ファリンはようやく満ち足りて、きしむ身体をゆっくりと起こした。乾いた眼《まなこ》をそっと閉じれば、二人の姿がしっかりと刻み込まれている。

――今回の取材は、もう充分かな。何より、とっても良いものが見られたし！

ニマニマとゆるむ頰に手を当てて、ほうっ、とため息をついた瞬間――深すぎた吐息が、薄い帳《とばり》をかすかに揺らす。ファリンは慌てて息を止めたが、仕事のできる秘書兼護衛はわずかな気配も見逃さず――薄布を切り裂くように、鋭い声が飛んだ。

「誰だ⁉」

ファリンは逃げることも忘れて、呆然《ぼうぜん》と声の方を見た。断じて悪気はない。とはいえ、皇帝とその腹心の会話を盗み聞きしていた事実がバレたら、弁明の余地がない。

――推しが対《つい》で拝める事態に舞い上がって、なんてことしてしまったんだろう！

今さら強い後悔が押し寄せて、ざぁっと血の気が引いてゆく。瞬時に駆け寄ってきたサイードが目の前の帳を撥《は》ね除《の》けたかと思うと、ファリンの右手首を捻《ひね》り上げた。

「いっ！」

思わず苦痛の声を上げたが、サイードは構わず問いかける。

「そのお仕着せは内小姓だな⁉　所属と名を言え！」

見上げた先には吊《つ》り上がってなお形の良い眉《まゆ》と、疑心に燃える黒曜石の瞳《ひとみ》がある。だがその美しさに見惚《みと》れる余裕なんて、あろうはずもなく――彼とよく似た白い上下を着ていたファリンは、とっさに外で名を問われたとき用の言い訳を口にした。

「ぼぼ、僕は、第二妃マハスティ様付で、名はアフシンと申します！」

「第二妃の？　見覚えの無い顔だが……謀《たばか》るならば、ただではすまさんぞ！」

怒りに満ちた声が響き、捻り上げる手に一層の力が込められる。この様子では、どうあがいても言い逃れはできそうにない。ならばあまり粘っては、いつも取材に協力してくれるマハスティにも迷惑をかけてしまうだろう。ファリンは観念すると、本当の名と身分を明かすことにした。

「私はロシャナク族のアーファリーン。偉大なる皇帝陛下、第十六の妃にございます。本当に、申し訳ございませんでしたーっ!!」

アーファリーンことファリンは手首をつかみ上げられたまま、精一杯頭を下げる。すると手首は変わらずガッシリ拘束されたままだが、捻る方の力がわずかに緩んだ。

「お前……いや、貴女《あなた》が妃、だと!?　陛下、如何《いかが》でございましょうか？」

「アーファリーンという名には、余も聞き覚えがある。だが、かの第十六妃は顔を覆わんばかりの豊かな黒髪だった気がするが」

奥でくつろいだ姿のまま訝《いぶか》しげに答えた皇帝の視線は、ファリンの持つ砂色の髪へとそそがれている。砂漠の民には珍しい淡《あわ》い茶髪は肩にも届かぬ長さで揃えられ、この国の女性としてはありえないぐらいの短髪だ。化粧もしていないし、顔を合わせたことすらほとんどない皇帝が分からなくても無理はないだろう。

だが主《あるじ》の証言に色めき立ったサイードは、再び声を荒らげた。

「お前っ、やはり偽物かッ！」

「お、お待ちください！　私は本当にアーファリーンで、黒髪の方がカツラなんです！」

「仮に本当に妃本人だとしても、わざわざ外見を偽るなどと……初めから、諜報《ちょうほう》を目的に入宮したということではないか!?」

「ちっ、違います！　あのカツラには、事情があるんです……」

こうして弁明を始めたファリンは、後宮《ハレム》に来るまでの日々に、思いを馳《は》せた——。

◇◇◇

あれは、二年前の春のこと。すでに酷暑の季節を迎えた砂漠の朝は、まだ涼やかな夜明け前から始まっていた。

「本当に、一人で大丈夫かい？」

「うん、平気！　もう十五になったしね」

心配そうな顔をする家畜番のおかみさんに笑顔を返すと、ファリンは大きな水瓶《みずがめ》を抱えて立ち上がった。ずっしり重たい瓶を満たすのは、たった今おかみさんと手分けして搾《しぼ》ったばかりの、山羊《やぎ》の乳だ。ふらつく足を一歩、また一歩と踏みしめて、なんとか無事に大瓶を厨房《ちゅうぼう》へ運び込むと、ファリンは休む間もなく野菜くずがいっぱい入った籠《かご》を受け取り、屋敷の横手にある厩舎《きゅうしゃ》へと向かった。

屋敷と同じ砂色の日干し煉瓦《れんが》の厩舎にいたのは、何頭かの驢馬《ロバ》、そして駱駝《ラクダ》たちだ。飼料桶《おけ》から古い葉屑《はくず》を掻《か》き出すと、新しい飼い葉と野菜くずを桶いっぱいに詰めてゆく。するとと待ちきれないと言わんばかりに、長い鼻面がファリンを押しのけた。

ここは砂漠の中ほどにある、とある大きなオアシス――ファリンが生まれたのは、このオアシスの街を拠点として辺り一帯を預かる有力部族ロシャナクの、族長《シーク》の家だ。

この砂漠の街々は古くは都市国家群とも呼ばれ、それぞれ独立した部族が治める小国がひしめき合い、長らく小競り合いを続けていた。それをたったの十年足らずで一つの大帝国にまとめ上げたのが、初代にして今の皇帝アルサラーンである。

自称先見の明があった祖父の英断――実際には自陣深くまで切り込んで来たアルサラーンの威容《いよう》に、怖気《おじけ》づいただけのようだが――によって早々に降伏し皇帝の旗下《きか》に入ったロシャナク族は、この覇道による被害は最小限で済んでいた。さらに東西交易の要衝にあるこの街は、砂漠を行き交う隊商《キャラバン》たちでいつも大いに賑《にぎ》わっている。そんな豊かな街の族長の孫として生まれたファリンは、幼い頃は何不自由なく育った。だが両親が七つで姿を消し、そして代わりに後見してくれた祖父をも十一の年に喪《うしな》ってからは、毎日大人の使用人と同じ時間に寝起きして、働きづめの生活を送っているのだ。

ファリンが黙々と次の飼い葉を詰めていると、厩舎の奥から厩番《うまやばん》の青年が顔を出した。

「やあお嬢さん、今日も気持ちの良い朝で。後はオレがやっておきますよ」

「おはよう。でもこっちはもう少しで終わるから大丈夫よ」

「いいから、ファリンお嬢さんは少し働きすぎですよ」

そう言って、青年は朴訥《ぼくとつ》とした笑みを浮かべた。使用人たちの中にはファリンの境遇を憐れんで、こうして手を差し伸べてくれる人もいる。けれど——。

「おい、小娘！　また使用人に色目《いろめ》を使って手抜きしようとしているな!?　まったく、血は争えんというものだ！」

不意に飛んできた現族長の怒号に、ファリンは肩を震わせる。すると同じく首を竦《すく》めた青年は、そそくさと厩舎の奥へ引っ込んだ。その姿は薄情にも見えるが、下手に庇《かば》えばファリンの立場がより悪くなるということを、知った上での行動だろう。

今のファリンの戸籍上の義父は、祖父の跡を継ぎ族長となった、この伯父《おじ》ベフナームということになっている。だが『砂漠一の美姫《びき》』などと呼ばれ、親から溺愛《できあい》されて育ったファリンの母を昔から嫌っていた義父は、その娘も疎ましく思っているらしい。

ファリンの母アナーヒターには、もともと部族のために定められた許婚《いいなずけ》がいた。だがオアシスに滞在していた西方人との間に、未婚でファリンを身籠《みごも》ってしまったのだ。祖父も初めは激怒したが、『結婚を許してもらえないなら出て行く！』という訴えに、簡単に折れてしまったらしい。だが正反対に跡継ぎとして厳しく育てられていた義父は、妹との扱いの差を不公平だと、ずっと苦々しく思っていたようだ。

だが実情をいえば、ファリンの父が持つ地下資源の探査技術は、今の砂漠の民にとって大きな利益をもたらすものだった。つまりこの婚姻には技術者を街に引き留めるという思惑もあったわけだが、嫉妬《しっと》で曇った義父の眼《まなこ》には、ただ我儘《わがまま》が許されただけに見えたのだろう。とはいえ母の無邪気な大恋愛が周囲に迷惑をかけたのは、確かなのだ。

「まったく、メス猫の娘はすぐ男を誑《たぶら》かそうとするから、油断できんわ！」

義父はそう忌々しげに吐き捨てると、ファリンへの、そして使用人たちへの愚痴を次々と並べ立て始めた。昼までに終わらせるよう言い付けられた仕事は、まだ山のようにある。あまり長いお説教になると、また昼食をもらい損ねてしまいそうだ。

ファリンが内心で溜息《ためいき》をついていると、あたりに細かな砂を含む風が吹き始めた。空はたちまち黄色くけぶり息をするのも辛《つら》いほどで、ファリンは頭に掛けていた日除《ひよ》けの被衣《ショール》の端を手に取ると、口許《くちもと》を覆うように掻き寄せた。粗末な布など貫くように、熱い砂が打ち付ける。だが対するファリンの心は、すっかり凍てついていた。どんな罵倒《ばとう》も、砂嵐も、じっと耐えていればいつかは終わるのだ。

「このグズが、ちゃんとオレの話を聞ぐ……っ！」

だが罵倒の途中で突然、義父は熊のような髭面《ひげづら》をしかめて黙り込む。砂を嚙《か》んでしまったのか、自慢の髭に絡んだ砂を忌々しげに払いながら母屋《おもや》の方へ去って行った。

「お嬢さん、早くこっちへ！」

厩舎から小さく呼ぶ声がして急いで中に駆け込むと、ファリンは厩番に頭を下げた。

「ありがとう。私のせいで仕事の邪魔をしてしまって……ごめんなさい」

「いやいや、オレが不用意に声をかけたせいですいません。でもアナーヒターさまとご夫君さまがここにおられさえすれば、お嬢さんもこんなご苦労なさることたぁないでしょうに。早くお戻りになるといいですねぇ」

厩番に同情の眼差《まなざ》しを向けられて、ファリンはどこか困ったような笑みを返した。

ファリンが七つの頃のこと。この砂漠と西方諸国との間に戦争が起き、父ロードリックは『不毛な争いを止める』などと大それたことを言って家を出た。ところが今生の別れのような言葉も残して行ったものだから、よく言えば情熱的、悪く言えば衝動的なところのある母は、思い詰めたような顔でファリンに告げた。

『あなたの父さまは、平和のために犠牲になろうとしているわ。だからあまり無茶しないように、そばで支えたいの。全てが終わったら、必ず二人で迎えに来る。だからこの家で、どうか良い子で待っていてね』

大人たちの事情なんてよく分からなかったファリンが、思わずコクリと頷《うなず》くと——そのまま母は、砂漠にかかる朝靄《あさもや》の向こうに姿を消した。

実のところ、父の出奔には予感があった。遠い異国で生まれ、学者でもあった父は、この大陸の万物を記した博物図鑑を作りたいと見果てぬ夢を語っていた。その姿に、いずれ訪れる別れも覚悟していたのだろう。だがまさか、ずっと一緒だと信じていた母にまで置いて行かれてしまうなんて。

たとえどんな事情があろうとも、母が選んだのは『娘』ではなく『夫』だった——その事実は、まだ幼いファリンの心に大きな影を落とした。

二人の出奔後、ファリンは族長である祖父の屋敷に引き取られた。その暮らしは裕福である一方で、どこか窮屈なものだった。母が娘時代に過ごした部屋と衣類を与えられ、いなくなった娘の身代わりを祖父に望まれたからだ。それから間もなく戦争は終結したが、両親は一向に戻らない。その不安と寂しさで、ファリンは夜になるたび声を殺して泣いた。しかし笑顔を望む祖父に気を遣い、涙を見せることはできなかった。

だがそんな暮らしも、四年足らずで終わりを告げる。それまで健康そのものと思われていた祖父が急に頭が痛いと言い出したかと思うと、帰らぬ人となったのだ。

それを悲しむ暇《いとま》もないうちに、新族長を継いだ伯父一家が母屋へと押しかけた。伯父はファリンから母の思い出が詰まった部屋を取り上げると、そのまま自分の娘シリンバヌーに与えた。調度品はもちろん、衣類や装飾品の数々も『族長の財産を貸してやっていただけだ』と、全て彼女のものになった。

取り上げられずに済んだのは、父が残した大量の蔵書と使い込まれた研究ノートだけ――それも祖母が『どうか捨てないであげて』と必死に懇願してくれていなければ、価値の分からぬ伯父に全て処分されていただろう。

こうして母屋を出たファリンは祖母と共に離れで暮らすことになったが、一族のご意見番たる老人に強く言い含められた伯父は、後見人のいなくなったファリンを渋々ながら義娘《むすめ》とした。だが間もなく件《くだん》のご老人が亡くなったとたん、放置していたファリンの前に現れて、使用人たちが住まう別棟へ移るように命じたのだ。

以来ファリンは『家族のために働くのは当然だ』と言う自称『家族』から無給でこき使われる、使用人にすら憐《あわ》れまれる存在となった。

とはいえファリンも、唯々諾々とこの境遇を受け入れてきたわけではない。『こんな侮られてばかりの暮らしはもう嫌だ！』と、一人で生きるすべを考えたこともある。だがこの砂漠の小さな交易都市で、身寄りのない女が一人で食べてゆく方法なんて、ただ一つ。まだ十二、三の少女に、路地に立つ勇気が持てるはずもなかった。

せめて自分が男だったなら、行商の下働きにでも紛れて両親を追って西を目指せたのだろうか。オアシスを出てゆく隊商を見送りながら、ただここで『良い子』にして待つしかないのだと、自分を押し込めざるをえなかったのだ。

『ちゃんと良い子にしてるのに、なんで、むかえに来てくれないの……？』

薄い肌掛けにくるまり砂漠の夜の寒さに震えつつ、何度、そう泣いただろう。

だが状況が変わることはなく――やがてファリンは、期待するのをやめたのだった。

義父の説教で時間を取られてしまったが、午前の仕事をなんとか間に合わせ、ファリンは厨房《ちゅうぼう》に駆け込んだ。残り物の麺麭《パン》をひと切れもらってから、別棟にある自室へと向かう。じりじりと照りつける太陽から真っ赤に焼き腫《は》らした顔をかばうようにショールを被《かぶ》り直すと、ファリンは屋根の下へ足を急がせた。この地に住まう皆より肌が日差しに弱いのは、西方人である父に似たせいだろう。

ようやく自室に着いて一息つくと、靴を脱いで擦り切れた絨毯《じゅうたん》に足を下ろした。傷んだ床の窪《くぼ》みにつまずかないよう狭い部屋を進み、奥に片づけていた籠《かご》の蓋《ふた》を持ち上げる。そして大きな赤い絹地と、手箱に入った色とりどりの刺繡糸《ししゅういと》を取り出した。

ファリンは布を抱えて薄い絨毯に座り込むと、こつこつと細かな刺繡の続きを刺し始めた。この高価な色糸をふんだんに使った刺繡布は、この国伝統の婚礼衣装に使われる。本来ならば、花嫁が自ら一針ずつ想いを込めて準備するものだ。だがこれはファリンのものではない。刺繡を面倒がった義妹のシリンバヌーが、押しつけて行ったのだ。

「ねぇ、ちょっと、まだできてないの⁉　ほんっとグズなんだから！」

そう罵《のの》りながら部屋に入ってきたのは、件の義妹こと、シリンだった。ファリンより半年ほど遅く義父の一人娘として生まれた彼女は、この国の成人である十五になったその年、近隣の部族から婿を迎えることになった。それも元々は祖父がファリンのためにまとめて来た縁談だったが、祖父の死後、気づけば義妹のものになっていた。

だからといって一度も言葉を交わしたことのない相手になど、ファリンには何の未練もなかったが――よりにもよって義妹とその元許婚《いいなずけ》の婚礼のための花嫁衣装まで代わりに刺繡する破目になるとは、滑稽《こっけい》にも程があるだろう。

思い返してげんなりしつつ、それでもファリンは顔を上げ、無難な策を提案した。

「急いでいるの？　なら縁取りの文様《もんよう》をもっと簡素なものに変更すれば……」

「ダメよ！　簡単な文様になんてしたら、このあたしが出来の悪い娘だと思われちゃうじゃない！　砂漠の勇者カムラン様の花嫁としてふさわしい装いをしなきゃ、向こうの女衆《おんなしゅう》にナメられちゃうわ！」

――その簡単な文様すら、貴女《あなた》は一人で仕上げられないんでしょ？

なんて言ってやりたいところだが、下手に反論しようものなら、また父親にあることないこと言いつけて、面倒事を増やしてくれるだけだろう。義父は母だけでなく祖父のことも『娘を甘やかしすぎだ』と言って嫌っていた。だが実は似た者親子なのだということに、気づいていないのだろうか。内心でため息をついていると、いつものようにジロジロと部屋の中を物色《ぶっしょく》していた義妹がファリンの傍らで目をとめた。

「あら、そのキレイな箱！　まだそんな良い物を隠してたのね！」

――しまった、見つかった！

彼女はずかずかと部屋の奥まで入り込んでくると、刺繍糸が入った手箱を持ち上げた。

「これ、あたしにちょうだい？　こんなに豪華な螺鈿《らでん》細工《ざいく》、砂かぶりなんかにはもったいないわ！」

『砂かぶり』とは、義妹がファリンにつけたあだ名だ。『みな黒髪ばかりの部族の中で、西方人を父に持つファリンの髪は一人だけ乾いた砂によく似た色をしていたからだ。

――もっとも父さまの髪は、とても綺麗《きれい》な金色《ブロンド》だったのだけれど……。

「待って！　糸を整理する箱がないと、効率が悪くなるわ。完成が遅れてもいいの？」

この東方渡りの美しい細工箱は、母がとても気に入っていたものだ。だから隠しておいたのに——なんとか奪われまいと反論したが、義妹は鼻で笑ってみせる。

「なによ、分かってるわよ。オバさんのお古ばかりでカワイソウな義姉《ねえ》さんには、後で新しいものを恵《めぐ》んであげる。ありがたく思いなさいよね！」

義妹は中身をバサッと床にぶちまけると、箱だけ抱えてさっと身を翻すように部屋を出て行った。

——どうしよう。母さまが帰ってきて知ったら、きっと悲しませてしまう……！

と、そこまで考えて、ファリンは自嘲《じちょう》した。もうとっくに諦《あきら》めたと思っていたのに、いつか両親が迎えに来てくれると、まだ心の奥で信じていたなんて——。


だがそんなある日、事態は突然大きく動き出した。ファリンがいつものように厨房で野菜くずを集めていると、母屋の方が騒然とし始めた。

「ねぇ、何かあったのかい？」

そわそわと落ち着かない様子で母屋から戻ってきた女中を、厨房係たちが取り囲む。女中はもったいぶるように口許《くちもと》に手を添えると、声をひそめて言った。

「それがねぇ、成人したなら皇帝陛下の後宮へ上がれって、シリンお嬢さんに宮殿から使いが来たんだってさ」

「ええっ、でももう再来月には、カムランさまが婿入りなさるんだろう？」

「それがさ、後宮入りってのは体《てい》のいい言い訳で、実情は人質なんだってさ。皇帝さまは有力部族の長《おさ》の娘を、年頃になったら片っ端から差し出させてるらしいのよ」

「まああ！　でもさ、人質とは言っても皇帝陛下のお妃《きさき》さまにゃあ変わりないんだろ？　いくらお相手があの砂漠の勇者カムランさまでもさ、こんな小さな部族の次期族長の妻なんかより、ずうっと名誉なことじゃないのかい？」

この近隣の部族の男子には、成人の儀を行う決まりがある。単独で砂漠へ狩りに出て、大物を仕留めてようやく一人前と認められるのだ。とはいえ近年その風習は形骸《けいがい》化していて、今では形ばかりの小動物を捕まえて終える者も少なくない。そんな中でカムランは砂漠の獅子《しし》とも呼ばれる肉食獣を仕留めることに成功し、勇者と呼ばれていた。

つまり族長の娘の婿がねとしては、この上ない物件なのだ。だがあくまでも、族長たちの間の話である。その頂点を極めた皇帝の妃ともなれば、たとえ正妃でなくとも権勢の違いなど一目瞭然《いちもくりようぜん》のはずだ。

「でもねぇ、その後宮……実は呪われてるって噂なんだよ！」

「呪いだって⁉」

いつの間にか厨房中の皆が作業の手を止めて、話し手である女中の方へと顔を向けている。女中は鬼気迫る表情で辺りを見回して、重々しく口を開いた。

「……ああ、呪いさ。さきの統一戦争で、皇帝に反発した部族の者たちゃたくさん首を斬られちまっただろう？　その呪いでねぇ、あの後宮は妃やお子に不幸がたえないんだってさ。しかもそれは表向きの話で、本当は血に飢えた暴君みずから夜な夜な気に入らない妃の首を刎《は》ねてるって噂もあってさぁ……シリンお嬢さんはたいそう怖がっちまって、さっきから泣き叫んで大変なんだよぅ」

この砂漠の大帝国が誕生するまでには、数多《あまた》の血が流れていた。ゆえに、各地に根深い禍根《かこん》が残っているのだ。

その時、母屋の方から慌ただしく走る音がして、怒鳴るような義父の声が響いた。

「おいっ、ファリン！　アーファリーンはどこだ！」

ファリンは仕方なく立ち上がると、慌てて持ち場に戻ろうとする女中達の流れを掻《か》き分け、厨房の出口をくぐる。

「はい、ここにおります」

応《こた》えたファリンの顔を見るなり、義父は嗤《わら》いながら言った。

「わざわざここまでメス猫の娘を育ててやったかいがあったというものだ。恩に着ろよ、アーファリーン。特別にお前を、名誉ある皇帝陛下の妃にしてやろう！」

「それって……私に、シリンの代わりに後宮へゆけということですか？」

「なんだ、もう知っておったのか。この家を出られて、お前も嬉《うれ》しいだろう？」

「でも身代わりなんて、露見《ろけん》したらどんな罰が下されるか」

思わず声を上げたファリンの頭によぎっていたのは、実は罰への恐怖ではなく『この家で、どうか良い子で待っていてね』という母の言葉だった。だが後宮に送られてしまったら、もうその言いつけを守ることができない。

「なんだ、お前ごときに可愛いシリンの身代わりが務まるわけないだろう！　ちゃんと使者どのにかけあって、妹の娘を送ることで了承いただいとるわ」

だが反駁《はんばく》もむなしく、すでに外堀は埋められていた。なんの後ろ盾もない小娘なんかの主張では、族長の決定はひっくり返せないだろう。諦めたファリンが黙り込むと、義父は腕組みしつつ義娘《むすめ》の全身をジロジロと値踏みするように眺めた。ファリンのぱさぱさとみすぼらしい淡茶の髪に目をとめると、忌々しげに眉《まゆ》をひそめる。極度に乾いたこの地では、豊かで瑞々《みずみず》しい黒髪を持つことが美人の条件とされているのだ。

「砂漠一の美姫《びき》の娘を差し出すと言ったものの、このザマではなぁ。ひとまずカツラでも作らせてみるか。その小汚い髪さえ隠せば、少しはマシになるかもしれん」

以降、後宮入りの準備が大急ぎで進められ――ファリンは義父の言うなりに、義妹のために刺繍《ししゅう》していた婚礼衣装を自ら纏《まと》った。柔らかな赤い絹地は精緻《せいち》な刺繍と金の縁飾りに彩られ、何よりも美しく仕上がっている。だが鏡を覗《のぞ》いても、何の感慨も生まれない。義父が用意した母によく似た黒髪のカツラを被《かぶ》せられ、赤ら顔を隠せと真っ白になるまで白粉《おしろい》を塗りたくられた姿は、まるで他人のようだった。

宮殿から届いた支度金の半分にも満たない、最低限の嫁入り道具。それ以外の持ち物はといえば、父が残した多くの蔵書と、祖母から託された古びた油燈《ランプ》ひとつだけ――。

こうして嫁いだファリンが初めて顔を合わせた皇帝は、玉座からこちらを一瞥《いちべつ》するなり、大して興味もなさそうに言い放った。

「なんだ、砂漠一の美姫の娘を差し出すというから期待していたが、ただの瘦《や》せぎすの子どもではないか。……まあ良い。部屋と、あと適当に菓子でも与えてやれ」

◇　◇　◇

「──こうして私は、義妹《いもうと》の代わりに後宮へ参ることになりました。しかし野蛮な西方人を彷彿《ほうふつ》とさせるこの髪色は見苦しいから隠しておくようにと言われ、あの黒髪のカツラを被せられたのでございます」

ファリンは惨めすぎる部分の描写を適度に省略《カット》しつつ、さらっと一通りの説明を終えて平伏した。もっとも宮殿では多様な地域から人材が登用されていて、砂色なんて特に珍しくもない髪色だったのだが……陛下を騙《だま》したと思われるのが怖くて、言い出す時機《タイミング》を逃していたのだ。

「なるほど、カツラの理由については、まあ納得できなくもないものだ。だがそれだけでは妃が後宮を抜け出して、ここで我らの話を盗み聞きしていた理由にはならん」

「お、おっしゃるとおりです……」

サイードに至近距離から睨《にら》まれて、ファリンは首を竦《すく》めた。だがここにいた本当の理由なんて、口が裂けても言えるわけがない。『このまま二人を見守る壁になりたい……』

なんて、なぜ軽く考えてしまっていたのだろうか。

せっかく、ようやく、安住の地を見つけたと思えたところだったのに。

――私の人生、終わった……。

目の前が真っ暗になって、ファリンは思わずその場にうずくまった。だが右の手首は、未《いま》だしっかりとサイードにつかまれたままだ。彼は黙り込んでしまったファリンの耳元に顔を近づけると、低く言い含めるような声音で言った。

「どうしても口を割らぬというのなら、マハスティ妃にも話を聞かねばならないな」

「そんな、マハスティ様のお名前は、とっさに出任《でまか》せで口にしただけで……！」

弾《はじ》かれたように見上げると、彼はいっそう眉間《みけん》のしわを深めてみせる。

「やはり、その反応。わざわざ庇《かば》おうとするなどと、マハスティ妃もこの件に一枚嚙《か》んでいる可能性が高いな。やましいことがないのなら、何でも弁明出来るはずだろう？　では戻ろうか、後宮へ」

後宮へ皇帝がお出ましとあれば、通常ならば早めの先触《さきぶ》れが行われるものだ。御前に侍《はべ》る前に充分な支度の時間を与えようという、妃たちへの配慮である。だが今日はつい先ほど出されたばかりのお触れにもかかわらず、後宮の中心にある大広間で待っていたのは、呼び出しの対象となった第二妃マハスティの姿だけではない。よほどの大慌てで部屋を出たのか、二十名近い妃たちが皆、普段着のまま膝《ひざ》をついていた。

「「本当に、申し訳ございませんでした!!」」

彼女たちは皇帝が着座した瞬間、そう一斉に叫んで冷たい大理石の床に額《ぬか》ずいた。第二妃マハスティのほかは、欠員および第六妃を除く全三名の上級妃と、第六妃派以外の下級妃が全員揃っている。玉座の足下に引き出されたファリンは、しばし呆然《ぼうぜん》と辺りを見渡した後で――ハッと我に返ると、皆に倣《なら》って平伏《ひれふ》した。

「……マハスティ、これは何の真似だ」

「おそれながら、わたくしたちは、第十六妃アーファリーンの助命嘆願に参りました。その者が許しなく後宮を抜け出していた件につきましては、我々も同罪にございます。何とぞ、寛大なる御沙汰《おさた》をたまわりますよう、伏して願い奉ります」

平伏したまま答える第二妃に、だが玉座の主は不機嫌そうに眉をひそめてみせる。今回呼び出したのは、第二妃マハスティだけだったはずだ。そこにマハスティ派である第七妃ロクサーナ、ほか数名の下級妃たちを連れてくるならまだ分かる。だがなぜ、彼女の派閥に連ならぬ第三妃デルカシュや第五妃バハーミーンと、そこに属する下級妃たちまで勢揃いという状況になっているのか――そう皇帝は疑問を感じているのだろう。

そもそもファリンは本来マハスティ派ではなく、強いていうなら中立派で最も古株のデルカシュ派という位置づけだ。皇帝が妃たちの派閥をどこまで把握しているのかは不明だが、これが異様な光景であるということは、さすがに気づいたようだった。

「この頭数には驚かされたが、だからといって情状も分からず酌量してやるわけにはゆかぬ。そなたらは、第十六妃が後宮を抜け出していた真の理由を知っておるのだな？」

「はい……」と辛うじて声を絞り出したマハスティに、無慈悲な声が降りそそぐ。

「ならば、答えよ。答えられぬなら、そなたらも同罪だ」

その瞬間、居並ぶ妃たちの間に無言の緊張が走った。あまりの恐怖に蒼白《そうはく》となり、伏せたままぶるぶる震えている下級妃も少なくない。

――私が不用意なことをしてしまったせいで、こんなにも迷惑を掛けてしまうなんて。皆が助けようとしてくれているのは本当に嬉しいけれど、こんなことなら潔く一人で処刑された方がいい……！

そう覚悟を決めたファリンが、すっと息を吸い込んだ、その時。

「理由は……恐れながら、こちらを御高覧たまわりたく存じます」

マハスティが差し出した物をそっと横目で確認すると、目に入ってきたのは一辺をしっかりと糸で綴《つづ》った、手作りの紙の束だった。各ページがたわんでフワフワになっているのは、何度も回し読みされたからだろう。ファリンはそれを見た瞬間、弾かれたように身を起こすと、無礼を承知で声を張り上げた。

「お待ちください！　私はどうなっても構いません。だからそれだけはっ……！」

するとマハスティは顔をこちらに向けて、有無を言わせぬ瞳《ひとみ》でそっと首を横に振る。

それ以上何も言えなくなったファリンが再び平伏していると、陛下の御座《おわ》す方からパラパラと紙をめくる音が聞こえた。

――まさか、よりにもよってあんなものを、陛下ご本人に見られてしまうなんて！

「これは、一体何だ」

しばらくして手を止めると、皇帝は訝《いぶか》しげな顔で首《こうべ》を垂れる第二妃の方を見た。

「それは、アーファリーンが記した『空想の物語』でございます。わたくしはそれらの『物語』に、より現実味ある描写を求め……物語の舞台となる内廷や外廷の様子をつぶさに観察してこられるよう、定期的に手引きをして参りました。全ては、このわたくしマハスティの指示によるものでございます」

「この『物語』とやら……主人公である内小姓の男は、名は違うがサイードのようだな。そしてこちらの『陛下』なる人物は、容姿も、言動も、まるで余そのものではないか」

「偉大なる皇帝陛下、仰せの通りにございます……」

――ああ、とうとう陛下ご本人に知られてしまった。妃である私が後宮を抜け出してまで内廷をうろついていた理由が、お二方をモデルにした『暴君皇帝陛下×堅物忠犬小姓』な衆道《BL》小説を書くためだったなんて……！

心底申し訳ないやら恥ずかしいやらの感情でぐちゃぐちゃになりながら、ファリンは床に額をこすりつけるようにして平伏し続けた。

――もう本当に、いっそ死んだ方がマシだ。でもせめて、庇ってくれた皆だけは！

「いっ、偉大なる皇帝陛下に申し上げます！　これは全て、実際に『物語』を書いた私めの罪にございます。だからどうか、罰はこの私一人だけに……！」

だが、ファリンの決死の言葉は楽しげな笑い声で遮《さえぎ》られた。

「ククッ……、ハッハッハ!!」

文字通り腹を抱えて笑い出したのは、当の皇帝陛下である。

「ハハッ、なんと、なかなかよく書けておるではないか！　古《いにしえ》の王には小姓を寵愛《ちょうあい》した者も少なくないとは聞くが……そなたらはそういった話が好きなのか？　ふうん」

皇帝はその端整な顔をニヤリと不敵に歪《ゆが》めると……傍らにひかえるサイードの方へとわずかに顎《あご》を上げ、流し目を送った。

「サイード、愛しているぞ」

「は、はあ……光栄です……」

ニヤニヤと笑う主の様子に顔を引きつらせ、それでも忠臣は辛うじて笑みを返す。その様子をしばし呆気《あっけ》にとられたように眺めていた妃たちだったが、すぐに我に返って臨界点を迎えた。キャーッという黄色い歓声が上がると共に、バタバタと卒倒する音が広間に響く。推しが尊すぎて死んだのだろう。

「ハハッ、これでは罰を与える気も失《う》せるというものよ。この『物語』の存在が、不自由な身であるそなたらの幾許《いくばく》かの慰めとなるならば……まあ、続けることを許そう」

「では、今回の件は！」

「とはいえ、後宮を抜け出た事実を不問とするわけにはゆかぬ」

「そんな……」

希望から一転したマハスティの悲痛な声に、妃たちの間に再び緊張が走る。

だがその様子を目にした皇帝は、いつもの苛烈《かれつ》かつ冷徹な印象からはごく珍しい、微苦笑を浮かべて言った。

「そう心配せずとも、そなたらに免じて極刑にはするまい。第十六妃アーファリーンには、改めての精査ののち別途沙汰を言い渡すとしよう」

◇　◇　◇

例の騒動から二日が過ぎた夜、内廷の奥にある皇帝の私室にて。サイードは食後のひとときを過ごす主に向かって膝をつき、報告を始めた。

「陛下、先日のアーファリーン妃の証言について、全て真という裏づけが取れました」

「ああ、くくっ、そうか、全て真実《まこと》であったか」

サイードの言葉を聞くなり、主《あるじ》は茶器を持ったまま肩を震わせた。その揺れる水面《みなも》へ、次いで我慢しきれず頰を痙攣《けいれん》させている主へ視線を移し、サイードは思わず目を見張る。

「陛下が声を上げて笑われるところ、そういえば初めて拝見したように思います」

「そういう其方《そなた》こそ、いつものしかめ面《つら》はどこへやったのだ」

どうやら自分の方も、今にも笑い出しそうな顔をしていたらしい。サイードは一つ咳《せき》払《ばら》いしてみたが、いつもの緊張感はそう簡単に戻ってきてはくれなかった。

「まさに後宮に蔓延《はびこ》る呪いの噂への対処を検討していたところに、いかにも不審な妃が現れたのです。どこの部族の手の者か、機密はどこまで漏れたのかと、こちらは極限まで張り詰めた状態でしたからね」

　後宮ができて少し経ったぐらいの頃からだろうか。大小さまざまな事故や不幸が起こるたび、皇帝に処刑された者の恨みだとか、正妃の座を狙う妃同士の呪詛《じゅそ》だとかの噂が立つようになった。その噂はやがて後宮の外にまで及び、皇帝に恨みを持つ者や、ただ面白がった者たちの手によって、さらに誇張、拡散され続けているらしい。

　後宮は元より噂好きが多いとはいえ、さすがに悪評を広めるための工作が行われているのではないか――そう考えて、本格的な調査を決めた矢先のことだった。

「ああ。そこで意表を突いて見せられたのが、例のあの情熱的な『物語』ではな」

　人は緊張から弛緩《しかん》への差分が大きいと、思わず笑ってしまうのだという。懸念《けねん》された背景とは正反対の、平和極まりない陰謀――あんな真相を突きつけられて、失笑せずにいられる者はいるだろうか。主従はしばし無言で笑いをかみ殺していたが、ようやく我に返ったサイードは小さな空咳《からせき》で喉《のど》を整えてから、話題を変えた。

「さて、かのアーファリーン妃の裁定を行う前に、ひとつ提案がございます。先日検討しておりました、呪いの噂に関する調査を行うために後宮内部に協力者を作る件、アーファリーン妃を使ってみては如何《いかが》でしょう」

「ほう」という軽いが感嘆のこもった相槌《あいづち》を受けて、サイードは説明を続けた。

「調査の結果、かの第十六妃は『物語』の制作を通じ、妃の派閥を超えた交友関係を築いていると確認できました。またあれほどの狂信めいた妄想を抱えている者が、同時に叛意《はんい》を隠し持っているとは考え難《がた》いでしょう。しかもあの度胸、まさに密偵向きかと」

「そうだな、確かに、密偵は得意技だろう」

再び低く思い出し笑いを始めた主は、よほどツボに入ってしまったのだろうか。だがサイードはそれを嬉《うれ》しく思うと共に、少しだけ安堵《あんど》していた。主は内務に外務に絶え間なく届く懸案に頭を悩ませては、四方八方へと神経をすり減らす日々を送っている。たまにはこんな平和な話題で眉間《みけん》のシワがゆるむのも、悪いことではない。

「ではあと七日ほど謹慎させたのち、正式に令を下します」

まだ笑っている主から了承の言葉を得て、サイードは自らも無意識のうちに口角が上がっていることに気がついた。これから調査に協力してもらうとなれば、しばらくは主との話題に事欠かないだろう。もちろん、呪いの噂など、一刻も早く解決するに越したことはないのだが。

主の前を辞したサイードは、すぐさま第二妃を通じてファリンの謹慎継続を通達した。そして七日の間、猛然と溜《た》まった業務を片付けつつ——彼女が次は一体どんな面白い話題を提供してくれるのかと、少しだけ楽しみにするのだった。

# 第一夜　女子の平和を守るもの

　沙汰《さた》が下りるまでとファリンに言い渡された謹慎は、あれからもう九日目を数えていた。いつも即断即決の皇帝がこれほど結論を引っ張るなど珍しいことだが、自分のヴィラから一歩も出られない状態そのものが、罰ということだろうか。

　広大な宮殿の敷地内で、後宮《ハレム》にある建物は一つではない。メインとなる大きな棟を取り囲むように『ヴィラ』と呼ばれるごく小さな別棟が、妃一名につき一棟ずつ用意されている。とはいえ通路を挟んでほぼ隣接するように建てられているから、お互いの行き来は簡単だ。初めは『ずっと一人ぼっちだったらどうしよう』と心配していたファリンだが、実際の後宮は優しい人も多くて、馴染《なじ》むのはすぐだった。

　あれはファリンの入宮から半年ほどが経った頃のこと——ことの始まりは、何気ない雑談だった。目隠し用の薄い帳《ヴエール》が張り巡らされた部屋の中心に敷かれている、柔らかな絹製の絨毯《ファルシュ》。その上に、このヴィラの主である第十七妃レイリが座り込んでいた。

　ヴィラが隣という理由からなんとなく仲良くなったレイリは北部にある山脈に近い地域出身で、小柄な身体に小動物のように愛らしい顔立ちを持っている。だが彼女は容姿に似合わぬ深刻そうな表情を浮かべると、重々しく口を開いた。

『ねぇねぇ、あのお二方って……あやしいと思わない？』

暇な午後のひとときをダラダラと過ごしていたファリンは、干した棗椰子《デーツ》を摘《つ》まみ上げる手を止めて、首をかしげた。

『お二方って？』

『そんなの決まってるじゃない。皇帝陛下と、内小姓頭のサイード様よ！』

『あやしいって、何が……』

まだ理解が追いついていないファリンに、レイリは膝上《ひざうえ》で綿入りの背当て《クッション》を抱きしめながら興奮気味に畳みかけた。

『恋よ、恋！』

『こ、恋⁉ 陛下とサイード様が⁉』

大きな背当てにもたれるように座っていたファリンは、あまりの驚きにポロリと棗椰子を取り落とす。するとレイリは耳元で二つに括《くく》ったふわふわの黒髪を力強く縦に振ってから、いつもは丸い瞳《ひとみ》をきゅっと細めて口を開いた。

『そうよ。だって他にも内小姓はたくさんいるのに、陛下ったらいつもお忙しいはずのサイード様ばかり連れていらっしゃるし……それに、たまにサイード様のことをすーっごく優しい目をして見つめていらっしゃるんだもの！ あんな眼差《まなざ》し、わたしたち妃に向けられたことなんて、ただの一度もないんじゃない⁉』

『それは単に、貴女《あなた》に興味がないってだけじゃないの？』

そうほんのり冷たい声音で言ったのは、第十八妃のアーラだ。絨毯に肘《ひじ》をついて寝そべったまま、レイリに涼しい目を向ける。東方との国境に接する交易都市出身であるアーラには、東方の血が混じっているのだろう。切れ長の目と羨《うらや》ましいほどにサラサラの黒髪を持つ彼女は、レイリの向こう隣のヴィラの主だ。歳も近いこの二人とは、よく一緒に暇をつぶす仲間だった。

『なっ、なによ！　アーラこそ、そんな風に陛下に見つめられたことあるの⁉』

『な、ないけど……』

『ほら！　やっぱり、お二方はデキているのよ‼』

『さすがにそれは、論理が飛躍しすぎじゃないかなぁ……』

ファリンは呆《あき》れ顔でツッコんだが、それでもレイリはキラキラとした瞳で力説した。

『でもでも、本当にそうだったら素敵じゃない？』

『え、素敵なの⁉』

『そうよ！　妃のうちの誰かが特別な寵愛《ちょうあい》を受けたというなら嫉妬《しっと》しちゃいそうだけど……本命がサイード様なら、許せちゃう。むしろ、推せる』

『お、推せる⁉』

『確かに……それは推せるわね。あのいつも女に淡泊な陛下が、情熱的に愛をささやくところ……見てみたーい‼』

キャーッと黄色い声を上げ、乙女たちは胸元で両の指を組んだ。つい先ほどまで冷めたことを言っていたアーラも、この一瞬でレイリに感化されてしまったらしい。

すでに二十名を超えた妃たちのうちでも特に年若い者たちには、この三人と同じように、まだ一度も夜伽《よとぎ》の声がかかったことのない者も多かった。そしてレイリが言うように、皇帝は後宮にたくさんの女を集めているにもかかわらず、誰か特定の妃を寵愛する素振りを見せなかったのだ。

もちろん夜伽役としてのお気に入りは上級妃を中心として何名かはいるのだが、その妃たちからも、全然心を開いてもらえないと嘆く声ばかりが上がっていた。そもそも上級妃だの下級妃だのという非公式な呼び方を決めているのは『入宮の早さ』その一点のみという、まさかの完全年功序列制なのだ。妃たちの実家は、全てどこかの族長《シーク》の家柄……つまり有力者揃いなので、特定の家に権勢を与えすぎないための策なのだろうか。

そんな皇帝は妃たちから、淡泊だの冷徹だの、だがそこが良いだのと、「女子会」のネタとしていつも陰で好き放題言われているのだ。

しかしいつもの雑談も、その日は少しばかり趣《おもむき》が違っていた。皇帝とその側近との恋物語は、後宮に閉じこもりきりで退屈している下級妃たちの、格好の餌食《えじき》となった。そんなレイリとアーラの情熱に最初は少々引き気味だったファリンだが、友人たちとの恋愛話は思った以上に楽しくて、気づけば前のめりで参加するようになっていたのだ。

そこでファリンは連日の女子会で挙がった三人の妄想を、せっかくなので記録してみることにした。手始めに短い話を書き付けた紙を何枚か集めて、糸で綴《と》じ合わせて小冊子にしてみたところ──いつの間にか、後宮全体にその冊子が出回ってしまったのだ。

『ちょっと、これは私たちだけの秘密だって言ったじゃない！　誰よ、お姉さま方に回しちゃったの！』

いつものレイリの部屋に集まるなり、ファリンがじろりと共犯者たちを見まわすと、レイリとアーラは少しだけ居心地の悪そうな顔をして、口を開いた。

『わっ、わたしは、確かにデルカシュ様にちょっとだけ見せたけど、ここだけの話だってちゃんと言っておいたんだから！』

『私も、確かにバハーミーン様にだけちょっと貸したけど、ちゃんと秘密だってお願いはしていたし……』

──少し考えたら、分かることだった。誰もが暇を持て余し、刺激に飢えた者ばかりの後宮で、『ここだけの秘密』なんて何の意味も成さなかったんだ！

ファリンは後悔したが、ご機嫌を損ねたら即首が飛ぶなどという事前情報とは全く違い、本物の皇帝は意外と普通、いや、とても寛大な御方《おかた》だった。どちらかというと冷徹でかなり合理的な性格のようだが、やたらと決断が早い部分が苛烈《かれつ》に見えるのだろうか。

とはいえ、こんなものが広がって、もし陛下ご本人の目に触れてしまったらさすがにマズい──そう結論づけたファリンたちは、もう二度と妄想の証拠は残さないでおこうと決意して、冊子を封印したのだった。

しかし、そのわずか数日後。ファリンとアーラがいつものようにレイリのヴィラをたまり場にして、ダラダラしていたときのこと。侍女から上級妃たちが訪ねて来たと告げられて、ファリンたちはぎょっとして顔を見合わせた。相手は上級妃なのだから、通常であれば呼び出しの使いがやってきて、こちらからヴィラまで伺うべきところだ。それがわざわざ向こうから訪ねてくるなんて、一体どんな用件なのだろう。

三人揃ってビクビクしながら出迎えると、そこにいたのは第二妃マハスティと、同じ派閥の第七妃ロクサーナだった。

実はこの後宮に住まう第二妃以下の妃たちは皆、皇帝と正式な婚姻を結んでいない側室だ。つまり正妃は不在という状況で、その役割を実質代行しているのが後宮の最も古株である第二妃マハスティだった。

彼女は存在感のある長身だが女性らしさを損なわぬ嫋《たお》やかな肢体に、艶《つや》めく黒髪をいつもすっきりと結い上げている。さらに後宮一と名高い美貌《びぼう》の持ち主ともなれば、謁見の間で皇帝の隣に侍《はべ》る存在として、彼女以上に相応《ふさわ》しい者はいないだろう。そんな第二妃は後宮全ての妃たちを束ねる存在でもあったが、だからこそ、下級妃のヴィラを自ら訪れるなど普通であればありえない。だがマハスティはニッコリと美しい笑みを浮かべると、自らの頬にゆるく手を当てて口を開いた。

『ねぇ、例の同人誌のようなもの、他にはないの？』

『どうじんしって……なんですか？』

首をかしげるファリンに、マハスティは一層笑みを深めてみせる。

『同人誌とはね、古《いにしえ》の詩人たちが作品を持ち寄り作った、手書きの回覧誌のことよ』

『し、詩人!? あれは、そんな高尚《こうしょう》なものでは……』

『あら、やっぱり貴女たちだったのね。あの皇帝陛下の物語を書いたのは』

落ち着いた美女の口から飛び出てきたのは、思いもよらない言葉だった。ファリンは慌てて両手を上げると、マハスティをとどめるようにその掌《てのひら》を向ける。

『お、恐れながら、あの物語のことはどうかお忘れください！』

『どうして？ とっても素敵なお話だったのに』

『しかし、もし陛下ご本人の目に触れてしまったら……』

身を竦《すく》めて震える三人と対照的に、マハスティは艶然《えんぜん》と微笑んでみせる。

『大丈夫、貴女たちのことはわたくしが絶対に守ってあげるわ。だから安心して、新作を作ってちょうだい。他の皆も、協力は惜しまないと言っているのよ？』

『で、でももう、ネタも尽きたと申しますか……』

レイリとアーラは完全に畏縮《いしゅく》してしまったようで、さっきからずっと盾にするようにファリンの腕を左右からつかんだまま、ガチガチに固まっている。そんな彼女たちを庇《かば》うように前に出て、ファリンはなんとか断るよう試みたのだが。

『ねぇ、アーファリーン。もし他のお話が読めないというのなら……わたくし、寂しくて陛下に実演をお願いしてしまいそうだわ』

小首をかしげてちょっと困ったような顔をするマハスティは、同性すら目のくらむような魅力を漂わせている。だがその月夜に咲く大輪の月下香《げっかこう》のように華やかな笑みが、今は悪魔《シャイターン》の微笑みのようにも見えて……ファリンは、戦慄《せんりつ》した。

——なんか、ものすごく脅されてるっぽいんだけど……。いつも慈悲深そうな笑みを浮かべている裏側が、本当はこんなに黒いお方だったなんて！

こうしてファリンたち三人は、公然の秘密として活動を続けることになったのだ。

とはいえ後宮という特殊な環境下で、あの物語に需要があるのは頷《うなず》ける話だった。なんだかんだ言って顔が良すぎるあの陛下が、本気で誰かを愛している姿を見てみたい。でも架空のお話とはいえ、自分以外の女に陛下が愛を囁《ささや》くところは見たくない。ではその相手が、見目麗しい男であれば——あら不思議。

皇帝を偶像化《アイドル》して崇拝し、女同士で盛り上がる……こうして、かつては陛下の御渡りがあの人は多いだとか少ないだとかで常に妃同士がギスギスしていた後宮に、急速に和気あいあいとした雰囲気が広がった。さらにファリンたちが要望《リクエスト》も募り始めると、考えているうちに自分も書いてみたという妃も現れて、派閥を超えた交流が始まったのだ。

——なにはともあれ、自分の所属する共同体《コミュニティ》が平和なのは良いことだ。ただそこに推しがいるだけで、毎日がこんなにも明るく充実するなんて。

そんなことを思いながら、ファリンがやがて断片的な情景《シーン》の切り抜きで構成された短編集から発展し、少し長めの物語性《ストーリー》重視の話を書き始めた頃——三人が集まっているヴィラに再びマハスティが現れて、勢い込んで言った。

『わたくしの要望をもとに書いてもらった、あの大宰相の陰謀を乗り越えて愛を確かめる二人の話……ハラハラドキドキさせられて、とっても読み応《ごた》えがあったわ！　ただね、ちょっと政務の描写に誤りが多かったのよ。貴女《あなた》たちは外をほとんど知らないから想像で書くのは無理もないけれど……ねぇ、陛下が政務を執ってらっしゃる御姿、拝見してみたいとは思わない？　とぉっても、格好良くていらっしゃるのよ？』

『それは魅力的なお話ですが、妃である私たちが後宮の敷地から出ることは……』

後込《しりご》むファリンたちと対照的に、マハスティは得意満面に笑った。

『大丈夫、わたくしがこっそり出してあげるわ。わたくし付の内小姓として、外へおつかいに行かせてあげる。だから外廷で起こる陰謀劇なんかをもっと絡めて、危機を乗り越え深まる愛！……的な物語、書いてみない？』

確かに、様々な雑務を抱える上級妃には、その手足となる内小姓が付けられている。

だからといって妃が後宮から抜け出したとバレたら、大問題になるだろう。

だが本当はファリンにとって、後宮での生活は楽しいが少しだけ退屈なものだった。

以前のように朝から晩まで働かなくていいのは本当に有難いことだが、後宮から外に出ることは一切できないし、日々の楽しみといえば女同士で集まってお茶を飲みながら、毎度同じような内容のおしゃべりを延々と繰り返すことだけである。

だから同じ宮殿内にありながら全く違う世界である外廷には、とても興味があった。

そこには一体どんな世界が広がっているのだろう。気が小さく大胆なことは中々できないファリンだが、父譲りなのか好奇心だけは強い方だった。しかも普段なら自分からは絶対に言い出せないことでも、今回は『マハスティ様に頼まれたから仕方なく』という大義名分がある。ちょっぴりソワソワし始めたファリンとは対照的に、レイリとアーラはこれにも『絶対にムリ!!』と千切れんばかりに首を横に振っていた。

こうして、ファリンが男装して外に出ることになったのだ。


そして、いざ決行の日。ファリンは内小姓に変装するために、マハスティのヴィラを訪ねた。集まったメンバーは、マハスティといつも一緒にいる第七妃ロクサーナ、そしてレイリとアーラである。背中までの髪を西方風の巻き毛にしたロクサーナは、北西の国境にある豊かな交易都市の出身だ。上級妃ながらマハスティ派に属したきっかけは、マハスティ同様、建国戦争でいち早く皇帝派についた部族の出身ゆえだった。しかし近ごろは、娘を持つ母親同士で話が合うという理由も大きいだろう。

そんなロクサーナは上品かつ優雅な雰囲気で、育ちの良い奥様といった風情の人だ。だが彼女はニコニコしながら晒木綿《さらしもめん》の反物を取り出すと、ファリンの胸にぎっちり巻きつけて、容赦なく押しつぶし始めた。

『仮装を美しく仕上げるためなのです。このくらい我慢なさいな』

思わず顔をしかめたファリンの背中をポンとたたくと、次にロクサーナは軽いが厚みのある織物を取り出して、腹のくびれを消すよう巻きつけた。こうして念入りに身体の凹凸を消されてから、ファリンはようやく白いお仕着せに身を包む。だがそこで行き当たったのは、少年にしては豊かで目立つ黒髪を、どう隠すかという問題だった。

『しまった、うっかりしていたわね。まさか切るわけにもいかないし……』

悩む皆を前にして、ファリンはとうとうカツラであることを告白することにした。髪に挿していた固定用のピンを抜き、長く波打つ黒髪を脱ぎ去ってみせると、皆は驚いた顔を見せた。『綺麗《きれい》なのになぜ隠していたの!?』と、次々と質問攻めにされたファリンはここに来るまでの事情を説明するハメになったが、結果的にこの短い地毛のおかげで想像以上に自然な少年風に仕上がったのだった。

以来、取材と称してファリンはたまに後宮の外に出るようになったが、その成果は予想以上だった。わざわざ聞き込みしなくても、皇帝の噂話は宮殿中にあふれていたからだ。だがそれは、独裁的な暴君に対する畏怖《いふ》の噂ではない。かの人が帝国のためには無私無欲であり、冷徹さの裏には合理があり、強き指導者としていかに優れているのかと、賞賛する声ばかりだった。

やがてファリンは内廷を越え、外廷で行われている御前会議の場にまで足を伸ばすようになった。鮮やかな瑠璃《るり》の細片《タイル》をモザイク状に張り合わせた、夜空のような大丸屋根《ドーム》——その真下にある黄金の玉座には、珊瑚《さんご》の花と翡翠《ひすい》の葉が美しく象嵌《ぞうがん》されている。

そこに堂々と座《ざ》し、百名を超えるだろう官吏たちを前に的確な判断を下してゆく皇帝の雄姿は、身震いするほど美しい。大理石の柱の陰から、時間を忘れてその横顔に見惚《みと》れていると……。内小姓らしき白服の少年が、ひそやかに声をかけてきた。

『陛下はまさに尊いというお言葉が相応《ふさわ》しい御方《おかた》だ。そんな主《あるじ》にお仕えすることができて、僕らは本当に幸せだよな』

『尊い……そうか、そうだな。本当に、尊い御方だ……』

その夜、帰還したファリンの筆がこれまでになく走ったのは、言うまでもない。

——最初は細心の注意を払って取材していたのに、『慣れ』って本当に恐ろしい。推しに目がくらむあまり、あんな深い場所まで追いかけてしまったなんて。

ファリンはこれまでの自らの行いを反省すると、深くため息をついた。どんな裁定が下されるのかと怯《おび》えては、うかつな行動を反省してばかりの状況は、やはりこの謹慎自体が処分の一環ということだろう。

とはいえ、ヴィラは牢獄《ろうごく》でもなんでもなく、今日も快適そのものだ。バームダード帝国は、国土の大半が乾いた砂の大地で覆われている。その日中の気温は、人の体温を遥《はる》かに超えるものだ。だが現皇帝の力によって急速に近代化が進んでいるこの宮殿には、素晴らしいものがある。西方から招いた技師が開発した『冷風扇《れいふうせん》』という冷たい風を起こす機械が、数年前から全館に配備されているのだ。

風通しを最優先で造られたヴィラの窓には、硝子《ガラス》などの覆いはない。代わりに防犯用の鉄格子が嵌《はま》っているのだが、その窓のうち一つの下に、冷風扇は置かれていた。四枚の扇が円形に並んだそれは『エレキ』という見えない力でくるくる回り、自動で風を起こしてくれる。さらに下部の水盆を満たしておけば多層の濾紙《フィルタ》が水を吸い上げ、通過した風を気化熱で冷やすという仕組みだった。極度に乾燥したこの国で、ひんやりとして湿気を含む風の気持ちの良さは、この上ないものだ。

ファリンは頭髪をかき上げるようにして両手の指を差し込むと、髪の間に冷風を通した。ずっとカツラを被《かぶ》っていた頃はできなかったことだが、これがまた、何ともいえず気持ち良い。これら機械類の動力として使われるエレキは、『燃水《ナフトゥ》』と呼ばれる油を燃やして作られる。この燃水、西方では希少で高価な資源らしいが、この砂漠の地下からは豊富に産出するので使い放題なのだ。

この素晴らしい環境での生活が続いたおかげで、あの痛いほど真っ赤だった日焼けは、すっかり落ち着いていた。元の肌はこんなに白かったのかと、自分でも驚くほどだ。

「皆優しいし、こんなに快適で良いところなのに……呪われた後宮だなんて噂が流れていたのはなんでだろ。もしかして、皇位を簒奪《さんだつ》せんとする大宰相の陰謀とか⁉」

ファリンは妄想混じりの独り言をもらすと、フカフカと毛足の整った絨毯《じゅうたん》の上を、ごろりとひとつ転がった。謹慎中なのに態度が悪いと思われるかもしれないが、ここ後宮で友人に会えないという状況は、とにかくヒマで仕方がないのだ。

いつも侍女たちが綺麗に整えてくれているヴィラは、どの部屋も掃除し直す隙もないほどピカピカだ。それにいくら公式に許可が下りたとはいっても、さすがに今は『物語』を書く気もおきない。寝転がったままぼんやり部屋を眺めていると、ふと、棚に飾りっぱなしになっていた古びた油燈《オイルランプ》が目にとまった。

「そういえばこれの本当の使い方って、結局なんだったんだろう……」

この油燈は後宮へ向かう前夜、祖母から託されたものだ。

あの家では嫌なことも多かったけれど、それでも、幼い頃の楽しかった思い出も残っていた。別れの言葉と共に目を潤ませるファリンに、祖母は鈍く光る油燈を差し出した。

『守ってあげられなくてごめんなさい。だからせめて、これを貴女に託すわ。ロシャナク族がこの過酷な土地で繁栄を続けられたのは、この油燈《ゆとう》の力があってのことなのよ。これがきっと、かの恐ろしい後宮でも貴女を守ってくれるわ。これが今のわたしにできる、ただ一つの抵抗よ……』

貧しい家の出の祖母は、その儚《はかな》げな美貌《びぼう》を見初められて族長の妻となった。だがその後ろ盾のない生まれから、夫どころか息子にすら強く出られなかったのだ。

『この油燈の……力？』

思いがけない餞別《せんべつ》に目を丸くしながら受け取ると、祖母は神妙な面持ちで頷《うなず》いた。

『ええ。実はこれは、普通の油燈ではないの。これの本当の使い方はね――』

『おばあさまっ！　また義姉《ねえ》さんなんかを呼んでコソコソと、何してたのよ!?』

突然、部屋へ飛び込むように現れたシリンバヌーに話を中断されて、祖母は困ったように笑みを浮かべた。

『明日嫁いでゆくファリンにね、形見分けをしていたの』

『なによ、義姉さんばっかりズルい！　あたしだってもうすぐ結婚するんだから、あたしにも形見、ちょうだい！』

『……わかったわ』

祖母はどこか憂いを帯びた笑みで、近くにあった手箱の中から輝く黄金の腕輪を取り出した。腕輪の周りには、立派な赤い宝石が三つ並べて嵌《は》め込まれている。

『シリンバヌー、貴女《あなた》にはこれをあげましょう。ずっと欲しがっていたでしょう？』

『やった！　フフッ、あたしはこんなに大きな宝石のついた腕輪をもらったわよ？　それにひきかえ義姉さんのったら、そんな小汚い油燈だなんて……とってもお似合いじゃない？　ほら、話はもう終わったんだから、さっさとソレ持って行きましょ！』

シリンは満足そうに笑ったが、ファリンがこの後、祖母から追加で何か与えられることだけは阻んでおきたかったのだろう。祖母に礼を言おうとするファリンの腕に強引に自分の腕を絡めて、有無を言わさず部屋から引っ張り出した。だから『本当の使い方』が何なのか、ファリンには結局分からずじまいだったのだ。

あれからじっくり観察もしてみたが、結局何が特別なのかは分からなかった。色は金だが黄金製ならこんなにくすむことはないから、真鍮《しんちゅう》製だろうか。やはり普通の油燈にしか見えないけれど、せっかく祖母がくれたのだから、お手入れぐらいしておこう。

侍女を呼んで磨き布を借り、棚から油燈を持ち上げる。そして外面を強めにこすった
——その時。油燈から細長く伸びた芯穴《しんけつ》を通り、モクモクと白い煙が立ちのぼった。

「えっ、なんで⁉」

慌てるファリンをよそに煙はぎゅっと凝縮して小さな塊になると、白毛に縞柄《しまがら》の猫の姿を形作る。だがまるで子猫のようなフワフワの見た目とは裏腹に、その大きさは一抱えほどもありそうだ。

ポカンと眺めていると、実体化した白縞猫は手近な背当《クッション》ての上にぴょんと着地する。そして腰を下ろしてふんぞり返ると、偉そうにヒゲをピクピクさせつつ口を開いた。

「善なりし者アルミーンの子孫、アーファァリーン！」

「は、はいっ！」

アルミーンという名に聞き覚えはなかった。だがまだ名乗っていない自分の本名を呼ばれ、ファリンはとっさに返事をしてしまった後で、ハッと身構える。

「お主《ぬし》の願いを、一つだけ叶《かな》えてやろう。さあ、言ってみたまえ。吾輩《わがはい》の力で出来ることならば、何でも叶えてしんぜようぞ」

「ていうか猫が、しゃべってる！」

思わず驚きを口に出すと、猫（？）は不機嫌そうに顔を歪《ゆが》めた。

「吾輩は猫ではない。虎である！　そしてその正体は、水の女神の眷属神《けんぞくしん》にして偉大なる精霊《ジン》、バァブル様なるぞ！」

――虎って、確か猫っぽい猛獣のことかな。いちおう本で見たことはあるけど、実物は知らないからなぁ……。

ファリンは理解が追いつかず、困り果てて首をかしげた。今はいないが、大昔はこの砂漠にも虎という獰猛《どうもう》な肉食獣が住んでいたらしい。でもこのフカフカの毛玉は、とてもじゃないがそうは見えなかった。だが言われてみれば猫にしては耳も顔もまん丸で、四本の足はずんぐり太い。そもそも猫でも虎でも動物が喋《しゃべ》るなんて聞いたことがないけれど、神話の精霊だというなら頷ける。だがまさか、精霊が実在していたとは。

この地域で語り継がれる神話によると、かつてここは水の女神が治める豊かな緑の大地だったらしい。だが弟である砂漠の神の横暴に嫌気がさした女神は、地中深くの楽園に隠れてしまった。以来この地は一面の砂漠に覆われたが、地上を心配した女神が時折顔を覗《のぞ》かせるたび、そこにオアシスができたという。

今では緑の大地の面影などないに等しいが、博物学者だったファリンの父によると、史跡にその裏づけがあるらしい。この地の砂岩に刻まれた古代人の壁画には、豊かな緑とそこに住まう多様な動物が描かれているというのだ。

『神話の成立過程には、その地の気候風土が密接に関係しているんだよ』

そう言った父は神様なんて信じていそうになかったが、精霊が実在していると知ったら、一体どんな顔をするだろう。ファリンは父すら未知の存在に思わずワクワクしたが、急に現れて願いを言えだなどと言われても、正直困惑してしまう。

「ええと、ちょっと話が見えないんですけど……」

「なんでもよい、早く願いを言いたまえ！」

偉そうな態度のわりになぜかソワソワと落ち着きのない自称精霊様を前に、ファリンはしばし頭をひねって考えたが。

「願い事は……今のところ、特にないですね」

「なんと！　お主には何か欲しい物はないのか!?」

「別に、ここにいたら衣食住は満足なので。大好きな麝香瓜《ムスクメロン》や糖蜜《とうみつ》菓子だって、一昨日もらってお腹いっぱい食べたばかりですし……」

こぢんまりとした建物には居室が二つと物置部屋、そして小さな水屋《みずや》があるのみだけれど、清潔で快適な自分だけのヴィラがある。どんなに豪華に着飾ってもどうせ見せる相手はいないし、『物語』のお礼だと言って、美味《おい》しいお菓子や果物を差し入れてくれる『お姉さま方』は多いのだ。ファリンにとって、今の暮らしで充分だった。

「ならば権力はどうだ!?　お主をこの国一番の妃にしてやろうぞ！」

「別に、一番になりたいとかは思っていません。今のままがいいです」

権力を握ったところで、贔屓《ひいき》したい実家なんてものはない。さらに正妃なんかになってしまったら、責任ある仕事が増えるだろう。それはどう考えても面倒だ。

「ではせめて、邪魔な者、嫌いな者ぐらいはおるだろう？　お主が望むなら、そやつらを今すぐこの世から消してやろうぞ」

そう言って精霊は悪そうな顔で笑ったが、ファリンは困ったように笑みを返した。

「そりゃあ嫌いな人ぐらいはいますけど……別に、消したいほどではないというか」

いくら嫌いだからといって、死んでしまえとまでは思えなかった。もしそんな選択をしてしまったら、良心の呵責《かしゃく》で余計に悩まされるだけだろう。

「なんだと!? 困るではないか！　一度呼び出された以上、もうお主とは契約が結ばれてしまったのだ。お主ら百人の子孫の願いを叶えねば、吾輩は自由になれぬのだぞ!?」

「そうなんですか？　大変ですね。……って、そもそも精霊様って、強大な力を持っているんですよね。それがなぜ、油燈の中なんかに……」

ファリンが目を丸くしつつ問うと、子トラは何やら気まずそうな顔をする。

「そこはまぁ、若気の至りで少々やりすぎてなぁ……我が君にお叱りを受け、未《いま》だ修行中の身というわけだ」

「若気の至り……ですか？」

ファリンが首をかしげると、子トラはその丸っこい頭を重々しく縦に振った。

「うむ。愚かなる人間どもが水不足で困ると嘆いておったから、三日三晩たぁっぷりと雨を降らせて、全部流してやったのだ」

「ぜ、全部!?」

この国の建物は、炎で焼成せず太陽光のみで干し固めた、日干し煉瓦造《づくり》が主流だ。この日干し煉瓦というものは、年に数度ある短時間の豪雨には意外な強さを見せる。だがその一方で、しとしとと続く長雨にはめっぽう弱い。三日も雨が続いたら、全てが容易《たやす》く崩れ去ってしまっただろう。

「そんな、酷《ひど》い……」

「いや、酷いのは人間どもの方だぞ。我が祠《ほこら》に参る信心深い娘が居たゆえ目をかけておったが、水が足りぬと言われても、地下水脈は一朝一夕で回復できるものではないのだ。だが効《せ》を急いた同じ村の莫迦者《ばかもの》どもが神への贄《にえ》だなどと言い、雨乞《あまご》いの祭壇にかの娘の血肉を捧《ささ》げおった。腹が立ったゆえ、希望の通りにたーんと注いでやったわい」

そこで言葉を切ると、精霊様はフフンと鼻で嗤《わら》ってみせた。

「贄というのはなんとも酷い話ですけれど……でもその村には、彼女の大切な人もいたのではないでしょうか。やっぱり……」

やりすぎですよ、と言いかけて、ファリンは続く言葉を呑《の》み込んだ。だが何が言いたいのかは、大方伝わっていたらしい。

「まあちょっと、自分でも頭に血が上ってやりすぎたなぁと、反省はしておる。だからこうして、あの娘の弟……お前の祖なる者の手で、油燈に封印されてやったのだ」

確かに各地に残る精霊の伝承といえば、大半が祟《たた》っているものだ。だがまさかあのファリンの故郷が、精霊の怒りに触れて一度滅びた街だったなんて。この『お願い』、扱いを間違ったら大惨事にもなりかねない——そう考えて、ファリンは内心溜息《ためいき》をついた。

「そんな経緯《いきさつ》があったのですね。でもすみません、それを聞いたらなおさら願い事はできなくなってしまいました」

「どういうことだ⁉」

「さっき、百人の子孫とおっしゃったでしょう？　つまり願いを叶えて私との契約が切れたら、他の子孫の願いを叶えに行こうとするのではありませんか？」

「無論《むろん》だ！」

「では無理です。義父たちの手に渡らないように、ずっとここに居てもらわなければ」

そう静かに言い切りファリンが意地の悪い笑みを浮かべると、バァブルと名乗った精霊は先ほどまでの偉そうな態度から一変し、情けない声で嘆いた。

「なんと冷酷なるおなごであろう、あの心優しき姉弟の子孫とはとても思えん！　自分の願いを捨てるほど、お主は家族のことが嫌いなのか⁉」

「まぁ、おっしゃる通りです」

確かに殺したいほどではないけれど、やはり嫌いには違いない。ファリンが片頬を上げつつ肩を竦《すく》めて見せると、子トラはガックリとその場に突っ伏した。

「なんと、無情な……」

その姿に少しだけ同情しかけたが、あの義父や義妹の願い事なんてきっとロクなものではないだろう。神話によると、精霊は『荒《すさ》ぶ神』と『和《のど》む神』という二つの側面を、併《あわ》せ持つ存在なのだという。願い方を間違えたら、いつまた街が滅ぶか分からない。世のため人のためにも、ファリンの許《もと》で留《とど》めておくに越したことはないだろう。

祖母はそれを見越して、油燈を託してくれたのだろうか——などと考えていると。

「アーファリーン妃様、どなたかいらっしゃるのですか？」

不意に部屋付の侍女の声が聞こえて、ファリンは慌てて入口の方を振り向いた。この部屋の入口に扉はないが、代わりに目隠し用に厚めの垂幕が下がっている。声はその向こうからで、幸い中は見られていないようだ。

「ごめん、猫に向かってひとりごと言ってたの！」

「猫、でございますか？」

「そう、迷い込んじゃったみたいで！」

「左様でございましたか……あの、第三妃デルカシュ様がいらっしゃったのですが、いかがいたしましょう？」

侍女は少し迷ったようだが、上級妃を待たせる方が良くないと考えたのだろう。特に謹慎中に訪ねて来たということは、皇帝から特別な許可を得ているはずだ。

「分かった。応接室に入っていただいて、高脚の方の卓子《テーブル》にお茶の用意をお願い！」

「かしこまりました」

困惑しつつも職務に忠実な侍女の気配は去って行く。ファリンはそれを確認すると、慌てて子トラの方を振り向いた。

「すみません、私ちょっと行ってきますね！」

「なにっ、ならば吾輩《わがはい》も連れてゆけ！　もう何十年も狭いところに閉じ込められて、ヒでたまらなかったのだ！」

義父の願《かな》いを叶えていないことを考えると、最後にこのバァブルを呼び出したのは祖父である可能性が高いだろう。それ以来ずっと小さな油燈の中に閉じ込められていたというのなら、確かに気の毒だ。

「えっと……では喋《しゃべ》らずに、普通の猫のフリをしていただけますか？」

「仕方ないにゃあ」

自称精霊様はそう言うと、ファリンに向かって飛びついた。

「わっ！」

フワフワの塊を慌てて受け止めると、それはスルリと器用に腕の中で丸まった。そのまま猫（仮）は入口の方へ、無言のままクイッとアゴをしゃくってみせる。これは黙っていてやるから早く行け、ということだろうか。ファリンは苦笑しながら大きな毛玉をしっかり抱え直すと、垂幕をめくって寝室を出た。二つの居室をつなぐ短い廊下を数歩ゆき、応接室の方の垂幕をくぐる。

「お待たせいたしまして、本当に申し訳ございません！」

「あら、いいのよ。それよりも、その猫は……」

驚いた様子のデルカシュの視線は、すっかりファリンの腕の中に釘《くぎ》づけだ。向こうから猫だと思ってもらえたのなら、都合が良い。

「どうやら迷い猫みたいで、ちょうど今このヴィラの中で見つけたばかりなんです」

「まあ！　後宮に迷い猫だなんて……珍しいわね。妃たちの飼い猫では見かけたことのない顔だけれど。どこから入ってきたのかしら？」

　ファリンは笑みが引きつりそうになるのをなんとか堪《こら》えながら、不思議そうに首をかしげるデルカシュへ頼み込んだ。

「どうかこの子を、私のヴィラで飼う許可をもらえませんか？」

　精霊様は腕の中から不満そうにこちらを見上げたが、ファリンはその抗議に気づかないフリをした。油燈の外で自由にしていたいなら、飼い猫ということにしておいた方が何かと便利だろう。

「他の妃に何かを許可する権限は、わたくしにはないけれど……でも、問題はないんじゃないかしら。猫ならバハーミーンなんてたくさん飼っているものね」

　そう言って苦笑するデルカシュに、ファリンは勢いよく頭を下げた。

「ありがとうございます！」

　第三妃デルカシュは九年前に後宮が新設された際に入宮した妃二名のうちの一人で、第二妃マハスティとはほぼ同期である。年齢はマハスティより三つ上の妃たちの最年長で、その面倒見のよい性格も相まって、後宮のお母さん、もとい皆のお姉さま的存在だ。みなぎる野心を隠さず、なにかとマハスティと対立することの多い第六妃ですら、デルカシュにだけは一目置いている。

　さらに彼女は西方伝来の新しい品や流行をいち早く後宮に紹介してくれる情報通でも

あり、実はこの後宮の設備保全まで取り仕切ってくれているとあって、ここに住む者は皆、少なくとも一度は彼女の世話になっていた。

かくいうファリンも、入宮したばかりで不安と孤独でいっぱいだった頃に、一番に優しく声をかけてくれたのがデルカシュだった。右も左も分からぬ新入りに、後宮のルールを教えてくれただけではない。困ったことがあれば親身に相談に乗ってくれて、とても心強かったことを覚えている。

デルカシュは南西の国境にある砂漠最大の交易都市を治める部族に生まれ、祖先にいくらか西方人の血が混じっているらしい。そのためか、ゆるく三つ編みにされた豊かな髪は、艶《つや》めく栗毛だ。それも、ファリンが彼女に親しみを覚える理由だろうか。

通常であれば、いずれどこかの派閥に入り、後はそこの上級妃が面倒をみてくれるものだ。しかし中立派と呼べば聞こえはいいが、実際にはどこにも入ることのできないファリンのような者たちは、何かとデルカシュの世話になりっぱなしだった。いつかこの恩を返せたらと思っているが、未《いま》だにもらってばかりだ。

そうこうしているうちに、侍女が良い香りのするお茶とお菓子をお盆に載せて現れた。どちらもファリンの見覚えのないものだから、きっとデルカシュの手土産だろう。彼女は妃ながらお菓子作りを趣味としていて、よく皆に振る舞ってくれていた。

ファリンは子トラをそっと床に下ろすと、丁寧に礼を言ってデルカシュに椅子を勧めた。するると彼女は座るなり、心配そうな顔で口を開いた。

「今回訪ねた理由はね、謹慎が長引いているけど何か困っていることはない？　と聞こうと思ったの」

「お心遣いありがとうございます。おかげさまで、何も問題なく過ごしています。このたびは私が調子に乗ったせいでご迷惑をおかけすることになり、本当に申し訳ございませんでした。それなのに、皆さまあんな風に助けに来てくれるなんて……」

鼻の奥がツンとして、目頭がじわりと熱を持つ。

「いいえ、どちらかというと調子に乗りすぎたのは、マハスティやわたくしたち上級妃の方よ。危険なのを分かっていて行かせたんだもの。貴女《あなた》はわたくしたちの期待に応《こた》えようとしてくれただけなのだから、気に病むことはないわ」

「デルカシュ様……」

感極まったファリンが言葉に詰まっていると、彼女はどこまでも優しく続ける。

「裁定が下されるまでもう少しの辛抱だから、がんばって。謹慎が明けたら、また皆でお茶会しましょうね。そうだ、今日はもう一つ用事をお願いしに来たのだけれど……今日持ってきたこの新作の試食につきあってもらえないかしら」

「はい……。お心づかい、本当にありがとうございます」

とうとう涙がひと粒こぼれると、デルカシュはクスクスと小さく笑いながら水晶硝子《ガラス》製のポットを手に取った。

「あらあら、だからこれは試食のお願いだと言っているでしょう？」

そのまま彼女は自らの手で、小さな茶器ふたつにさっと香草茶を注ぎ分ける。とたんに青い林檎《りんご》のような爽《さわ》やかな香りが広がったが、それ以上に気になったのは、透き通るポットの中だった。底に菊のような白花が無数に沈み、花びらがくるくる舞っている。

「この花は……」

「これはね、加密列《カミツレ》というの。心と身体の緊張をほぐしてくれるから、今の貴女にぴったりだと思って」

優しく微笑むデルカシュに重ねて礼を言うと、彼女は笑顔で菓子も食べるよう勧めてくれた。すると香りに釣られたのか、子トラがぴょんとファリンの膝上《ひざうえ》に乗って来る。卓上にのぞく鼻先を見てデルカシュは笑うと、柔らかな指先で子トラの頭を撫《な》でた。

「あらあら、これは猫ちゃんにはダメよ。今度甘くないものを焼いてきましょうね」

卓子にぶしゅっと突っ伏して不満そうな顔をする子トラを膝に乗せたまま、ファリンは小さく焼かれたカークに手を伸ばした。この国で作られる焼菓子は、薔薇《ばら》水《すい》で優雅な香りを付けたものが主流だ。だがデルカシュの作る焼菓子は、いつも香ばしく焼き上げられていて、どこか食欲を誘うような、甘みと辛みを併せ持つ匂いがしていた。

「そういえばこの香り、香辛料《スパイス》のものですか？」

「ええそうよ。肉荳蔻《ニクズク》というのだけれど、とっても美味《おい》しそうな香りでしょう？　以前食欲がなかったときに試してみたら、なんだかやみつきになってしまったの。お腹の調子を整える効果もあるらしいのよ」

「そうなんですね、今日のも美味しそうです！」

早速生地にさくりと歯を立てると、デルカシュの気遣いがじんわり身にしみる。

「デルカシュ様、本当にありがとうございます。他の皆さまも私なんかに優しくしてくださって……本当に、この後宮に来られて良かったです」

「そうね、わたくしも……この後宮に来られて、本当に良かったわ」

再び目尻《めじり》に涙を浮かべたファリンに、そう全く同じ言葉を返すと——デルカシュは茶器に軽く口をつけ、すうっと目を細めて笑った。


話を終えて帰ってゆくデルカシュを見送ると、ファリンは卓子に残っていたお茶を手にしてほっとひと息ついた。なぜデルカシュは、あんなにも人に優しくできるのだろう。

ファリンはしばし救われた思いに浸っていたが、間もなく次の来客が告げられて、弾《はじ》かれたように立ち上がった。慌てて侍女に茶器の交換を頼むと、ピンと背筋を伸ばして訪問者を待つ。間を置かずに応接室に入ってきたのは、内小姓頭のサイードだった。

「その、例の件の裁定が下されたのでしょうか……」

ひとまず型通りの挨拶《あいさつ》を済ませて来客用の椅子をすすめると、ファリンはその対面に着席し、戦々恐々としながら返答を待った。再び床に下ろされた子トラはなにやら抗議の視線でこちらを見上げていたが、さすがに時と場合と相手が良くないだろう。

その時、不機嫌そうにすみっこで丸まった毛玉の存在に気がついて、サイードはしばし、じっと視線を送った。

「あれは、猫か？　いやしかし……」

――あれ、やっぱり勝手に飼うのはマズかった!?

そう心配になり始めたところで彼はようやくファリンに視線を戻すと、何ごともなかったかのように、ひとつ咳払《せきばら》いをしてから言った。

「裁定を伝える前に、本日はアーファリーン妃に協力を頼みたいことがあって来た。陛下のご許可はいただいているから、少し時間をくれないか」

先日内廷で捕まえられた時とは打って変わって、その口調は静かなものだ。

「頼みごと、でございますか？」

「ああ。だがその前に、妃である君が臣下である俺に対して敬語を使う必要はない」

「しかしながらサイード様は、陛下の甥御《おいご》でいらっしゃいますので……」

だが仮に皇帝の甥でなくとも、ただの側室が玉璽を預かる内小姓頭より偉いとは微塵《みじん》も思えない。一体誰がそんな気まずい制度を決めたのか、ファリンは問い詰めたかった。

「そうか……ならば強制はするまい。気が向いたらサイードと気軽に呼んでくれ」

「は、はい……」

――気軽に呼べと言われても、なかなかできる気がしないんだけど……。

そう思いつつも無難な笑みを浮かべて黙っていると、ようやく本題が始まった。

「それで、協力を頼みたいと言った件なのだが。あの日内廷で俺が陛下に報告していたこと、君も聞いていただろう？」

「いいえ内容までは。それどころではなくて……」

「それどころではない？　何かあったのか？」

「その、お二方のご様子を目に焼きつけるのが忙しくて、話の内容までは聞いていませんでした……」

それを聞いたサイードは、思いきり呆《あき》れたような顔をする。

「それは、偽りなき本当のことなのか？」

「はい、本当です。なんだか、すみません……」

ファリンが肩を竦《すく》めて小さくなると、彼は嘆息して言った。

「……まあいい。では、この後宮にまつわる呪いの噂を知っているか？」

「はい。存じております」

後宮の外に出回っている噂は、『皇帝が過去に殺した者たちの呪いで、妃や子に不幸が絶えない。だがそれも表向きの話で、本当は皇帝に首を刎《は》ねられている』というものだった。しかし実際には事故と病で一人ずつ妃が亡くなっていただけで、もちろん処刑などという事実はない。だが後宮という秘された花園は何かと想像を掻《か》き立てる場所ゆえに、この砂漠にあった古い王朝の崩壊が後宮から始まったという伝説と混同され、ちょっとしたことも誇張されて伝わったのだろうか。

だが実際に後宮に来てみると、中で囁《ささや》かれる呪いの噂は、外に聞こえるものとは違っていた。例えば美貌《びぼう》を自慢していた妃の顔が突然腫《は》れあがったとか、流産したばかりの妃のヴィラから呪詛《じゅそ》人形らしきものが見つかり犯人探しで険悪になったなど……ささいではあるが、確かに呪いと呼んでもおかしくない問題が続発していたのだ。

「ならば話は早いな。では第十六妃アーファ ファリーンへの裁定を言い渡す。君には、それらを『呪いではない』と証明する手伝いをしてもらいたい」

「お手伝いを？　なぜ突然、私なんかに⁉」

あまりにも予想外の言葉に思わず声を上げたファリンに対し、サイードはにこりともしないまま、だが丁寧に理由を教えてくれた。

「君は派閥を超えて、多くの妃たちと交友があるのだろう？　あれほどの数の妃が揃って一人の下級妃のために頭を下げるなど、前代未聞のことだ。だから俺では警戒して口を噤《つぐ》んでしまう妃たちからも、君ならば自然に話を聞き出せるのではないかと考えた」

「しかしながら、とても私なんかがお役に立てるとは……」

交友があるとは言っても、それはあくまで例の『物語』を介してのことだ。そのついでに普通の雑談も少しはするが、本来は口下手なのに『話を聞き出す』なんて出来るだろうか。戸惑ったファリンはおずおずと断ろうとしたが、サイードはぴしゃりと言った。

「どうやら不満があるようだが、これは打診ではなく決定事項だ。異論は認められない。本来ならば、許可なく後宮から抜け出した妃が受ける刑罰のうち最も軽いものを受けてもらうところだが……どんな刑か、知っているか？」

「ひゃ、百叩《たた》き……」

最も軽いとはいえ、百叩きの刑は生易しいものではない。吊《つ》り下げられたまま一昼夜も鞭《むち》で打たれ続けるので、体力のない者はそのまま衰弱死してしまうこともある。

「処罰の代わりに、少々調査に協力してくれるだけでいい。悪い話ではないと思うが」

冗談が一切通じなそうな真顔で、サイードは言い放つ。ファリンには選択肢などないも同然だったが、確かに悪い話ではない。これまでも後宮で何か問題が起こるたびに犯人探しが始まって、長期間ギスギスすることが多かった。ならばこの平和を守るためにも、協力を惜しむ理由はないだろう。

「一つ確認なのですが、サイード様は『呪いをかけた犯人を捜《さが》す』のではなく、『呪いではないと証明する』ことをお望みなのですね？」

「その通り。呪いだのという不確かな存在を、陛下は信じておられない。だが超常の力が働いていると妃たちに思わせ、不安を抱かせること自体、後宮という組織を運営する上で厄介なのだ」

「分かりました。私なんかでお役に立てるのでしたら、精一杯務めさせていただきます」

ファリンが姿勢を正して頭を下げると、サイードは満足そうに頷いた。

「そうか、それは助かった。陛下より、アーファリーン妃が協力してくれるのならば、必要に応じて特別な便宜を図《はか》ってもよいとの仰せだ。例えば俺の同伴であれば、男装で後宮から出ることも許す、と」

古の王朝では後宮から徹底的に男を排除していたらしいが、ここにはそれほど厳密な立ち入り制限はない。後宮には内小姓の少年たちが出入りしていて、衛兵も二人一組で敷地内を巡回している。たまに出入りする典医や商人たちも、基本的に男性だ。だが妃は常に複数の使用人たちに囲まれているので、間違いは起こりようがないとみなされているのだが……二人っきりで行動してよいなどと、サイードはどれだけ皇帝から信頼を寄せられているのだろう。

──なにそれ推せる……なんて、単にサイード様が私なんかを相手にするわけがないってことだけど。

そう考えてファリンは内心苦笑したが、表向きは神妙に頷いた。

「それは……有難いことです。では、何かお力になれそうなことはありますか？」

「ああ。最近囁かれている、歩くと霊に足を掬《すく》われて転ぶという、呪われた廊下の話は知っているか？　しかもその霊の正体は妊娠中の事故で亡くなった第四妃で妃たちに恨みを持っているという話だが、まずはその聞き込みを頼みたい」

内廷の頂点であるサイードが後宮のそんな細かな問題まで把握していたのかと、ファリンは内心で驚いた。だが、この問題の原因は、実はもう知っているのだ。

「そのことなら聞き込みはしなくても、原因は分かります。ただの事故が、皆の疑心暗鬼を誘っているだけですよ」

「なんだって⁉　どういうことか教えてもらえるか？」

驚きの声を上げるサイードに、ファリンはすまなそうに眉尻《まゆじり》を下げて話し始めた。あの廊下は後宮内でも移動の要所にあって、実際に二か月ぐらい前から妃たちの転倒事故が相次いでいる。だから転んで怪我をしたという妃の話はよく耳にするのだが——。

「ですが不思議なことに、後をついて歩くはずの侍女たちは誰一人として転んでいないのです。それは単独で廊下を通る使用人たちも同様で、妃たちだけがあそこで転ぶんです。だから妃に恨みを持った霊の仕業だと、噂になってしまっているのでしょう」

「なるほど。だが妃だけが転ぶなど、本当にありえるのか？」

訝《いぶか》しげな顔をするサイードに、ファリンは少し困ったように笑ってみせた。

「現場を見ていただいた方が分かりやすいので、今から行ってみましょうか」

サイードと共にヴィラの入口に向かうと、ファリンは不織布《フェルト》の内履きを脱いで木製の靴に足を伸ばした。その瞬間、横をスルリと通り抜け、小さな影が外に出る。

「あっ、待って！」

ファリンは慌てて手を伸ばしたが、影はたちまち通路の向こうに消えて行った。

「ああ、さっきの猫か。心配せずとも、腹が減ったら戻って来るだろう」

「そ、そうですね……」

——そういえば精霊様って、ごはん食べるのかな？

どこに行くのか気にはなったが、そういえば封印が解けたばかりだし、身体を動かしたいだけかもしれない。ファリンは自分を納得させると、ヴィラを出て歩き出した。

この国の皇都は、北東に面するハリジュ湾の沿岸に造られた、巨大な城塞《じょうさい》都市だ。その端にある崖上《がけうえ》に海を臨むように造られた宮殿の気候は、砂漠の真ん中に比べると何倍も快適である。かなり大きな嵐が起こらぬ限り、砂を含む風もこの堅牢《けんろう》な城壁の内側までは届かない。その壮麗さゆえ『金沙《タラ・サフラ》宮殿』とも称される砂漠の大宮殿は、過酷なオアシス都市で生まれ育ったファリンにとって、まさに地上の楽園《パイリダエーザ》だった。

その金沙宮殿の最奥に造られた後宮は、海風の通りを重視した無数の小型建造物で構成されている。主要な建物同士は屋根のある渡り廊下で繋《つな》がっているが、基本的に壁がなく、午後の日差しがしっかりと差し込んでいた。

ファリンは肩にかけていた薄手のショールを広げると、頭にふんわり被《かぶ》り直した。この淡い桃色のショールは、マハスティから『着ようと思って買ったんだけど、やっぱり色味が若すぎたから』と、先日譲ってもらったものだ。初めはちょっと可愛すぎるかなと思ったが、今では一番のお気に入りだ。

縁取りに縫い込まれた石英のボタンカットビーズが、強い陽光を受けて虹色《にじいろ》にきらめいている。その光を思わず目で追っていると、何かに気づいたらしいサイードが、不意に一歩距離を詰めた。陛下《推し》のご尊顔《そんがん》そっくりの顔に瞳《ひとみ》をじっと覗《のぞ》き込まれて、ファリンは一瞬で石化する。

「君の瞳……明るい茶色だと思っていたが、今見ると緑だな。その瞳もあのカツラのように、何かで色を変えているのか？」

「ここっ、これは別に細工ではなくて、榛色《ヘーゼル》の瞳の特性みたいです。太陽の下だと光の散乱の関係で、その、緑がかって見えやすいみたいで……」

「なるほど、光の悪戯《いたずら》か。透き通るように美しい色だ」

なんの照れもなく発された言葉に、ファリンは思わずカッと目を見張る。喉《のど》の奥から変な音が出そうになって、慌てて咳《せ》き込んでごまかした。ついでに素早く一歩引き、心臓に悪い顔から距離を取る。

「どうした、大丈夫か？」

「だっ、だいじょうぶです！　なんでもありません！」

――そんなこと言うタイプの性格《キャラ》じゃないと思っていたから、解釈違いに驚いて！

などとは言えず、ファリンは口をつぐんだ。さすがに本人に言っていいことと悪いことぐらい、わきまえている。

「そうか、ならいいが……」

まだどこか釈然としない表情のサイードを促《うなが》して歩くこと、しばし。ようやく件《くだん》の呪われていると噂の廊下にたどり着き、ファリンは通路に敷き詰められた石畳へと目をやった。平たく削り出された大理石の敷石は美しいが、濡《ぬ》れたりすると元からまあまあ滑りやすい。だがこの部分だけ特に滑りやすいのには、理由があった。

「現場はここか。普通の敷石に見えるが……強いていうなら、黒ずみが酷《ひど》いぐらいか？」

しゃがんで敷石に触れながら首をかしげるサイードに、ファリンは答えた。

「その黒ずみは、通路に沿うように植えられている木の樹液が堆積《たいせき》したものです」

　ここの廊下は後宮でも外廷に近い位置にあるという関係上、外廷にある高い建物の屋上から覗き込めるようになっている。それがこの宮殿の密《ひそ》かな観光名所になっていることが一昨年に発覚して、通路沿いに目隠し用の樹木が植えられたのだ。

「この黒ずみが樹液だと？　この木は特に樹液の出やすい品種には見えないが」

　首をかしげるサイードに、ファリンは葉っぱを一枚ちぎって見せる。そのまま指先で断面をなぞると、たちまち緑の線が肌に描かれた。

「ほら、傷口からあふれ出すほどの品種でなくとも、樹液はどんな木でも少しずつ出ているものなんです。特にここは通路にかからないよう小まめに剪定《せんてい》されているので、余計に断面から樹液が落ちやすかったんだと思います。その樹液のせいで、ここは他の廊下よりも滑りやすくなっているのかと――」

「なるほど。だがその理屈では、妃のみが転ぶ理由にはならないと思うのだが」

「答えは、この靴のせいですね」

　ファリンはゆったりとしたバルーン状になっている脚衣《シャルワール》の裾《すそ》を軽く持ち上げると、靴を見せるように右足首をかたむけた。青の繻子《サテン》でできたシャルワールには銀糸で花模様の縫い取りがされていて、布地へ艶《つや》を与えている。その裾に半ば隠れている靴は、赤い天鵞絨《ビロード》で覆われていた。

「いま妃たちの間で流行している、西方伝来のかかとの高い木靴……これは靴底が狭く不安定で、かつ軸が硬い木製のため滑りやすいのです。でも使用人たちのように底の平たい獣皮の靴を履いていると、めったに滑ることはありません。それが使用人たちは無事で、妃たちだけが転ぶ理由です」

「なんだ、そんなもの、その靴を履かなければ良いだけじゃないか。知っていたのなら、なぜもっと早く皆に注意しなかったんだ？」

「それは……かかとの高い靴って、脚をとても長く綺麗《きれい》に見せてくれるんですよ。その代わりに履いて歩くと指先がとても痛むのですが……その痛みに耐えて、滑りやすいことも薄々気づきながらも、皆さま好んで履かれているのです。それなのに『危ないからやめろ』だなんて言ったら、絶対にウザがられるじゃないですか」

今回の噂の出どころは、おそらく後宮で働く使用人たちだ。危険なことに気づきつつ、それでも必死に自分を美しく見せて、少しでも皇帝の気を引こうとする妃たち。その様子に呆《あき》れと妬《ねた》みが混じり合い、面白おかしいヒソヒソ話にされているのを……実は通りがかりに、聞いてしまったことがある。それが口から口へと伝わるうちに形を変えて、今のような呪いの噂となったのだろう。そんな状況で『危ないからやめましょう！』なんて言った日には、『あいつ何様だ』と次はこちらが妃たちの陰口の的になるのは、火を見るよりも明らかだ。下手な正義感で目立って損するぐらいなら、それぞれの自己責任ということでいい。かつて義父や義妹に正論を言って火に油を注いでしまった経験が、ファリンに口を噤《つぐ》ませていた。

「まさか……滑ると分かっていてあえて履くなど、俺には理解できん」

呆れたような顔をするサイードに、ファリンは再び、困ったような笑みを返した。

「そこは価値観の違いでしょうか」

「君も、そうなのか？」

「それはまあ、せっかくいただきましたので……」

実のところファリン自身には特に皇帝の目を引きたいという動機はなかったが、今履いているのは木靴が流行し始めた頃にデルカシュが贈ってくれたものだ。せっかくもらったのに履かないのは申し訳ない気がするし、なによりみんな履いているのに、一人だけ履かずに浮きたくないという気持ちもあった。

実家からの支援がなく、流行《はや》りの靴をすぐに手に入れるのは難しかったファリンには『この色、貴女《あなた》にきっと似合うわ！』とデルカシュから笑顔で手渡されたことが、本当に嬉《うれ》しかった。それで少々痛くても、履き続けているのだ。

「分かった上での行動なら、改めて禁止したところで反発を生むだけだろうな……」

「ですね……」

「とはいえ、大事な身である妃たちが転びやすい状況は看過《かんか》できん」

サイードは深くため息をつくと、困ったように腕を組んだ。今はその治世を盤石にしたい時期なのに、皇帝にはまだ幼い皇子が一人と、皇女が二人しかいない。妊娠初期の妃が気づかず転んでしまう事態は、極力避けたいことだろう。

「ひとまず出来るのは……樹木に代わる目隠しの代用品が見つかるまで、廊下に樹液が溜《た》まらないよう小まめに除去させることぐらいだろうか？」

彼の口から出てきた策は、正しいが労苦を伴うものだった。

「古い樹液の汚れはかなり頑固ですから、除去には人手《ひとで》を集めねばなりません。そうでなければ、現在の清掃担当者だけでは負担が大きすぎてしまいます」

ファリンもかつて同じような黒ずみを落とせと義父から言われたことがあったが、表面を削り取るように力をこめてこそげ落とさねばならず、とても難儀した覚えがあった。なまじ使用人側の苦労が分かってしまうから、簡単に『やれ』とは言いにくい。

「なるほど、一理ある。だがよくそんなことを知っていたな」

サイードに不思議そうな顔で指摘され、ファリンはぎくりとした。ここで妃として優雅な暮らしが出来るのは、ロシャナク族の人質として価値があると思われているからだ。もし使用人以下の扱いを受けていたなんて知られたら、今の待遇ではいられないか、最悪あの実家に返品される可能性もある。

「それは、ええと、実家でお世話になった使用人のおかみさんから聞きました！」

「そうか。では他に、早急に取れる策はあるだろうか？」

ファリンが笑ってごまかすと、どうやらサイードはすんなり納得してくれたようだ。

「策というか、とにかく滑らなければ良いということであれば、焼いた貝殻を細かく砕いた粉を数日おきに撒《ま》けば滑り止めになり……なるらしい、です」

「なるほど、貝粉ならば倉庫を探せば在庫があるだろう」

真剣な顔で頷《うなず》いているサイードは、どうやら本当に妃たちの身の危険を案じてくれているようだ。使用人の負担増もすんなり考慮に入れてくれたし、陛下の信任厚い内小姓頭という現在の地位を得られた理由は、この点でもやはり血縁だけではないらしい。

そう考えると、なんだかもっとお役に立ちたくなってきたが、何か良い方法はないだろうか。そもそも妃たちが木靴を履くのは、皇帝の寵《ちょう》を争うためということは——。

——あ、この方法なら、流行を変えられるかも！

「他の策として、妃たちへの注意喚起の伝え方に、ひとつ提案があるのですが——」

◇◇◇

三か月後。サイードは再びファリンのヴィラを訪れた。少々時間が空いてしまったが、呪いの廊下の経過報告のためだ。前回と同じく高脚の卓子に案内され、侍女が持ってきたお茶を一口飲むと、口火を切った。

「君の提案した通りだったな。貝粉を撒き始めてから転倒事故が無くなったこともだが、そもそも例の通達から木靴の使用も明らかに減っている」

「それは良かったです！」

例の通達とは、ファリンに提案された『皇帝陛下がヴィラを訪れた妃は、原則としてひと月のあいだ木靴の使用を禁ず』というものだ。するとまず第六妃パラストゥーが、いっさい木靴を履かなくなった。暗に『私、定期的に陛下にお声がけいただいてます！』とアピールするためだ。すると対抗するかのように木靴を履かない妃が増えて、間もなく流行はすっかり終わりを迎えたのだった。

「妃たちの事故が減ったこと、皇帝陛下も大層お喜びであらせられる」

きっと彼女も朗報を喜ぶだろうと考えながら、サイードは微笑みかけた。だが彼女は驚いたように目を丸くすると、小さく、だがしみじみと呟《つぶや》いた。

「そんなに嬉しそうになさるなんて、本気で陛下のことを……」

「ちっ、違う、そういう意味ではない！」

そう慌てて否定してから、サイードはすぐに表情を引き締め、言葉を続けた。

「……アルサラーン陛下は真にこの国と民の未来を思う、とても偉大な御方《おかた》なのだ。巷《ちまた》では血も涙もない野心家などと呼ばれているが、そもそも陛下が諸部族を統一していなければ、今ごろ砂漠の民は西方諸国への隷属を強いられていたことだろう」

――三十年ほど前のこと。西方を中心として、世界中で大恐慌が始まった。その時真っ先に打撃を受けたのは、奢侈品《しゃしひん》の交易である。その頃アルサラーンの父が治めていたジャハーンダール族は、収入の大部分をハリジュ湾の天然真珠採取業に頼り切っていた。

そこに出現したのが、東方の小さな島国で開発された養殖真珠だ。

かの養殖真珠は質、量ともに安定し、さらに流通価格は天然真珠の三分の一。それまで真珠の流通を独占し価格を操作していた西方の宝石商たちは焦り、養殖真珠を排除するための真贋《しんがん》裁判を起こした。だが宝石商たちの思惑とは裏腹に、当の西方の裁判所において、養殖真珠が『本真珠である』と正式に認定されたのだ。

折しも、世界は不況である。さらに各国で身分制度の改革も相次いで、それまでの上顧客だった貴族たちは、その地位を急速に失いつつあった。こうしていくつもの原因が重なった天然真珠市場は崩壊し、湾岸の部族は文字通り飢えに襲われた。

その対応に奔走した父が心労で倒れ、跡を継いだアルサラーンはまだ成人したばかりの十八歳であったが、国内外の情勢もよく学んでいた彼は、真珠に代わる資源の存在に気づいていた。それがハリジュ湾岸で当時わずかに産出していた『燃水《ナフトゥ》』である。

それは伝統的に臭水《くそうず》と呼ばれ、いちおう灯《とも》し油にはなるものの、臭くて煙たくて下等なものとされていた。その一方で内燃機関の発明によりいち早く燃水の真価に気づいていた西方は、それが砂漠の地下に大量に眠っている可能性に目をつける。砂漠では未《いま》だ安価なそれを買い占めると、さらに資金を出すから共に燃水の出る井戸を掘らないかと、いくつかの部族に協力を持ち掛け始めたのだ。

だがアルサラーンは、その協力に危機感を覚えた。西方に都合よく価格を管理されてしまったら、真珠の二の舞になってしまうだろう。それに早くから西方に目をつけられた国々は不平等な条約を強いられ、その多くが植民地と化しているらしい。

『今すぐ諸部族は結束し、我らの父祖《ふそ》の地を守らねばならない！』

アルサラーンはそう他の族長たちに訴えたが、変化を嫌う老人たちは、それを一笑に付した。しかし賛同する者たちも、若者を中心に現れ始め——とうとうアルサラーンは、頭の固い者たちとの話し合いを諦《あきら》めた。そしてこの世で最も簡単、かつ合理的と思われる方法——武力制圧に踏み切ったのだ。

「——だが拙速を必要とした統一事業は、我ら砂漠の民にとっても大きな痛みを伴うものとなった。ゆえに今もなお、陛下に恨みを持つ者は多いのだ。俺はいずれ大宰相となり……そんな陛下の治世を、陰日向《かげひなた》になりお支え申し上げたいと考えている」

そこまで熱心に語ってから、サイードはようやく目の前の少女がどこか元気を失っていることに気がついた。

「すまない、女性にはつまらない話をしてしまったか」

「いえ、そうじゃないんです。私の父はエルグラン人なんですけど、その、砂漠には、地下資源の調査に来ていて……ごめんなさい」

エルグラン王国は、前《さき》の戦争で西方諸国連合の旗手となっていた国だ。その血を引くファリンにこんな話をしたせいで、肩身の狭い思いをさせてしまったのだろう。うつむいて小さくなっている彼女の淡い髪色に、なぜ気づけなかったのか。

サイードは思わず、彼女の暖かな色の髪を撫《な》でようとして……慌てて手を引っ込めた。

「すまない。君や、君の父親を責めているわけじゃない。それが経済というもので、どの国も生き残るために必死だというだけだ。それに西方諸国も、かの東方の島国も、今では燃水を高く買ってくれる上得意様だしな」

ようやく顔を上げた彼女に、サイードは困ったように笑いかけた。

「だからどうか、そんな顔をしないでくれ」

「はい……」

「要は何が言いたいのかというと、陛下がいかに大局的な視点を持ち、先見の明があり、かつ民の未来を想う素晴らしい御方なのかということだ。本当に、俺なんかに同じ血が流れているとは思えないほどの、な。そして今回の問題が速やかに解決したのは、全て君のおかげだ。だからまた後宮の平穏を乱すような問題が発生したら、どうか力を貸してくれないか。共に、陛下の治世をお支えしよう」

そう言ってあえて明るく笑いかけると、珍しく彼女はほんのり頬を上気させ、生真面目に、だが嬉《うれ》しそうに言った。

「私なんかでお役に立てるなら、がんばります」

「ならば他にもこれまでに気づいたことなどあれば、ぜひ教えてくれ」

「それは……特にないです」

つい先ほどのがんばるという言葉とは裏腹に、ファリンは自信なげに目を逸《そ》らして小声で答えた。彼女の受け身な性質は、どうやらかなり根深いらしい。この先も自発的な報告は、あまり期待できないだろう。仕方ない、やはり定期的にこちらから確認に来なければならないか——そうサイードが考えていると、彼女は感慨深げに口を開いた。

「そんな風に、ひたむきに慕える方がいるのは……本当に幸せなことだと思います。きっと私たちは、そんなサイード様と陛下の互いを想い合うさまに、心惹《こころひ》かれてしまったのでしょう」

「想い……いやだから、そういうものではないのだが……」

思わず複雑な顔をしてしまったサイードへ向かい、ファリンは慌てて否定するように、ブンブンとその華奢《きゃしゃ》な両手を振った。

「ああ、そういう意味の『想い』じゃないです！　本当にすみません、人間的に信頼し合っているという意味の話です！　妄想と現実の区別はちゃんとついてます!!」

「そうか……ならば良いのだが」

思わず噴き出しそうになったのをこらえるために真顔になると、彼女は気まずそうな笑みを返した。

問題が起こったゆえのことなのに不謹慎だと思わなくもないが、こんなに楽しいひとときは、何年ぶりのことだろう。実のところ以前のサイードは、なぜあの合理的、かつ先進的な皇帝陛下が前時代的な後宮など設けたのかを理解できずにいた。後宮の管理に異邦より宦官《かんがん》を徴する制度は否定したにもかかわらず、だ。いっそ無くしてしまえば面倒が減るのにと、何度思ったことだろう。だが皇帝にとっても後宮《ここ》が何らかの癒しになるのなら、まだあっても良いのではないか——そう、思えるのだった。

# 第二夜　まさかこんなもので

年間を通して気温が高い砂漠だが、初夏ともなると、その暑さはすさまじいものがある。使用人でも外出を避けるほどだが、精霊であるバァブルは灼熱《しゃくねつ》の太陽など気にもならないらしく、今日も気ままな散策に出かけたようだった。油燈の中はよほど窮屈だったのか、今やすっかり散歩がお気に入りになっているらしい。しかしそんな精霊様も、厚く織られた扉代わりの垂幕をモソモソくぐって、室内に顔を出したとたん——。

「ぬあっ⁉　この異常な臭気はなんだ！」

盛大に顔をしかめて、その丸っこい頭をぴゅっと素早く引っ込めた。

「異常って、花を活《い》けただけなんですが……良い香りではありませんか？」

ファリンは何ごとかと思いつつ、垂幕を腕で押し退け廊下の方を覗《のぞ》きこむ。すると子トラは怯《おび》えたように、上半身を伏せたまま床を後ずさった。

「こら、開けるでない！　吾輩《わがはい》の鼻は鈍麻《どんま》なる人間どもと違って繊細なのだ！」

バァブルはこの上なく嫌そうにしているが、この香りの正体は花びらがとても大きな白百合《しらゆり》だ。少々強めとはいえ、人間であるファリンには華やかな香りとしか思えない。

だが猫の鼻は人間よりはるかによく利くらしいから、刺激が強すぎるのだろうか。

「精霊様って、やっぱりただの猫なのかしら……」

ファリンが思わず呟《つぶや》くと、バァブルは両手で鼻づらを押さえたまま唸《うな》った。

「だから、吾輩は猫ではないと言っておろう！」

こんなに立派で綺麗《きれい》な花、砂漠では滅多にお目にかかれるものじゃない。でも同居者が苦手ならば仕方ないだろう。ファリンはずっしりとした大きな花瓶を持ち上げると、侍女に譲《ゆず》って使用人宿舎に持って行ってもらうことにした。

「これでどうでしょう？」

「ううむ、花の香が全て苦手なわけではないのだが、これはどうにも好かんな……。散策に出ておるゆえ、ようく換気しておいてくれ」

「はい。お気《かな》をつけて～」

願いを叶《かな》えるすごい力を持つという精霊が、これほど香りに弱いとは。……こうしてヴィラから出て行ったバァブルだったが、間もなく第五妃バハーミーンの豊かな胸元に抱かれながら、ご満悦な顔で帰ってきた。

「あっ、バァブル様！」

ファリンが思わず声をあげると、バハーミーンは破顔《はがん》する。

「あらあら、猫ちゃんに様づけして呼んでいるのねぇ」

「それは、いろいろあって……」

言い訳を探しているうちに、バハーミーンは得心《とくしん》がいったように頷《うなず》いた。

「うふふ、うちの子たちもみぃんな可愛いから、お猫様になってしまうのは分かるわぁ」

子持ちも多い上級妃たちのヴィラは、ファリンたち下級妃より一部屋だけ多い構造だ。だがそのちょっと広い程度のヴィラで、バハーミーンは十四匹もの猫と一緒に暮らしていた。最初は二匹だけだったのに、気づけばそこまで増えてしまっていたらしい。

同じく猫を飼っているバハーミーンの言葉にほっとしつつ、ファリンはここまで連れてきてくれたことに礼を言う。

「気にしないで。ちょうどアーファリーンの猫ちゃんに会いたいと思っていたら、そこでバッタリ会ったのよぉ。白に縞柄《しまがら》だとは知っていたけれど……ムクムクしていてとってもカワイイわぁ。食いしんぼちゃんなのねぇ」

すると柔らかな胸にうずまり満足そうにしていた子トラが、一転不満そうな顔をした。

バブルは大昔に死んだ白虎の赤ちゃんを依代《よりしろ》として、この世に顕現《けんげん》、つまり実体化したらしい。本来ならば精霊は姿を自由に変えられるそうだが、今はこの白虎の姿をいたく気に入っているようだ。だからといって虎だと正直に言えば、飼育許可が下りるはずがないと考え、ファリンは「縞模様の猫です」と申告することにした。すると丸顔で手足が太く短いせいか、後宮の人々からはムクムク太った成猫だと思われているのだ。

外国にいるという虎の話は有名だが、皆絵でしか見たことがない。だからこそ猫の一種で通すことができたのだが、誇り高き精霊様には少々不本意であるようだ。とはいえ砂漠中部で最も豊かなオアシス都市出身のバハーミーンは、優しげな垂れ目に泣きボクロを持ち、なおかつのんびり喋《しゃべ》るおっとりとした美女である。その腕の中はとても居心地《よ》が好さそうで、逃げ出すつもりはないらしい。

「じゃあ今度はうちの子たちにも、会いに来てねぇ」

思う存分バァブルの白い腹毛を吸ってから、バハーミーンは満足げに笑って自分のヴィラへと帰って行った。

――その数日後。後宮は大混乱に陥っていた。ファリンのヴィラでも同様で、剝《は》がした敷物を両腕いっぱいに抱えて侍女の一人が振り向いた。

「次、毛皮を干して参ります！」

「ええ、お願い！　あとそれ、私も一緒に持って行くわ」

「それはお妃様に、申し訳が……」

「いいのよ。そもそも私の部屋なんだし」

恐縮する侍女に笑みを返すと、ファリンは侍女と共に巻いた毛皮を両脇に担いで外へ出た。他のヴィラからも同様に、敷物やら絨毯《じゅうたん》やらが慌ただしく運び出されている。なぜこんな事態になっているのかというと、急にノミが大発生したためだ。一匹ぐらいならチクっと刺されても平気だが、無数になると大問題だ。そこで後宮をあげて、ノミの一斉駆除大会が始まった。後宮が出来て十年近いが、これほどの事態は初めてらしい。

庭園の隅にある広い洗濯物干し場に敷物を預けて侍女と別れると、ファリンは急いで倉庫へと向かった。除虫菊《じょちゅうぎく》の在庫がなくなってしまう前に、確保しておくためだ。

「ノミにはちゃんと気をつけていたはずなのに、急になんでぇー⁉」

倉庫前で行列に並んでいると、近くのヴィラからバハーミーンらしき嘆き声が響いた。バハーミーンのヴィラには、たくさんの猫がいる。ノミにとって猫は最高の宿主だから、きっと大変なのだろう。

まもなく順番がきて除虫菊を受け取ると、ファリンは自分のヴィラへ足を向けた。昔取った杵柄《きねづか》で手際よく対処を終えたので、あとはこれで部屋を燻蒸《くんじょう》するだけでおしまいだ。そこにガッシャアアアンっと大きな破壊音がして、女性の悲鳴が響き渡った。

「もうイヤぁーっ！」

――この声も、もしかしてバハーミーン様なのかな。いつもの彼女らしくないけれど、よほど切羽詰まった状況なのかもしれない。私の作業はもう終わるし、お手伝いに行こうかな。でも急に手伝うなんて言っても、余計なお世話だと思われてしまうかも……。

『お嬢さんが手伝ってくれるのはいいんだけどさ、正直言って迷惑なんだよねぇ。大して使い物にならないのに旦那《だんな》様に目ぇつけられやすくて、こっちまで怒られちまう』

かつて耳にしてしまった実家の使用人たちの陰口が、幻聴のように甦《よみがえ》る。

触らぬ精霊《ジン》に祟《たた》りなし。ファリンは悩んだすえに眉尻《まゆじり》を下げると、結局声をかけるのはやめて歩き出した。

――でもバハーミーン様は、あのとき嘆願に駆けつけてくれたじゃない！

ファリンはハッとして顔を上げると、もと来た道をバハーミーンのヴィラへと駆け出した。余計なお世話だと思われたって、いいじゃないか。それに助けが不要なら普通に断られるだけで、ウザいとまでは思われないはずだ。

「大丈夫ですか⁉」

優美な蔓草《つるくさ》の細工が施された格子ごしに窓の中を覗きこむと、水浸しになった絨毯の上に、大百合の花と元は大きな花瓶らしき物の破片が飛び散っているのが見えた。興奮した様子の猫たちが思い思いに走り回っているなかで、この部屋の主《あるじ》であるバハーミーンは、力尽きたようにへたり込んでいる。

「あの、バハーミーン様、そこに座っていたら危ないですよ！」

「アーファリーン……」

涙に濡《ぬ》れた顔を上げる彼女に、ファリンは勇気を出して声をかけた。

「またすぐにお手伝いに来ますから、ひとまず安全な場所で待っていてください！」

ファリンは急ぎ自分のヴィラに駆け戻り、持ってきた除虫菊で部屋を燻《いぶ》すよう侍女に託すと、この騒動の中でも軒下でのんびり日向《ひなた》ぼっこを始めた子トラに目をとめた。

「バァブル様は、ノミ大丈夫ですか⁉」

「吾輩の依代は虎だが、本質は精霊であるからな。虫なんぞには負けんわ」

「花の香りには負けていたじゃないですか」

ファリンの呆《あき》れた声を聞き、バァブルはげんなりとした様子で突っ伏した。

「あれはそういう問題ではない！　まあそんなことよりノミの方だが、吾輩に願えば一瞬で全滅させてやることも可能だぞ？」

前足にコテンとアゴを乗せ、子トラは青い瞳《ひとみ》をこちらに向ける。

「いえ、大丈夫です。願い事は一回きりなんですよね？　今回はそれで解決しても、またいつ大発生するか分かりませんから。ならばちゃんと対処する方法を、皆で確認しておいた方がいいんです」

「ふぅん。ま、がんばりたまえよ」

面倒くさそうにくあっと一つ大あくびして、バァブルはのんびり目を閉じる。その姿にファリンは苦笑すると、急いで物干し場へ向かった。ノミの駆除が終わった毛皮を数枚受け取って、バハーミーンのヴィラへと走る。

「お待たせしました！」

「ああ、アーファリーン！　ごめんなさいねぇ。自分のところも大変でしょうに」

この雰囲気は、きっと歓迎してくれている。ファリンは少しだけ安堵《あんど》した。

「いいえ、もう終わっているので大丈夫です！　何か私にできることはありますか？」

「ありがとう！　ひとまず破片は片付けたから、虫干しが必要なのは、この一番大きな絨毯だけなの。あとはこの子たちについているノミを取ってあげたいのだけど、どうにもイヤみたいで逃げられちゃって……お手上げなのよ」

そう言うバハーミーンは、猫についたノミを一匹ずつ手で探し出しては地道に潰していたらしい。確かにそれでは時間がかかって、猫は途中で逃げ出してしまうだろう。

「猫たちについたノミのことなら、もっと効率的な取り方がありますよ」

「まあ、どんな？」

不安そうに首をかしげるバハーミーンへ、ファリンは元気づけるように笑いかけた。

「まずは水洗いから始めましょう」

「でも、水洗いなんかで毛の中に隠れたノミは取れないでしょう？」

「毛皮を水で濡らすのは、ノミに居心地悪く思わせるためなんです。それから別のしっかり乾燥した毛皮で包《くる》んでやれば、より居心地好い方に移るというわけです」

「まぁ、そんなことができるの？」

「はい。ノミ取り屋が実家に来たとき、手伝ったことがありまして」

「なるほどねぇ。じゃあ、わたくしにもやり方を教えてちょうだい」

ゆったりした衣装の袖《そで》が落ちないよう襷《たすき》でぎゅっと括《くく》りつつ、バハーミーンは真剣な顔をした。どうやら先ほどの動転した状態から、すっかり落ち着きを取り戻したらしい。

「でも、バハーミーン様が自らなさらなくても」

「わたくしも……いいえ、わたくしが、やらなければならないのよ。この子たちは、わたくしの大事な家族なんだもの」

いつも目を細めておっとり喋るバハーミーンが、珍しく声に力を入れている。ファリンはそれにしっかり頷《うなず》き返すと、持っていた虫干し済の毛皮を広げてみせた。

「では、始めましょう！」

逃げまどう猫を捕獲する係のバハーミーンを筆頭に、水洗いする係、毛皮で包む係、ノミのついた毛皮を再び干しに行く係に侍女を振り分けて、ファリンたちは作業を開始した。ヴィラの前で手分けして駆除作業を行っている間に、部屋の中では除虫菊がモワモワと煙を立てている。周囲を見渡すと、多くのヴィラから同じように煙が出ていた。

猫たちからノミをひととおり移し終えた毛皮を受け取ると、ファリンはそれを物干し場へと運んだ。張られた綱《つな》に吊《つ》るし、先に干していた毛皮を木の棒で叩《たた》いて、乾いたノミの残骸《ざんがい》を振り落とす。こういうときばかりは、この砂漠の強い日差しは有難い。

物干し場に飛び交う侍女たちの噂話に、ついつい聞き耳を立てながら作業を終えて、ファリンはバハーミーンのヴィラに戻ろうと足を向けた。すると立ち並ぶヴィラの間にさしかかった辺りで、激しく言い争う声が聞こえた。

「――そもそもこんな騒ぎが起こったのは、バハーミーン様が猫をたくさん飼いすぎているせいでしょう!?　だから危険だと、ずっと言っていたじゃない！　とっとと外に捨てて来なさいよ、汚らしい！」

「ひどいわ!!　この子たちは、わたくしの大事な家族なのに！」

だが行き交う使用人たちはまたかといった顔で、意にも介さず仕事を続けている。さらに近づいていくと予想通りケンカの声はバハーミーンのヴィラからで、相手は彼女とヴィラが隣接している第六妃パラストゥーだった。

パラストゥーは上級妃と呼ばれる古参の妃の一人だが、実は唯一、自ら志願して後宮へ乗り込んで来たという逸話を持っている。他の上級妃は大部族の長の娘ばかりだが、パラストゥーの生まれは砂漠の中ほどにある小さなオアシスの村だった。彼女は分家の女たちの中で最も美しい娘として、成人と同時に族長の養女となったらしい。だが同じ養女でも、ファリンとは大きく異なる点があった。それはパラストゥー自身が、この後宮の誰より野心にあふれているという点だ。

部族の期待を一身に背負って後宮入りしたパラストゥーは、間もなくその期待に応《こた》え、皇帝にとって現在唯一の皇子であるソルーシュを産んだ。そんな第六妃パラストゥーと、その隣に住む第五妃バハーミーンは、後宮でも有名な犬猿の仲である。もっともパラストゥーの方は、他の上級妃とも仲が良いわけではないのだが。

今回の諍《いさか》いの原因は、ノミが大発生した原因はバハーミーンの飼い猫たちだろうと、元から多頭飼いを快く思っていなかったパラストゥーが文句をつけに来たからのようだ。だが一見おっとりしているように見えて芯《しん》は強いバハーミーンも、負けてはいない。飛び交うノミにイライラが頂点に達していたらしい二人は、いつも以上に口論が白熱している。このままでは、今にもつかみ合いの大ゲンカに発展しそうな勢いだ。どうにか穏便に済ませられないかとファリンはとっさに駆け寄って、二人の仲裁を試みた。

「パラストゥー様、あの、ここは人通りが多いですから！」

「なによ……って、アーファリーンじゃない！　確かアナタも猫を飼っているわよね⁉　庇《かば》いだてするならアナタも同罪よ！」

　パラストゥーの腰近くまで深い切れ込み《スリット》の入った長裳《ベラ》からは、得意の舞踊で引き締まった長い脚がのぞいている。その肌は艶《つや》やかな小麦色で、少しばかり癖が強めの黒髪はいつも華やかに結い上げられていた。六尺近い女性にしてはかなりの長身も、かの皇帝と並べばバランスよくすら見える。そんなパラストゥーに仁王立ちで睨《にら》み付けられ、ファリンは思わず身を竦《すく》めた。だが原因ならば、先ほど物干し場で聞いて知っている。ただどう伝えたらいいかと言葉を探してあたふたしていると、背後から助けが現れた。

「本当にごめんなさいね、わたくしのせいなのよ」

　声の方を向けば、困ったような顔で近づいて来たのはデルカシュだ。

「あなたが？　そんな、一体なぜ……」

　とたんに語気を弱めたパラストゥーが、驚いたように問う。

「実はね、使用人たちを労《ねぎら》おうと思って、狼の毛皮をたくさん購入したの。どうやらそれにノミが隠れていたみたいで……」

　デルカシュの話によると、先日この後宮に住み込む百名余りの使用人たち全てに、日頃の褒美として毛皮の敷物を配布したのが騒動の原因らしい。

　それが私財からの支出だったことには驚くが、豊かな交易都市を実家に持つデルカシュだからできたことだろう。だが彼女自身はその身を飾ることにひかえめで、また今のように失敗を人のせいにせず、きちんと謝罪して責任を取る。ゆえに、彼女を慕う者が後を絶たないのだ。

「それは、なんと不運なことでしょう！　デルカシュ様のせいではございませんわ。せっかくのご慈悲の心につけこんで、悪い商品を売りつけた商人がいけないのです」

それはまさに、このパラストゥーのセリフが好例である。その野心ゆえ全方面に当たりの強い彼女でも、デルカシュへだけはそれなりに気を遣っているようだ。

「そうね、お値段に惑わされず、次からはもっとしっかりお品を吟味するよう気をつけるわ。だからバハーミーンを責めないで、ね？」

「でもデルカシュ様、聞いてくださいませ！　バハーミーン様のところの猫が増えすぎているのは本当のことなのです。その辺を猫がうろついていると、皇子が触りたがって困るのですわ。猫はノミだけではなくて、たくさん病のもとを持っているとか。大事な大事な第一皇子にうつりでもしたら、一大事ではありませんか！」

パラストゥーの息子ソルーシュは、まだ四歳になったばかりだ。お行儀もよく賢いと評判の第一皇子だが、繊細で食が細く、すぐに熱を出すらしい。そのためか、パラストゥーはなにかと神経質になっているようだ。

だがここで、バハーミーンが負けじと声を上げた。

「わたくしの猫たちを、病気のかたまりみたいに言わないで！　嫌なら近づけないように、母親の貴女《あなた》がちゃんと皇子から目を離さなければいいだけでしょう!?」

するとさらに張り合うように、パラストゥーも声を張り上げる。

「なによそっちこそ、動物を飼うならちゃんと管理に気をつけて、共用部の通路をウロウロさせないでちょうだい！　アーファリーン、アナタのところのブタ猫もよ！　二度とわたくしのヴィラに近寄らせないでッ！」

最後にひときわ強い啖呵《たんか》を切ると、パラストゥーは憤慨しながら去って行った。

このように彼女は元々かなり気の強い人だが、特に皇子を産んでからは現在空席である正妃の座は自分のものだと、争う姿勢を押し出している。だが皇帝は逆に、その強さをお気に召しているらしい。

しかし今回は、そんな『いつもの口喧嘩《くちげんか》』では済まなかったのだ。


――事件が起こったのは、翌朝のことだった。

夜になり急激に冷え込んだ後の砂漠の朝は、爽《さわ》やかで気持ちの良いものだ。そのため日の出の前に起き出して、酷暑の昼は午睡で切り抜ける者も多い。ファリンもご多分に漏れず、寝間着のまま朝食の席についたのは、空がようやく白くなり始めたころだった。

平たく焼かれたピタという麵麭《パン》に出来立てでまだ柔らかい乳酪《バター》をたっぷり塗りつけていると、窓の格子の隙間からにゅっとバァブルの白い頭が現れた。その頭も身体も、どう見ても隙間よりも大きく見える。だが子トラはしゅるりと器用に格子を抜けて、朝食の並ぶ卓子の上へストンと降り立った。朝の散策が終わったようだ。

「おかえりなさい。お食事用意できていますよ」

「うむ」

そもそも精霊は食事をとるのか疑問だったが、このバァブルはファリンの予想以上に食道楽のようだった。精霊は本来食事が不要だが、顕現《けんげん》している間は食べられるとのことで、ここぞとばかりに後宮の美食を堪能《たんのう》しているらしい。

端がカリッとするまで香ばしく焙《あぶ》られた家鶏の焼き肉《ケバブ》を朝からうまそうに平らげると、バァブルはそのまま卓子の上にごろんと転がって口をひらいた。

「ときに例の胸の豊かなる妃、おるだろう?」

「胸って……まあ、分かりますけど。どうしたんですか?」

「さっきヴィラの前を通ったら、何やら問題が起きておるようだぞ」

「えっ本当ですか⁉」

「ああ、人だかりができておった」

ヴィラは中央の大きな建物を取り囲むように建てられており、第五妃であるバハーミーンのヴィラはその建物を挟んでちょうど対角の場所にある。だから騒ぎが起こっても、ここまでは音すら届かないのだ。ファリンは急いで残りのピタを口に詰め込むと、侍女に片づけを頼んでヴィラを出た。

往来はどこか張り詰めた空気に包まれていて、歩くうちに人のざわめく気配が強くなる。その中心はやはりバハーミーンのヴィラであるようで、人が次々と出入りし周囲に人だかりができていた。ファリンがその中にレイリとアーラを見つけて状況を聞くと、どうやらバハーミーンの猫のうち小さな三匹が、朝から嘔吐《おうと》し、ぐったりとしてしまっているらしい。

「フン、だから狭い室内でそんなに飼っていたら、いつか病気になるって言ったのよ！」

そのとき――小声で噂する人だかりの中から、ひときわ目立つパラストゥーの声が響いた。「これも呪いでは……」だのなんだのと言っていたヒソヒソ声がぴたりとやんで、皆が声の主の方を注視する。するとちょうどヴィラから出て来たバハーミーンにも聞こえたようで、彼女はキッと、そちらに強い瞳《ひとみ》を向けた。

「こんな急変、ぜったいに普通の病気なんかじゃないわ！　さてはあなたが毒を盛ったのね⁉　この、人でなし！」

「朝っぱらから隣でうるさく騒いで何事かと思ったら、言いがかりはやめてくれる？　なんの証拠もないくせに」

「しらばっくれる気⁉　絶対に、尻尾《しっぽ》をつかんでやるんだから！」

「残念だけど、調べてもムダよ。本当にわたくしは何もしていないんだから」

そう自信満々に言い残すと、パラストゥーはツンと顔を背けて、自分のヴィラへと帰って行った。

「たとえ対象が人でなくとも、後宮で毒物の混入など絶対にあってはならないことだ」

バハーミーンの訴えを受けて後宮まで調査に来たサイードは、そう声を震わせて涙目で言った。その高く通った鼻筋を、手巾《ハンカチ》でしっかりと隠すように包み込んでいる。

「まさかサイード様が、そこまでうちの子たちのために悲しんでくれるなんて……」

「違う、いや、悲しいのは違わないんだが、これは猫の毛が……すまんアーファリーン妃、こちらの聴取は頼んだ。俺はパラストゥー妃の方へ話を聞きにゆく」

そこで盛大にくしゃみをすると、サイードは鼻を押さえたまま部屋から出て行った。

あの様子では、恐らく猫の過敏症《アレルギー》なのだろう。そういえばバァブルには反応しないようだったが、やはりただの猫ではないからだろうか。かなりの多頭飼いとはいえ大掃除したばかりのヴィラは清潔だと思うのに、よほど反応が強いらしい。十代で戦場に随伴し敵の首級《しゅきゅう》をあげたという噂のあるサイードも、過敏症には敵《かな》わないようだ。

突然一人で話を聞くことになったファリンは怖気《おじけ》づいたが、任されてしまったものは仕方ない。シャルワールのたっぷりとしたひだへ隠すように取りつけたポケットを探ると、いつも持っている小さなネタ帳と短い鉛筆を取り出した。西方製の鉛筆は高価なものだが、ふとネタが浮かんだときに便利と聞いて、以前思い切って買ったのだ。

「あのう、今サイード様がおっしゃっていた通り、少し皆さまのお話を伺ってもよろしいでしょうか……」

ファリンは鉛筆を握りしめつつ、おっかなびっくりバハーミーンに声をかけた。例の件の罰代わりに後宮内で起こる問題の調査に協力することになったと伝えると、彼女は深く頷《うなず》いてみせる。

「もちろんよぉ。みんな、しっかり話を聞いてもらいましょう？」

バハーミーンが侍女たちを呼び集めると、彼女たちは堰《せき》を切ったように次々と話し始めた。きっと誰かに聞いてもらいたくて、たまらなかったのだろう。

「昨日は一日中ノミ騒動の対応に追われていたでしょう？　だからね、夜の食事は遅くなっちゃったのよ。でもそのときは、まだみんな元気だったの……」

だが今朝、いつもの時間に餌を持っていくと、敷物に嘔吐の跡があることに気づいたのだとバハーミーンは言った。だから夜間に異物を口にした可能性があるが、猫は夜に散歩に出ることが多く、その間どこに行っているのか、何を食べてきたのかは、分からないということだった。

「その後、猫たちの具合はどうですか？」

「いちおう典医に診てもらったのだけど、順調に回復へ向かっているみたい」

「それは……よかったです」

ファリンがほっと息を吐くと、バハーミーンは少しだけ困ったように笑った。

「心配してくれてありがとう。ただ典医は猫の専門じゃないから、症状の原因とかは詳しく分からないみたいなのよねぇ」

「そうですか……いつも猫たちが食事する部屋って、見せてもらうことはできますか？」

「ええ、いいわよ。今は片づけちゃって何もないけれど……」

案内されたのは昨日水びたしだった部屋で、石造りの床が剝《む》き出しのままになっていた。昨日水浸しになった絨毯《じゅうたん》はまだ乾かず外に干されたままで、臨時の敷物も吐物を洗いに持ち出されたままらしい。窓からは一部の垂幕が取り外されているが、花瓶が倒れた際に付いた花粉が全然取れないため、この機会に絨毯と一緒に新調する予定とのことだった。窓際の卓子に置かれた玻璃《はり》の水盆に浮かぶ大百合《おおゆり》の首だけが、がらんとした部屋に華を添えている。せめて一輪だけでもと、捨てずに残しておいたのだろうか。

念のためファリンはバハーミーンの寝室や水屋も見たが、寝室は言うまでもなく、水屋にも食べ物は置かれていなかった。そもそも食事の用意は厨房《ちゅうぼう》で一括して行われているため、水屋と言っても設備はお茶を沸かすぐらいの簡易なものだ。特にバハーミーンのヴィラは厨房の目の前なので、おやつすら置いていないらしい。結局不審なものは何もみつからず、これといった収穫のないままファリンはヴィラの外へ出た。

そろそろサイードの方も、聞き込みを終えている頃合いだろうか。ファリンが通路を挟んだ隣にある第六妃のヴィラに顔を向けると、ソワソワとこちらを窺《うかが》っていたらしいパラストゥーとばっちり目が合った。気の強い彼女には珍しく、きまり悪そうに目を逸《そ》らす。だがその状態のままで、何故かファリンへ声をかけてきた。

「ね、ねぇ、その後、猫の様子は……」

「順調に回復しているみたいです。けど……まさか、心配なさっているんですか？」

ファリンが思わず目を丸くして問うと、パラストゥーは視線をまっすぐ向けて、低く唸《うな》るように言った。

「なによ、わたくしが心配したら悪いとでも言うの!?」

「いえ、そういうわけでは……」

しかしその最悪のタイミングで、こちらのヴィラからバハーミーンが顔を出す。

「ファリン、さっき言うの忘れてたんだけど……ってパラストゥー！　なによ、そろそろ子猫たちが死んだか確かめにでもきたの!?」

「はぁ!?　自意識過剰なんじゃない？　わたくしは外の空気を吸いに出ていただけよ！」

そこから再びヒートアップし始めた二人をどうにか宥《なだ》めようとしていると、騒ぎを聞きつけたサイードが調査中だったらしい厨房から現れた。

「お二方とも、何を騒いでおられる」

彼の顔を見たとたん、二人はピタリと口をつぐんだ。皇帝の右腕と呼ばれるサイードに見苦しい姿を見せたら、心証が悪いと思ったのだろうか。不機嫌そうに各々のヴィラへと引っ込む二人を見送って、ファリンはほっとしてサイードに顔を向けた。

「サイード様がいらしてくださって助かりました」

「いや、こっちまで声が響いていたからな。バハーミーン妃の方の調査は終わったか？」

「バハーミーン様と侍女たちから当日の話を一通り聞いて、念のためヴィラの各部屋も見せてもらったのですが……特に不審な点はないようです」

ファリンが聴取結果の覚え書きを渡すと「確認しておく」と頷き、サイードは調査に戻っていった。役目を果たしたファリンはようやく自身のヴィラへと帰ったが、まだ事件は終わりではなかったのだ。

さらにその翌朝。『重要な話があるから妃は全員集合せよ』と呼ばれてファリンが大広間に向かうと、そこで顔を合わせるなり、レイリが勢い込んで話しかけてきた。

「ねぇねぇ聞いて、聞いてよ！　今度はソルーシュ様が、何者かにヤケドを負わされちゃったんだって！」

レイリの話によると、事件が起こったのはつい先刻。まだ涼しい早朝の庭で、皇子が遊んでいたときのことだ。母親やその侍女たちがほんの少し目を離したすきに、忽然《こつぜん》と皇子が姿を消した。慌てて捜すと植え込みの裏ですぐに見つかったのだが、その時には半袖《はんそで》でむきだしだった腕に、もう大きく爛《ただ》れるような熱傷《ねっしょう》ができていたらしい。

それを見たパラストゥーは怒り狂い、何者の仕業かを突き止めるよう訴えた。立太子はまだとはいえ、現在唯一の世継ぎ候補に起こった傷害事件である。そのため緊急に妃たちへ尋問が行われることになった。

妃全員が集合し、評定役のサイードと三名の内小姓が到着したところで、まず状況の確認が始まった。

「サイード様、どうか見てくださいませ、この酷《ひど》い火傷《やけど》を!!　かわいそうに、この形はきっと火かき棒でも押しつけられたんだわ！」

パラストゥーが白い当て布を外すと、皇子のほっそりとした前腕に赤くジュクジュクとした熱傷ができていた。その傷は斜めに細長く、確かに棒状に見える。

だが烈火の如く怒る母パラストゥーに対して、皇子はどこかオドオドと小声で応《こた》えた。

「ちが、ちがうの、なにもないのにじゅわってなって……」

「何もないのに、庭でそんな火傷なんてするはずないでしょう！　黙っていろと脅されているの⁉　大丈夫、ちゃんと母が守ってあげるから、犯人の名を言いなさい！」

「でも……」

「ほら、正直に言っていいのよ。あの小母《オバ》さんにやられたのではないの⁉」

そう言ってパラストゥーは、バハーミーンの方をまっすぐ指さした。突然槍玉《やりだま》に上げられたバハーミーンは、泡を食ったように声を上げる。

「なっ、わたくしですって⁉　言いがかりはよして‼」

「なによ、猫に毒を盛ったのはわたくしだと、先に言いがかりをつけて来たのはそっちではないの！　さては、逆恨みしたんでしょう⁉」

ソルーシュはよく教師の言うことを聞き、読み書きなどの習得も早く『賢い皇子』と評判だったが、細身で大人しく実年齢より幼い印象も受ける。そんな皇子はとうとう、母親たちのあまりの剣幕にべそべそと泣き出してしまった。

「何もないのに火傷するなんて、これも呪いじゃないの？」

「それって、バハーミーン様が呪ったってこと？」

妃たちのざわめきからそんな声を拾って、ファリンは眉《まゆ》をひそめた。皇子に怪我をさせるなど、仮に過失であってもその罪は重大だ。原因不明のまま終わらせることは、絶対にできないだろう。このままでは、動機があると思われているバハーミーンが拷問に掛けられるかもしれない。それに気づいたのか、蒼白《そうはく》になり黙り込んだバハーミーンに、相変わらずパラストゥーは烈火の如き視線を向けている。

「今の状況は分かった。この後個別に聴取を行うので、お妃方は出歩かず、各自のヴィラで待機しておかれますように。口裏合わせや隠し立てのたぐいは、御身のためにならぬと心得られよ」

そうサイードから指示が出て、妃たちは粛々と大広間を出た。同じように不安そうな顔をしている友人たちと別れて、ファリンも自分のヴィラの入口をくぐる。

まさかあのバハーミーンが子どもを傷つけるとは思えないし、他の妃の中にもそんな人間がいるとは思いたくない。もしもこれが事件ではなく事故だと仮定するならば、こんなことが起きた原因は――。

寝台に腰かけ考え込んでいると、散歩帰りらしきバァブルが窓からするりと現れた。

「あの傷、火かき棒のたぐいではないぞ」

「えっ、どういうことですか⁉」

驚いて問うと、子トラはその澄んだ双眸《そうぼう》をファリンに向けた。

「ソルーシュとやらを嗅《か》いでみたが、炭の臭いはしなかった。あったのはヒトの匂いと、あとは草花の匂いぐらいだな。火にくべた得物を使った線は薄かろう」

「なるほど……その情報、とっても助かります！　それにしても今の皇子の周りは厳戒態勢でしょうに、よく近づけましたね」

「精霊は変幻自在だと、お主らの神話にも語られておるだろう？　まあ、あの者はまだ失うに惜しい逸材ゆえな」

　ニンマリ笑う子トラに、ファリンも釣られて笑みを浮かべつつ、心の底から礼を述べた。そうと分かれば、迷わず事故の線で調査を進められるだろう。どうやらバァブルは先日その胸に抱っこされてから、バハーミーンがいたくお気に入りらしい。

　ファリンはさっそく部屋付の侍女を呼び、長袖の羽織ものと革手袋の用意、そしてサイードへ『パラストゥーの侍女への聞き取りに自分も参加したい』という伝言を頼んでから物置部屋へと向かった。四方全ての壁に追加で造作《ぞうさく》してもらった書棚に目を走らせて、一冊の古びたノートを選び出す。目当ての項目を確認しているうちに、迎えの内小姓が現れた。案内された先はパラストゥーのヴィラで、そこにいたサイードはちょうど応接室に侍女たちを集めたところのようだ。

「少し気にかかることがありまして、私にも話を聞かせていただけませんか？」

「気にかかるとは、何か気づいたのか？」

「確証があるわけではないのですが……でも、確かめたいことがあるんです」

「今は少しの手がかりでも有難い。で、君は何を知りたい？」

「熱傷を負う直前の、ソルーシュ様の詳しい行動範囲を教えていただきたいんです」

そう言ってファリンは侍女たちの方へ目を向けたが、バハーミーンの侍女たちへ聞き込みを行った時とは対照的に、パラストゥーの侍女たちの目は一様に暗かった。彼女たちが目を離した隙に皇子が怪我をしたので、これから仕置きが待っているらしい。

「それは先ほど、パラストゥー様より申し上げた通りで……」

そのせいか、どうやら余計なことを言うまいとしているようで、その口はどれも重かった。どう問えばもっと詳しく話してもらえるかとファリンが困っていると、その様子を見ていたサイードが口を開いた。

「罰を恐れているのなら、真相が分かれば減免すると約束しよう」

その言葉を聞いて、侍女たちは顔を見合わせる。やがてぽつぽつと、今朝の詳しい状況を語り始めた。

「パラストゥー様とソルーシュ様は今朝も早めに食事を終えられまして、気温が上がる前に身体を動かそうと、いつも通り庭へ向かわれました……」

どうやら線が細い皇子の体力づくりのため、散歩は日課であるらしい。庭は美しく刈り込まれた植え込みが規則正しく続く区画と、あえて雑多に植えて自然の風情を楽しめる区画に分かれている。皇子は後者の区画の方がお気に入りとのことで、今日もそちらで遊んでいた。

そこでパラストゥーと侍女が雑談に気をとられているうちに、皇子が姿を消した。とはいえ探検したい盛りの男児の姿が見えなくなるなど、よくあることだ。後宮からは容易には出られないから、それほど気に留めていなかった。ところが突然大きな泣き声が響き、慌てて周囲を捜して回ると、皇子が腕に火傷を負っていたということだった。

もしもここが砂漠の真ん中であれば、金属片が火傷するほどの熱を持つことはある。だがここは宮殿の中で、かつ気温もそれほど高くない時間帯だった。――ならば考えられる原因は、やはり『あれ』だろうか。

「すみません、そのソルーシュ皇子が火傷をした状態で見つかったという場所へ、案内していただけませんか？」

その後、庭園の調査を終えて。バハーミーンとパラストゥーの両名、そして皇子と彼の側付の侍女たちだけを再び広間に集めると、ファリンは静かに口を開いた。

「ソルーシュ様に熱傷を負わせた凶器が見つかりました。それは……太陽光です」

「「は？」」

すると二人はきれいに揃って、信じられないと言わんばかりの声を出す。

「太陽ですって⁉　あの時間帯に火傷だなんて、あり得ないわ！」

すぐさま疑問を呈すパラストゥーに対し、バハーミーンは沈黙したままだ。しかしやはり、釈然としない顔である。ファリンは交互に目をやると、説明を続けた。

「しかしこの大きな草……ジャイアントホグウィードが原因であれば、あり得るのです。

「これは花独活《ハナウド》の一種なのですが、樹液にとても強い光毒性があります」

ファリンは高脚の卓上に用意しておいた厚手の布包みを開くと、中に入っていた『まるで樹木のように太く大きな草』の一部を見せた。成人女性の腕ほどの長さがある茎は緑色、かつまっすぐで、その先に咲いた白い小さな花は可憐《かれん》な花束のようになっている。

だが親指ほどの太さがあるこの茎は、木であれば『枝』にあたる部分を切り取ったものだ。先ほど庭の奥で見つけて焼却処分を済ませたこの個体の全長は、サイードの頭より少し高いぐらいだったが、さらに成長すれば今の倍近くにも達していただろう。

「光……毒性？」

訝《いぶか》しげな声を上げたパラストゥーに、ファリンはしっかり頷《うなず》いて見せた。

「はい。それが皮膚に付着しただけでは、それほど問題ありません。しかし付いたまま太陽光を浴びてしまうと……火傷《やけど》と同じ、熱傷《ねっしょう》を負うのです」

ファリンはそこでいったん言葉を切って、皇子の前にしゃがみ込む。そして彼のまだ小さく細い腕にできた、赤い傷を指さした。

「ソルーシュさま、このすごく大きな草に、ここが触ったことはありませんか？」

「それ……したにおうまがおちてたの。とりにいったとき、ちょっとさわったかも」

『おうま』というのは、皇子が気に入ってよく持ち歩いている木彫りの馬のことだろう。だがなぜ『落としたとき』ではなく『取りに行ったとき』なのだろうか。侍女の話によると、普段はそれほど奥まった場所には行かないようだが――。ファリンは軽い違和感を覚えたが、しかしパラストゥーが気になったのは、別の点のようだった。

「そんなものにちょっと触ったぐらいで、こんな火傷になるわけがないでしょう⁉」

想定内の反応に、ファリンは立ち上がった。

「では、試してみましょうか」

ファリンは卓子に置かれた花独活を手巾《しゅきん》越しにつかむと、その茎を自らの左前腕にすっと小さく撫《な》でつける。そして開放された窓辺へ向かうと、そこから差し込む真昼の日差しに肌を晒《さら》した。するとたちまち茎で撫でた部分の肌が細長く赤みを帯びて、ジリジリと火膨れしたように爛《ただ》れてゆく。

「なっ……すぐに洗え‼　水は⁉」

――その瞬間。サイードは問答無用でファリンを横抱きに抱え上げると、絶句する皆を置いたまま部屋を飛び出した。迷わず水場に直行してファリンを下ろすと、赤くなった腕をつかんだまま、手桶《ておけ》に汲《く》んだ水を必死に流しかける。六杯目の水でファリンが服までずっかりずぶ濡《ぬ》れにされたところで、彼は新しい水を汲み上げながら言った。

「何故こんな、自らを傷つけるような真似をした！」

「だって、ちょっと草に触っただけで火傷するなんて、言われただけで信じられますか？　いくら私が『知っている』と言っても、なんのエビデンスもないんです」

「エビ……？」

桶を持つ手を止めて訝しげな顔を見せるサイードに、ファリンは慌てて補足した。

「あ、すみません！　エビデンスとはエルグラン語で、根拠や裏づけという意味なんです。私は父がエルグラン人なので、あっちの単語を交ぜてしゃべるクセがうつってしまいまして」

「なるほど、根拠か……」

「そんなわけで、事件じゃなくて事故だと合理的に皆に納得してもらうには、この方法しか思いつかなかったから……」

荒唐無稽《こうとうむけい》な話を信じてもらうには、分かりやすさとインパクトが重要だ。そうでもなければ、ただ聞いただけでは日光で熱傷を負うなんて信じてくれなかったはずだ。

「それは……すまなかった。確かに『後宮で起きる事件は呪いのせいではないと証明してくれ』とは言ったが、ここまでしろというわけではない！」

「サイード様のせいではありません。これは私がしたくてしたことです。私はただ、私の好きな場所の平和を守ろうとしただけですから。私がちょっと火傷する程度で丸くおさまるのなら、それでいいんです」

「だからといって、自らこんな犠牲になるようなことを……痕《あと》が残らねばよいが」

赤く腫《は》れた腕を今度はそっと持ち上げると、サイードは傷を確認するよう慎重に視線を這《は》わせた。それに少しだけソワソワしてしまったのをごまかすように、ファリンは言い訳を口にする。

「いえそんな犠牲だなんて、普通に一番効率的ですし」

「は？　いや君は、効率的なら傷を負っても良いのか？」

面食らった様子のサイードに、ファリンは心外と言わんばかりに軽く口を尖《とが》らせた。

「でもサイード様だって、傷を負う覚悟で戦場へ行かれるのでしょう？」

「いや、全然状況が違うだろ」

「そうでしょうか？　要点のみに絞れば同じことだと思うのですが」

そう本気で思って、ファリンは小さく首をかしげてみせる。するとサイードは自らの額に手をあてて、呆《あき》れたように深いため息をついた。

「まったく、君は変わっているな……。まあいい、すぐに典医を呼ばせよう。とにかく、次からこういった危険な方法を思いついた場合は、必ず事前に俺に相談してくれ」

「え、どうしてですか？」

「……皇帝陛下の大事な妃に傷をつけてしまうなど、陛下の身辺を万事整えるお役目をいただいている内小姓頭として、見逃すことはできん」

「それは、すみません……」

ファリンが神妙に頭を下げると、サイードは一転して感心したように言った。

「それにしても、よく光毒性などという存在を知っていたな。実物を見たことはないようだったが」

「それは……私の父は博物学者なんです。まだ謎の多いこの大陸の万物を記録し、いずれ全てを分類、体系化するのが夢だと語っていました。今は行方不明になって久しいですが、幼い頃に聞かせてもらった不思議なコトやモノの話や、父が置いて行った手記や書物はひととおり読んでいるので——それで知っていたんです」

両親が残したものは何もかも義妹に奪われて、手元に残ったのは書物と父の研究ノートだけ。だから幼い頃のファリンは寂しさを感じるたびに、父の書いた意外に流麗な走り書きの数々を、何度も何度も読み返したものだった。

「博物学？　確か以前は地下資源の調査と聞いた気がするが」

「西方は今とても不況なので、すぐ利益につながらない基礎研究では予算が下りなかったみたいです。だから地下資源の調査を表向きの名目にしていたらしくて……博物学には地質学も含まれていますから」

「なるほど……お父上は行方不明とのことだが、今も調査の旅を続けているのか？」

「さあ……最後に消えたときには、エルグランに戻って戦争を止めるなどと言っておりました。そんなこと、ただの学者なんかにできるわけがないのに」

とはいえファリンの父は手紙を送るとき、いつも重い金無垢《きんむく》の指輪紋章《シグネットリング》を封蠟《ふうろう》に押していた。今思えば、趣味に生きる放蕩《ほうとう》貴族だったのかもしれない。だからといって長年本国を離れていた人に、戦争を止めるほどの影響力なんてありはしないだろうが。

「それにしてもこの砂漠に、まさかこんな植物が存在していたとはな。俺もまだまだ知らないことが多いようだ」

「いえ、この種の花独活の原産はここ大陸中央部ですが、群生地はもっと涼しい北の山岳地帯の方だったはずです」

ファリンが書庫で確認したばかりのノートの記述を思い出しながら答えると、サイードは首を傾げた。

「北の？　それがなぜ、この後宮の庭園なんかに生えていたんだ？」

――そう言われてみれば、少し不自然な気もするけれど……でも。

「それはたぶん、後宮の庭には国内外の美しい植物がたくさん集められているからだと思います。園芸用に輸入された種子類に雑草が混ざるなんて、よくあることですよ」

「そんなものか」

納得したように頷《うなず》くサイードに、ファリンも頷き返してみせた。

そう、考えすぎだろう。今満開を迎えている大百合《おおゆり》だって、最近外国から輸入して植えられたものだし――そこまで考えてファリンはハッとすると、ずぶ濡れで張りつくシャルワールにもどかしさを感じつつ、急いで立ち上がった。

「すみません、私、ヴィラに戻って着替えてきます！」

面食らっているサイードの返事を待たず、ファリンは走り出す。到着するなり侍女に着替えの用意を頼むと、大急ぎで物置部屋へ駆け込んだ。

「あれは、確かこのへんに……」

父が残して行った大量の蔵書を詰め込んだ棚から一冊のノートを選び出し、床上で古いページを急いでめくる。あれは確か、百合の仲間の特徴を記したところで――。

「あった……やっぱり猫にとって、百合はどこをとっても猛毒だ‼」

「猛毒？　どういうことだ⁉」

気づけばすぐ後ろでサイードが膝《ひざ》をつき、ノートを覗《のぞ》きこんでいた。至近で発された声が耳をくすぐり、ファリンはびくりと肩を撥《は》ね上げる。

「わっ！」

「ああすまない、驚かせたか」

「つっ、ついていらしてたんですか⁉　ていうか近すぎます！　陛下に誤解されたらどうするんですか！」

「あ、ああ、それはすまない」

慌てたように身を起こす彼に、ファリンは力説した。

「サイード様の隣は陛下のものなのに！」

「そっちかよ！」

すかさず返ったツッコミは、想定外のものだった。

「サイード様って、そんなぞんざいな言葉遣いもなさるのですね。なんか設定と違っ……

……いえ、ごめんなさい、何でもないです！」

「設定とはなんだ、設定とは……」

渋い顔をするサイードに、ファリンは勢いよく頭を下げた。

「いえほんとに、なんでもないです！　本当に申し訳ございませんでした！」

妄想自体は確かに許してもらえたが、本人に言ってしまうのはマナー違反だろう。そのまま床に伏せるように頭を下げ続けるファリンに、彼は苦笑した。

「それにしても、立派な蔵書だな。輿入《こしい》れの際にも衣装よりはるかに書物の箱が多いと話題になっていたと聞いたが、まさか君は、これを全部覚えているのか？」

ファリンの嫁入り道具に、衣装櫃《いしょうケース》はたったの一つ。人ひとり寝転べるほどの大きな長持型だが、妃の嫁入り道具としては異例の慎《つつ》ましさだろう。それが噂になっていたなんて……ファリンは恥ずかしいのをごまかすように、愛想笑いを浮かべた。

「まさか、これ全部覚えるなんて無理ですよ！　ただ『これ昔読んだことあるなぁ』と、ぼんやり記憶していたぐらいです」

「それでもこの量の蔵書から、背表紙もない冊子を的確に取り出していただろう？」

「確かに手書きの資料も多いですが、これらは体系化を目的とした調査記録なんです。だから内容には規則性があって、さらに書棚での並び順も私なりに分類、整理して、索引《インデックス》を作成しています。後は鍵となる単語《キーワード》だけ覚えていれば、いつでも蔵書《データベース》を検《しら》べて取り出せる感じです。記録《データ》って溜《た》める方も重要ですけど、必要な時に誰でもさっと取り出せてこそ有益なんじゃないかなって、個人的に思っていて……」

──しまった、つい語りすぎて引かれちゃったかも！

ファリンは慌てて口をつぐんだが、返ってきたのは心からの感嘆だった。

「なるほど、よく考えられているんだな」

頷きながら微笑みかけられると、さっと頬に熱が集まった。

「とと、とはいっても、存在すら忘れていたら意味がないのですが……この百合が猫には猛毒になる件も、すっかり忘れていましたし」

「ああそうだった、百合が毒とはどういう意味だ」

そこでサイードが声のトーンを落としたので、ようやくファリンは本題を思い出した。

「花や葉をちょっぴりかじったり、活《い》けた後の水を舐《な》めただけでも……猫にとって百合は、その全体が命にかかわる猛毒みたいです。でも人体にはなぜか全く影響がないから、庭師にとっては毒草という扱いにはならないみたいで」

「同じ生物でも、種族によって毒になるものとならないものがあるのか……」

「はい。急いでバハーミーン様にお知らせしなければ！」

そこに着替えの準備ができたと侍女が呼びに来たので、ファリンは大急ぎで新しい服に着替えた。先に出ていたサイードによると、先ほど大広間に残した者たちはすでに解散したらしい。それを聞いたファリンは、彼と共にバハーミーンのヴィラへと駆けだした。間もなく着いたヴィラに通されるなり、出てきたバハーミーンが心配そうに問う。

「まあアーファリーン、腕は大丈夫だった？」

だがファリンは気にせず、真っすぐに大百合が浮かぶ水盆へ手を差し伸べた。

「そんなことより、この水盆の中身、すぐに処分してください。猫たちを苦しめた毒の正体は、この百合だったんです！」

急な話にバハーミーンは驚いたようだったが、すぐに訝《いぶか》しげな顔をした。

「でも百合が毒だなんて、聞いたことがないけれど……」

「それが猫の仲間たちにとってだけ、猛毒になるんです」

「まさか！　百合って、普通に根を食べたりするじゃない？」

まだ信じられないという顔をする彼女に、ファリンは思案するように首をかしげた。

「困りましたね、人体には影響がないので、私では証明のしようがありません……」

「君は……また身を以《もっ》て証明しようとしていたな？　二度とするなと言っただろう」

「す、すみません……でも合理的かなって」

今日もまた手巾《しゅきん》で鼻を押さえながらため息をつくサイードに、ファリンが小さくなりつつ謝っていると。そのやり取りを見ていたバハーミーンが、苦笑して言った。

「いいわ、わたくしはファリンを信じる」

「それは……！」

「合理的というなら猫に食べさせたら証明できるのに、貴女《あなた》また自分で試そうとするなんて……信じるしかないでしょう？　でも、二度と危ないことはしちゃダメよ？」

真っ直ぐな、だが優しい視線を向けられて、ファリンは目の奥がじんとするようだった。『余計なお世話かな』と、あのノミ騒動のときや今回の件を見て見ぬフリをしていたら、こんな風に信頼してもらうこともできなかっただろう。

「あの……先ほどは心配してくれてありがとうございます。これならすぐに治ります」

ファリンが腕の赤みを見せて笑うと、バハーミーンはほっとしたように言った。

「そう、よかった……！　それにしても、百合はもう部屋に持ち込まないようにするわ。まさか毒花でもないのに猫にだけ猛毒になるなんて、思いもよらなかったわよ」

「そうですよね……」

深いため息をつくバハーミーンに、ファリンは眉尻《まゆじり》を下げて同意する。早速大百合が片づけられる様を眺めていると、侍女が新たな客の来訪を告げた。

「パラストゥーと皇子が!?　一体どういうつもりかしら……」

バハーミーンの話によると、サイードに抱えられてファリンが退場した後のこと。すっかり場の勢いに呑《の》まれたパラストゥーは、あれが事件ではなく植物の持つ毒による事故だということを、すんなり納得してくれたらしい。だがバハーミーンを疑ったこと自体については、お互い様だろうと結局謝りはしなかったというのだ。そんな彼女が、一体どんな用事なのだろう。ファリンたちが身構えていると、報告に帰るサイードと入れ替わりに入って来るなり、パラストゥーは言い放った。

「お邪魔するわ。ソルーシュがやっぱり触りたいと言うのだけど、勝手にこっそり行ったら困るから、ちゃんとわたくしの監督下で触らせておくことにしたの！」

「触らせておくって何を……ああ、猫のこと？　なら触りたいって、ちゃんとそうおっしゃいなさいな」

呆《あき》れたように片眉を上げながら、バハーミーンが言う。それを否定するかのように、パラストゥーは大慌てで言った。

「べっ別に、わたくしが触りたいわけじゃないから！　動物なんて大っ嫌いなのよ！」

「なによ、そんな態度なら触らせてなんてあげないんだから！」

だが、いつものようににいがみ合いだした母親の陰から一歩前へと進み出ると、意を決したようにソルーシュが小さく声を上げた。

「あの……ねこさんげんきになった？」

「あら、ええ、もうだいぶ元気になったわ」

驚きつつも目線を下げて頷くバハーミーンに、皇子は勇気を振り絞るように言った。

「さ、さわっていい？」

「あら、もちろんよぉ！」

とたんにご機嫌が直ったらしいバハーミーンは、満面の笑みで頷《うなず》いた。近くにいた猫を一匹抱き上げてくると、皇子の目線の高さにしゃがみ込む。

「ほら、撫《な》でてあげて？」

「えっと、そーっと、そーっと……」

ピンっと揃えられた指先で、ふわふわの背中にちょんっと触れる。

「さわっちゃった！」

「もっと撫でてあげてくれる？」

「いいの!?」

「ええ。この子も、もっと撫でてって言ってるわ」

「うん……」

真剣な顔をして撫で続ける息子から、パラストゥーはようやく目を離すと――懐から雪花石膏《アラバスター》製の小さなケースを取り出して、ファリンの方へ無造作に差し出した。

「アーファリーン。これ、使いなさい」

手渡されたケースの蓋《ふた》を持ち上げると、白く練られた膏《あぶら》がたっぷり入っている。

「これは……膏薬《こうやく》ですか？」

「ソルーシュの傷の保護に使っているものよ。痕《あと》が残りにくくなるらしいわ」

「パラストゥー様……ありがとうございます！」

「別に、借りを作るのが嫌いなだけだから」

パラストゥーはふいっと顔をそらすと、しゃがんで猫を撫で続けている息子の方へ視線を戻す。そして、あえてそっけない口ぶりで言った。

「……アナタっていつ見てもヘラヘラして自分がないと思っていたけど、案外根性あるじゃない。ま、せっかく後宮へ来たのに、年中無休で面倒な動物の世話なんて、わざわざやりたがる人の気はしれないけどね」

妃であれば侍女に世話の大半をやらせるのが普通だから、動物を飼ったからといって休めないという発想にはならないはずだ。つまり彼女は、後宮へ来る前に動物の世話をしていたということだろうか。パラストゥーの出自は砂漠の小さなオアシスを拠点とする部族だが、地下資源の恩恵が乏しい地域で、今でも遊牧民に近い暮らしをしているという噂を聞いたことがある。ここの妃は裕福なお嬢様育ちが多いが、パラストゥーはファリンと同じく労働の苦労を知っているのかもしれない。

「ソルーシュ、そろそろ帰るわよ。帰ったらすぐに、しっかり手を洗うのよ！」

「はい、かあさま。ねこさん、またね！」

ニコニコと楽しげな息子の手を引いて、パラストゥーは自分たちの住むヴィラへ帰って行く。その後ろ姿をぼんやり見送って、バハーミーンはぽつりと言った。

「わたくしね、弟と妹が六人いるの。実家はいつも賑《にぎ》やかで、お世話は大変だったけど毎日が楽しかったわ。だからたった一人で後宮《ここ》に来て、半年ほどで妊娠が分かった時は……ようやく新しい家族ができるんだって、嬉《うれ》しかった。でもすぐに流れてしまって、そこからは兆候すらなくて。落ち込む日が続いていたとき、デルカシュ様に最初の子猫を贈ってもらったのよねぇ」

そこで言葉を切った彼女がくるりと横を向いたので、ファリンもつられて振り返る。するといつの間に現れたのか、そこには悲しげに佇《たたず》むデルカシュがいた。古参である五人の妃に対し、子は三人――。そもそも御渡りの望みすら薄い下級妃のファリンとは違い、この二人には思うことも多いのかもしれない。

「バハーミーン、わたくしは……」

肩を落としたまま言葉が出て来ないデルカシュに、バハーミーンは明るく言った。

「そのかごの中、お菓子でしょう？　ほら、早く入って。皆でお茶にしましょうよ！」

押し込まれるようにヴィラへ入ると、三人はデルカシュの焼菓子を囲んで席に着いた。砕いた胡桃《くるみ》をよく煎ってから練り込んだらしき生地からは、いつもの食欲をそそる甘く香ばしい匂いがする。しばし菓子をつまみつつ当たり障りのない会話を交わしてから、バハーミーンは静かに微笑んだ。

「……わたくし、子猫たちの里親を探すことにするわ。親と引き離すのは可哀そうだと言ってずっと気づかないフリをしていたけれど……こんな狭い部屋へぎゅうぎゅうに押し込めていたら、こんな事故が起こりやすいのは確かなんだもの。それなら、大事にしてくれる新しい家族のところへ行った方が……幸せなのかもしれないから」

妃として一度この後宮へ上がったら、二度と故郷へは戻れない。家族が宮殿まで面会に来ることはできるけど、後宮を出ることは許されていないのだ。そんな彼女のどこか寂し気な横顔は、郷愁を覚えているのだろうか。だがすぐに表情を一変させると、振り切るように笑ってぱちんと手を合わせた。

「さ、そうと決まったら、この子たちを必ず幸せにしてくれる人を探さなきゃねぇ！」

ファリンは自分の腕の赤くなった部分に目をやると、バハーミーンの『二度と危ないことはしちゃダメよ』という言葉を心の中で反芻《はんすう》した。彼女の望みが『家族』なら、自分がその一員になることはできないだろうか。

「よければ私も、お手伝いさせてください。あの、私は……妃はみな、陛下を囲む家族ということで良いのではないかと思います」

ファリンには、あまり『家族』に良い思い出がない。だからこそ、その形は柔軟でも良いのではないかと思ったのだ。

「妃が、家族……」

そうぽつりと漏らして、バハーミーンは黙り込む。ファリンが助けを求めるようにデルカシュの方を見ると、こちらも目を伏せていた。急に踏み込みすぎて、気分を害してしまったのだろうか――。ファリンは焦って、打ち消すように両手を振った。

「す、すみません！　なんだか厚かましいことを言ってしまって！」

「ううん、そうじゃないの。家族だからって、別に皆仲良しでなくてもいいのよねぇ。同じ窯《かま》のピタを食べたら、それはもう家族ってことでいいのよ。さっそくパラストゥーに『お姉さまって呼んでいいのよ？』とでも、言ってやろうかしら」

そう言ってバハーミーンはさも面白そうに笑うと、目を細めて言った。

「ではさっそく、子猫たちの里親探しを『妹』に手伝ってもらってもいい？」

「はい！」

今回も、無事に呪いではないと証明できて良かった――。ファリンは笑顔で頷くと、さっそく外廷で配る子猫の釣書作りを始めたのだった。

# 第三夜　桃の香りがする娘

ノミ騒動から、はや半月ほどが経ち、後宮はすっかり日常を取り戻していた。盛夏を迎えたこの国では、海沿いの宮殿内でも日の出と共に気温が体温を軽く超えてゆく。そんな酷暑の昼を午睡で乗り切ったファリンは早めの夕食を済ませると、灯火のゆらぎ始めた渡り廊下を浴場へ向かい歩き始めた。

「あ、ファリン、こっちー！」

大理石のアーチをくぐって手前にある化粧室に入ると、先に長椅子でくつろいでいたレイリとアーラが手を振った。いつも空《す》いた時間を狙っているので、他に人影はない。

雑談しつつ衣服を脱いで浴場に入り、多彩な石の細片《タイル》が敷き詰められた床を奥へと進む。粒の揃った細片は美しいモザイクを描くだけでなく、湯上りの足が滑らぬための配慮だろう。本日の香りは沈香《じんこう》のようで、壁の窪《くぼ》みに置かれた香炉から、どこかぴりっとした辛さを含む甘い香りが、蒸気に乗って仄《ほの》かにただよっていた。

熱い湯の出る水栓でさっぱり身体を流し終えると、浴槽の一つに向かう。新しい湯が落ち続ける白大理石の水盤《すいばん》には、湯と水を示す金銀張りの給水管と、それぞれ同色の象《ぞう》嵌《がん》が施されていた。だがこの砂漠で最高の贅沢《ぜいたく》は、金銀でも、貴重な香木でも、半貴石のちりばめられた浴槽でもない。そこに常時たっぷり満たされたお湯こそが、皇帝の権力と財力の賜物《たまもの》と言えるだろう。地中深くに眠る水脈を掘り当て、かつ都市へ行き渡らせるために、どれほどの大工事が必要だったのか。この豪奢《ごうしゃ》で美しい金沙宮殿が完成に至るまでの風説の数々では、暴君が自らの栄華のため民に苦役を強いたとされている。

しかしその実態は、皇都の治水と民の失業対策を兼ねた一大事業だったのだ――そんな有難みしかないお湯に身を沈めるなり、レイリが勢い込んで口を開いた。

「ねぇねぇ、もう見た!? 例の、桃娘！」

「ああ、ちょうど昨日、通路ですれ違ったけど……」

「ホント!? ねぇ、どんな感じだった!?」

「侍女たちに支えられて、歩くのもやっとって感じだったよ。顔色もすごく悪くて、まるで病気みたいだった……大丈夫なのかな」

ファリンが見たことをそのまま伝えると、レイリはがっかりしたような声を上げる。

「ええー、なんでそんな人が陛下のお気に入りなの!?」

「そんなの、トウラン帝国への配慮でしょ。義務的に何日か通えば、すぐにひいきも終わるわよ。それにしても、いくら貴重な存在だからと病人を寄越《よこ》すなんて、トウランは一体どういうつもりなのかしらね」

お湯の中でぐぐっと腕を伸ばしながら、呆《あき》れたようにアーラが言った。

桃娘《タオニャン》とは、東方の大帝国トウランで伝説の存在とされている『桃と水だけで育った娘』のことらしい。その珍しい桃娘が手に入ったとトウランの皇帝から四日ほど前に贈られ第二十六妃タオニャンとなったのだが、入宮してから毎日欠かさず皇帝の御渡《おわた》りが続いているのだ。

だがその貴重な桃娘の実態は、かわいそうなほどやつれ果てていた。どうやら慢性的に貧血なのか、白粉《おしろい》に覆われた顔色だけでなく、その細い腕や指の先まで真っ白だったのだ。桃しか食べないのでは、栄養不足で虚弱になって当然だろう。

だが桃娘の真価は、常人とは異なるその体臭にあるらしい。乳離れして以降は果物のみで生きている桃娘は、その身体自体が果実となったかのように、えもいわれぬ甘い香りを漂わせているというのだ。

「しかも東方ではね、桃娘たちの甘い体液は不老長寿の妙薬として高値で取引されているらしいわよ。だから今回、贈り物とされたんだって」

「体液ってなに⁉　きもちわるっ」

アーラから提供された新情報に、レイリは思いっきり顔をしかめて両手で自らの二の腕をさする。

「それ本当だったら、すごいよねぇ」

タオニャン妃は無口で謎の部分が多いから、きっと噂がひとり歩きしたんでしょ――

そう考えながらファリンが笑ってみせると、アーラが真剣な顔をして言った。

「それがね、商人に聞いてみたんだけど……桃娘って現地では有名な存在みたい」

「そうなの⁉」

「そうそう。千人の赤子を育てても、桃娘として十八歳まで生き延びられるのはたった一人いるかいないからしくて――」

そんなたわいもない噂をしていると、湯けむりの向こうから突然、声が響いた。

「ま、あんな陰気で虚弱な女、東方との関係があるから最初は通っていただけるだろうけど、義理を果たせばすぐ飽きられて終わりでしょうよ」

奥にある浴槽の方からざぶりと水音がして、人影が立ち上がる。それ以降は無言のまま、その人影――パラストゥーは、スタスタ歩いて大浴場から出て行った。

「静かだったから全然気づかなかったわ。いつもなら取り巻きを大勢連れて来るのに」

呆然《ぼうぜん》としたアーラの声を聞きながら、ファリンもパラストゥーが去った方角を見つめたまま呟《つぶや》いた。

「なんだかちょっと元気もなかった、かな……？」

「あのパラストゥー様でも、ヘコむことってあるんだね……」

あの強気な第六妃ですらここまで気勢が削《そ》がれるほど、皇帝から桃娘への寵愛《ちょうあい》は本物――三人はようやく事態の深刻さに気づくと、粛々《しゅくしゅく》と浴場を出た。待ち構えていた侍女たちに寄ってたかって身体を拭《ふ》かれ、浴衣《ローブ》を着せられ、化粧室の一角に並ぶように用意された席に着く。すると最新の銀引き鏡が置かれた卓子の上に、底に真っ赤な柘榴《ざくろ》の果《シロ》蜜《ツブ》が入った大きめの硝子杯《ガラス》が差し出された。よく冷えた水差しから薔薇《ばら》水が静かに注ぎ込まれると、透き通った杯に灯火が反射し、美しい二層の輝きが現れる。それをごく細長い匙《さじ》でかき混ぜると、硝子はたちまち鮮やかなガーネットに染まった。

髪へ丁寧に香油を揉《も》みこまれつつ、ファリンはきらめく杯をしばしぼんやりと眺めた。

それは他の二人も同様で、心ここにあらずといった面持ちで両手に杯を持っている。

――もしこのまま、みんなの陛下じゃなくなってしまったら……。

だが冷たい硝子に口をつけ、湯で火照った身体にひんやり甘い甘露水《シャルバトゥ》が染みわたってゆくにつれ、すうっと思考が明晰になった。無数に湧き出す『物語』の情景《シーン》が、めまぐるしく脳内を駆け巡ってゆく。

「あのね……二人とも、今日は私のヴィラに泊まらない？」

そこにアーラの少し沈んだ声が響いて、ファリンは我に返った。この話なら、アーラたちも励ますことができるかもしれない。

「うん、ぜひお邪魔したいな。ちょっと話したいこともあるし！」

「――と、いうわけでね、桃娘の正体はトゥラン帝国から送り込まれた、凄腕《すごうで》の密偵だったのよ！　それに気づいた陛下は探りを入れるべく籠絡《ろうらく》されたフリをするんだけど、それが悲しい誤解を生んで、真に愛し合う二人がすれ違ってしまうことに……！」

絨毯《じゅうたん》に座り込んだファリンが身振り手振りを交えて力説すると、レイリは丸い背当て《クッション》をぎゅっと抱きしめながら身を乗り出した。

「ねぇ、それって本当の話!?」

「えっ、もちろん私の妄想だけど」

きょとんとしながら答えると、レイリとアーラは気が抜けたように笑いだす。

「だよね～、びっくりした！」

「なんだかよく分からない説得力があったから、一瞬本当の話かと思ったわ」

「でも本当にそうだったら、なんだか今の状況も燃える感じしない？」

ファリンがぐっと拳《こぶし》を握ると、二人の言葉が重なった。

「「わかる！」」

異口同音の肯定に嬉《うれ》しくなって、ファリンは二人とさらなる妄想をめぐらせた。

だが、そんな妄想で気を紛らわせることができたのは、つかの間のことだった。さらに数日が経っても、皇帝はタオニャン妃のヴィラにばかり通い続けたのだ。

皇帝が淡泊な御方だとか言われている理由は、これまでは同じ妃のところに三日と続けて通ったことがなかったからだ。かつ、妃のヴィラに泊まっても朝早々に立ち去ってしまうと聞いていたのに……最近では政務の時間だと警護役にさんざん声をかけられてから、ようやくタオニャン妃のヴィラを後にする日が続いているようだ。

――とうとう、寵妃が現れたというの!?

その日数が重なるにつれ、後宮にはそんなざわめきが広がった。皆、推しの熱愛疑惑にやきもきしているのだろうか。このところ平和だった後宮は、とたんにギスギスとした空気に包まれた。そんな中で皆をなだめているのは、いつも新入りに優しいデルカシュぐらいだ。とはいえ『陛下も人間だもの。恋に落ちても仕方ないわ』と言われても、大半は逆効果にしかなっていないのだが。

そんな状況の中、物語の旧作を貸して欲しいという妃が訪ねて来たので、ファリンは物置部屋へ向かった。要望を聞くと、読めば幸せな気分になれる甘々な話が良いという。最近この手の希望が多いなと思いつつ書棚の前にしゃがみ、ぎっしり詰まった蔵書の最下段を覗《のぞ》き込む。そして迷わず、数冊の薄い本を抜き出した。たとえ背表紙のない冊子でも、分類と整理は完璧《かんぺき》だ。

冊子を胸に抱き嬉しそうに帰って行く妃を見送って、ファリンはこれでいいのだと考えた。推しが生きているだけで幸せだ。それ以上を願うなんて贅沢だ。でも――。

「タオニャン妃が悪いんじゃないけど、やっぱりきついなぁ……」

一日の終わりに共寝用の広い寝台に一人でゆったり寝そべりながら、ファリンはとうとう本音を小さく声に出し、ため息をついた。すると同じく寝台の端で丸くなっていたバァブルが、クリっとした目をこちらに向ける。

「吾輩《わがはい》に願えば、邪魔者など一瞬で追い出してやろうぞ？」

「追い出すって、どうやるんですか？」

「方法は様々あるが、吾輩は基本的に物理であるからして……こう、ビューンっとな」

言いつつシュッと振り抜かれた小さな前足を見て、ファリンは慌てて声を上げた。

「いや、ダメですって！　ええと、実行してもらわなくて大丈夫です……」

「なんと、つまらぬ」

子トラは不満そうに鼻の頭にシワを寄せると、そのムクムクと丸い顔を、コテンっと前足の上に乗せた。以前バァブルに詳しく『お願い』できる範囲を確認してみたところ、人の心を変えるとか、身体を作り替えるとか、生き物そのものに変化を加えることは禁《きん》忌《き》とされているらしい。一晩で井戸を掘るとか、立派な屋敷を建てるとか、物理的な作業が得意分野のようだ。なおファリンの祖父は、大きな砂嵐で埋まった水源を一晩で元通りにするよう願ったとのことで、祖母の言っていた通りオアシスの街の発展には、とても有難い存在だっただろう。しかしその使いどころは、かなり難しそうだ。

ファリンは枕元のランプに顔を近づけると、フッと細く息を吹いた。辺りが闇に沈むと共に、意識がゆっくりまどろんでゆく。――それから、どれほどの時間眠っていただろう。急に窓の外が騒がしくなって、ファリンは夢から現《うつつ》へと引き戻された。

「せっかくいい夢みてた気がするのに……いったいなにが……」

まだ眠たい目をこすりつつ、光が漏れる窓から外を見る。すると松明《たいまつ》を持った衛兵たちが、はす向かいにあるタオニャン妃のヴィラを取り囲んでいるのが見えた。その様子は妃を守っているというより、まるで罪人を閉じ込めているような……。

一体何があったのだろう。胸騒ぎがしたファリンは急いで寝間着の上にショールを羽織ると、ヴィラの入口から顔を出した。だが通路へ踏み出すのはなんだか憚《はばか》られる雰囲気で、そこに留《とど》まったまま辺りに視線を走らせる。すると隣のヴィラの入口に、同じように立ちすくむレイリとアーラの姿が見えた。

「レイリ、アーラ！」

コソコソ声で呼んで手を振ると、気づいた二人が手招きしてみせる。ファリンはできるだけ音を立てないように二人のもとに走ると、隣の敷地に滑り込んだ。

「ねぇねぇ、これ、何があったの⁉」

「それがね、警備の人に聞いてみたんだけど、教えてくれなかったの……」

困ったように首をかしげるレイリの横で、アーラが人差し指をピンっと立てた。

「今夜も陛下はタオニャン妃のもとに御渡《おわた》りだったのよね。ならばあんな厳戒態勢、皇帝陛下の御身に何かあったとしか思えないわ。きっとあれは桃娘《タオニャン》なんかじゃない。暗殺用に送り込まれた、毒娘《ドウニャン》だったのよ！」

「毒娘⁉」

「そうそう。これも東方の商人から聞いたんだけど、トウランには桃娘と同じように幼いうちから少しずつ毒草を食べて育って、その体液全てに毒性を持った暗殺用の美女が密《ひそ》かに作られているという噂があるんだって！」

そう力説するアーラに対し、レイリは怯《おび》えたように肩をすくめた。

「ええー、トウランの噂って、どれも怖すぎるんだけど……」

皇帝がヴィラを訪れる時は部屋も人も厳重に検査されるらしいから、妃であっても寝室に武器や毒物を持ち込むことは不可能だ。

——でも妃の体液そのものが毒物なら、確かに誰も気づくことは……ん？

「でもそれ、湯浴みで毒が溶け出して、先に侍女とかがやられてバレるんじゃない？」

「ああー、確かに……」

「でも、じゃあなんで？　あの虚弱そうなタオニャン妃が、武芸百般《ぶげいひゃっぱん》に秀でる陛下を素手でどうにかできるワザを持っていたとでもいうの？」

「え、それって、本当に彼女が凄腕の密偵だったってことじゃない⁉」

「「ええー！」」

三人でそんな無責任な噂話に熱中していると、暗中からこちらへ真っすぐに走ってくる人影があった。

「そこにいるのは、アーファリーン妃か？」

「えっ、サイード様⁉　いやこれは、なんだかすみません！」

——ヘンな噂話をしてたから、注意しにきたのかも⁉

そう考え反射的に謝ったファリンに、だがサイードは切羽詰まった様子で言った。

「起きていたのなら、知恵を貸してはくれないか⁉」

「あ、はい！」

状況はいまひとつよく分からないが、今は沈黙すべき時だろう。ファリンは心配する二人に小さく手を振って別れると、黙って彼と共に走った。

向かった先は厳戒態勢にあるタオニャン妃のヴィラではなくて、内廷にある陛下の個人的な寝所のある棟だった。その建物は後宮の門とほぼ隣接する位置にあったが、内小姓の仮装をしたファリンでも、警備が厳しく近づけなかった場所だ。

基本的に開放型の入口が多いこの国で、珍しくこの建物には頑丈そうな両開きの扉が付いている。二人が入って衛兵の手で重たい扉が音を立てて閉ざされるなり、サイードは低く囁《ささや》くように言った。

「これは他言無用だが、タオニャン妃のヴィラを訪れていた皇帝陛下が、意識を失われた。典医による見立てでは、強い酩酊《めいてい》状態であらせられるという。だが今夜、陛下は酒類をひと口もお召しではないのだ。現在、原因を調査中なのだが……何か心当たりなどあれば、力を貸してほしい」

「私で分かることでしたら……。あの、陛下のご様子をうかがうことは可能ですか？」

「ああ、こちらへ」

サイードに連れられ奥の部屋に入ると、そこには寝台に力なく横たわる覇王の姿があった。顔面は蒼白《そうはく》で、未《いま》だ意識が戻らないという。その症状は、まるで急に大量の酒を飲み、昏倒《こんとう》した者のようであるらしい。

典医の話を聞いているうちに、寝台の方からかすかに呻《うめ》くような声が響いた。

「陛下！」

するとサイードは弾《はじ》かれたように身をひるがえし、寝台のそばへ膝《ひざ》をつく。

「ホルシードは……どこへ行った……。さっきまで、ここに……」

うわごとのように発された言葉に、サイードは低く答えた。

「偉大なる皇帝陛下、ホルシード様はもう……いらっしゃいません」

背を向ける彼の表情をうかがうすべは無かったが、その声は苦悶《くもん》に満ちている。心配になったファリンは音をたてぬようサイードの背後に近づくと、そっと寝台を覗き込んだ。そして皇帝の顔を見た瞬間、思わず息を呑《の》む。あのいつも自信にあふれた精悍《せいかん》な美貌《びぼう》は色を失い、少し見ない間に頬もひどく痩《こ》けたように見えたからだ。

しばし虚《うつ》ろに目を泳がせていた皇帝はようやくサイードに気づくと、一瞬目を見開いて――だがすぐに、硬質な声音で言った。

「そなたは……サイードか。すまぬ、夢を見ていたようだ」

「御加減は、如何《いかが》でしょう」

「……眠い」

「は。まだ夜明けまでお時間がございます。どうぞ、ごゆっくりお休みくださいませ」

――ホルシードって古い言葉で『太陽』という意味だけど、確か女性名としても使われているよね。『もういない』って、一体どういう意味なんだろう……。

ファリンは気になったが、とてもじゃないが今は聞けるような雰囲気ではない。後で上級妃のどなたかに聞いてみようかなどと考えているうちに、皇帝は再び眠ったようだ。

ファリンはサイードと共にそっと退出すると、前を歩く彼に小さく声をかけた。

「……そういえば、タオニャン妃のお話はもう聞いていらっしゃるんですか？」

「いや、まだだ。タオニャン妃は自ら声を発することが滅多にない上に、こちらの言葉もほとんど通じていないらしい」

「言葉が？　タオニャン妃はトゥラン人ですよね？　それなのに、言葉が分かる者が一人も側についていないのですか？　国から連れて来た侍女などは……」

ファリンのように単独で入宮する妃も少なくないが、侍女を伴って入宮すること自体は禁止されていない。だからてっきり、自国から侍女を伴っていると思っていたのだが。

ファリンが問うと、サイードは立ち止まって困ったように頭を掻いた。

「実はもともと、タオニャン妃は『貢物』として贈られてきたのだ。初めは単なる比喩《ひゆ》かと思ったが、一人の従者もない状態で、連れて来た使者からもまるで物品のように扱われていたらしい。そこでトゥラン語が少し分かる侍女を付けてみたのだが……どうやらタオニャン妃は無口である上に、彼女の使う言葉は方言がかなり強くて意思疎通が難しいようだ。今は方言に通じ、かつ信頼できるトゥラン人を探させているのだが、夜明け前だから難航している状態だ」

「トゥランの、方言……すみません、一度ヴィラに戻って良いでしょうか？」

ファリンはサイードに断ってからヴィラに向かうと、入口で待つという彼に深く頭を下げて物置部屋へ向かった。書棚から隣り合う四冊を抜き出し、部屋を出る。

「お待たせしました。タオニャン妃のところへ行きましょう！」

蠟《ろう》のごとき白肌に、真っ黒に開いた穴のような瞳《ひとみ》——。腕にかけられた縄にもまるで気づいていない様子で、タオニャンは寝台の上にぼんやり座り込んでいた。

『私の名前はファリン。敵じゃない』

この同じセリフを繰り返すのは、三度目だ。だが、ただ繰り返しているのではない。広大なトウラン帝国に住まう六つの民族別の方言の特徴を、次々と読み変えながらの反復である。すると四度目の試行で、タオニャンはハッとしたように顔を上げた。

『敵じゃ、ない……？』

『そう。安心して』

初めて合った目を見つめたまま、優しく微笑んでみせる。すると彼女はこれまで抑え込んでいた感情が堰《せき》を切ったかのように、勢い込んで喋《しゃべ》り始めた。

『どうか……どうか助けて！　あたし本当になにもしてないんだよ！　ここにきたら桃以外食べたらダメだって、余計なこと言っちゃダメだって、じゃなきゃお前も弟も殺すって、そう奴隷商に脅されてて、でも、それだけなのに！』

『ここは安全。落ち着いて、ゆっくり話してください。文字は書ける？』

ファリンはいつものネタ帳と鉛筆を差し出してみたが、タオニャンは首を振る。

『ごめん、読み書きはできない……』

『分かった。何があったか、話してくれる？』

するとタオニャンはしばらく視線を彷徨《さまよ》わせた後、意を決したように言った。

『あ……あたしさ、桃の実しか食べずに育った桃娘だなんていうのは、ウソなの……』

『ああ、やはり』

『知ってたの⁉』

本当はそこまで考えてはいなかったが、この方が彼女も話しやすいだろう。実のところ父から習った基礎だけでは彼女の言葉は半分ぐらいしか理解できていないが、ファリンはあえて自信ありげな笑みを浮かべると、先を促すように無言で頷《うなず》いた。

『そっか、とっくにバレてたんだね……あたしの本当の名前、シャオメイっていうの。十八になった年に父ちゃんが商売に失敗して、借金のカタに売られたんだけど……人買いの檻《おり》に入れられてるうちに、なぜか良く熟れた果物みたいな匂いがするって言われるようになって。これは高く売れそうだって、あの伝説の桃娘だってことにされたんだ』

そうしてこれから人前では桃以外を食べたら殺すと言われ、トウランの後宮に高値で売られたのだという。かと思えばすぐに、この砂漠の皇帝への貢物として贈られてきたということだった。

首筋に鼻を近づけ匂いを嗅《か》ぐと、確かに甘ったるい香りを仄《ほの》かにまとっている。匂いの元を探ろうとさらに長く嗅ぎ続けていると、頭がクラクラするようだ。待機していた侍女の話によると、皇帝が訪れる前はしっかり湯浴みをしていたらしいし、香水を隠し持っている様子もないというから、この甘い香りは本当に彼女の体臭なのだろう。

だが、これは――。

「……もしや、芳香族化合物《アロマテイックコンパウンド》の香りでは」

思わず砂漠の言葉で呟《つぶや》くと、タオニャン妃の尋問――ということになっている――に同席していたサイードが、疑問の声を上げた。

「アロマ……何だ？」

「芳香族化合物は燃水などに含まれるもので、その中にトルエンと呼ばれる物質があります。トルエンは塗料の溶剤《シンナー》などに使われていますが、その蒸気を吸い込むと中枢神経麻痺《まひ》作用……つまり多幸感を感じたり、幻聴や幻覚を見たりといった、強い酩酊状態になることがあるんです。個人の体質によっては強い依存性もあり……陛下は特に、トルエンに強くあてられる体質であらせられるのかもしれません」

「塗料といっても、そんなもの、どこにも塗られているようには見えないが……」

サイードはそう言って、タオニャン――本名は自称シャオメイへと、不審げな瞳を向けた。さっきから理解できない言語で会話されている彼女はびくりと肩を撥《は》ね上げて、こちらへ怯《おび》えたような目を向ける。そんな彼女を安心させるように笑顔を作ると、ファリンはコクリとひとつ頷いた。

「ええと……『シャオメイさん、大丈夫』」

彼女が小さく頷き返したのを確認してから、サイードへ説明を続けた。

「今回の原因は塗料ではありません。彼女自身の肌から、その物質が放出されている可能性があります。トルエンって……まるで果実のような、甘い香りがするんですよ」

するとサイードは、信じられないといった様子で目を開く。

「人の肌からそんな異物が出る、だと？」

「はい。その原理は未《いま》だ解明されていませんが、西方ではこのような症例が複数見つかっているそうです。原因は生活習慣や食生活の乱れなどによる毒素排出機能の不調によるものではないかと言われておりまして……環境の悪い奴隷の境遇に身を置いてから匂いが出始めたという彼女の証言とも、一致しています」

「そんな症状があるとは、驚くべきことだ。それも、依存性があるなどと……」

初めに困惑を、次に苦々しい表情を浮かべて、サイードは自らの額に手を当てた。

あの冷徹と呼ばれた皇帝陛下が彼女のもとへ通わずにいられなかったのは、その依存性の高さが原因だと考えたならば頷ける。さらにあの、もういないという女性の名をうわごとのように呼んでいた様子では……幻覚を見ていた可能性も、高いだろう。

「では今すぐ、タオニャン妃を後宮より排除する必要があるな」

サイードの険しい声を聞き、タオニャン改めシャオメイは、意味が分からずとも不穏な空気を感じ取ったのだろうか。

『ファリン、さま……どうか、たすけて……』

すがるようにこちらを見る瞳に耐えかねて、ファリンは思わず口を挟んだ。

「あの、お待ちください！　これは彼女が悪いのではなく、あくまで病が原因と考えられます。彼女の症状は日々の食事など生活習慣を改善すれば、落ち着く可能性が高いでしょう。だからどうか、まずは治療を試してから……処遇の決定には、しばしの猶予をいただけませんか？　なにとぞ、お願い申し上げます！」

だが必死な様子のファリンに対し、サイードは訝《いぶか》しげに眉《まゆ》をひそめた。

「なぜそこまで、ほとんど話したことすらない妃の肩を持つ？」

「そ、それは……」

親に売られたという彼女の境遇に自分を重ねたからとは、さすがに少々言いにくい。

程よい言い訳を探してファリンが黙り込んでいると、サイードが苦笑しながら言った。

「心配するな。君の仮説を支持し、タオニャン妃は当人のヴィラで隔離を続けた上、治療を行ってから処遇を決めてはどうかと陛下へ進言するとしよう」

「あ……ありがとうございます！」

「いや。確かに、仮説が正しいかの検証は行った方が良い。そもそも陛下が倒れられたことは内密とせねばならんから、大っぴらに処刑することもできないしな。では食事の改善とは、具体的にどうすればいい？」

「それは他の妃たちと同じ食事を三食しっかりとるだけで充分なのですが……しばらく桃しか食べていないなら、まずは胃がびっくりしないように麦粥《ハリース》からでしょうか。典医の指示に従えば、間違いないかと思います」

「なるほど。ではすぐに、そのように命じるとしよう」

「ありがとうございます！　念のためトルエンの香りを確認したいので、西方産の溶剤系塗料を手に入れることはできますか？　それからタオニャン妃付だった侍女たちを、検証にお借りできればと思います」

すぐにサイドから了承が返ったが、ファリンにはまだ気がかりな点があった。いくら貴重とはいえ、トウランがあえて『桃娘』を『友好の証』に選んだのはなぜだろう。

「……そうだ！　先ほどの、タオニャン妃を保護すべき理由の件ですが――」

翌夕刻、思いのほか早く見つかった塗料が、港湾局の倉庫から届けられた。なんでも錆止《さびど》めに重宝しているらしい。さっそく庭で板きれに塗ってみると、その様子を興味津々に見ていた元タオニャン妃付の侍女たちは、鼻奥を刺すような臭気に顔をしかめた。

「あのう、確かに一瞬甘かったですけど、こんなに刺激のある香りでは……」

「今は濃度が高いですからね。また明日、香りの変化を確認しましょう」

板きれを風通しの良いところに置いて、ひとまず解散となった。だがこの検証には、試験の本命が別にいる。ファリンはヴィラに帰ると、気ままな精霊様の姿を捜した。寝台の上で伸びをしているところを見つけて、そっと声をかける。

「あの、バァブル様に頼みたいことがあるんですが、ちょっとよろしいですか？」

「おお、とうとう願い事をする気になったのか!?」

がばっと身を起こす子トラに、ファリンは申し訳なさそうに眉尻《まゆじり》を下げた。

「いえ、そちらのお願い事ではないのですが……先日皇子の匂いを確かめた時のように、嗅ぎ比べていただきたいものがあるんです。その対価として、今日から七日間、私の食事に出されたお肉は全てバァブル様に捧《ささ》げます！……いかがでしょうか？」

祈るようなポーズをとったファリンに、子トラは鼻の頭にシワを寄せた。

「願い事でなければ駄目だと言ったら？」

「他の方法を考えます……」

ここで願いを使ってしまったら、次はあの義父たちの番だ。それはどうにも遠慮願いたいファリンは、寝台の端に座って肩を落とした。西方では危険な物質の漏出対策に、探知犬が活躍し始めているらしい。誇り高き精霊様に犬の代わりをお願いするなど不敬の極みな気もするが、実現すればこの上なく頼もしかっただろう。

だがお願いできないとなれば、人間の嗅覚《きゅうかく》だけで結論を出してしまっても大丈夫だろうか……。そうファリンが頭を悩ませていると、寝台の上をトテトテ歩いて近寄ってきた子トラに、ボスッと脇腹を小突かれた。

「おい、腹が減ったぞ。お主の分の肉を寄越せ。十日分で手を打ってやる」

「それって……！」

「分かったならば、早う支度せよ」

「はい！」

あれから、一晩明けて行われた再検証――。

「これよこれ、この香りよ！」

「そうそう、言われてみれば確かにこんな感じよね！」

板の匂いを確認した侍女たちから期待通りの反応が返って、ファリンは頬を緩めた。

バァブルによる検証で一致は確認できていたから、仮説に間違いがないことは分かっていた。しかし『猫が同じだと言いました！』では残念ながら根拠にならないので、もし侍女たちの反応が悪かったらどうしようかと心配していたのだ。

「やはり匂いの原因は、トルエンとして問題ないと考えられます」

検証に立ち会っていたサイードにそう声を掛けると、彼はタオニャン妃の現況を教えてくれた。あの騒動から隔離が続いている彼女は、感動に涙ぐみながら、久しぶりに桃以外のものを口にしたという。そして肝心の皇帝陛下の方もすっかりご快復なされたとのことで、諸々《もろもろ》の報告にも納得いただけているらしい。ファリンはほっと胸を撫《な》でおろすと、このまま平穏な日常を取り戻せるよう、心から願った。

◇　◇　◇

――あの桃娘騒動から、ふた月ほどが過ぎ。サイードはこの頃馴染《なじ》みとなっている後宮の門をくぐり、ファリンのヴィラを訪ねた。すっかり定位置となった高脚の椅子に案内されると、卓子には金彩硝子の茶器が並んでいる。椅子に腰を下ろしたサイードが土産を手にして辺りを見回すと、白に縞柄《しまがら》の猫がトコトコと近寄ってきた。

「食うか？」

猫はぴょんとサイードの膝《ひざ》に飛び乗ると、土産の干し肉を旨《うま》そうにかじり始めた。その背を飽きずに撫でていると、卓子の向かいのファリンが嬉《うれ》しそうに言った。

「もうすっかり仲良しですね。でもサイード様がそれほど猫好きでいらっしゃるとは思いませんでした」

「子どもの頃は飼っていたんだが、数年前から毛に触れるとどうにもくしゃみが出るようになってしまってな……。だがこのバァブルはなぜか平気なんだ。不思議なことだが猫にも種類があるようだから、そのせいだろうか」

サイードは微笑を浮かべたが、ファリンはなぜかうろたえた様子で話を切り替える。

「そ、そうなのですか……とっ、ところで、シャオメイさんはその後いかがですか⁉」

何か隠し事でもしているのかと気になったが、あまり年頃の女性の秘密を詮索《せんさく》するのはよくないだろう。サイードはひとまず見逃すことにして、彼女の問いに答えた。

「世話に付けている者の話によると、あれからタオニャン妃……いや、シャオメイだったか、彼女の不調はみるみる改善し、近頃は例の香りも全くしなくなったそうだ」

「それはよかった！　あの、それで、彼女の処遇はどうなるのでしょうか……」

おそるおそる問うファリンに、サイードは意識的に目元を緩ませる。

「安心してくれていい。今回の件は公表できない内容である上に、彼女の存在は外交で今後も役立ちそうだからな。そこで本人の希望なのだが、叶《かな》うのならば、君の侍女になりたいのだという」

「シャオメイさんが、私の侍女に!?」

「ああ。第二十六妃の位へ据え置く話もあったが、君の恩に報いたいと」

「そんな、恩だなんて……私は話を聞いただけで、大したことはしていませんし……」

恐縮しきりで小さくなる彼女の姿に、サイードは少しだけ呆《あき》れて苦笑した。

「君のその自己評価の低さは、相変わらずだな。もっと自信を持っても良いと思うが」

「いえでも、本当にそんな大げさに言ってもらえるようなものでは……」

「ならばこうしよう。シャオメイが、君にこの国の言葉を習いたいと言っていたぞ。手間をかけるが侍女として側に置き、教えてやってくれないか?」

「あ、はい。そういうことなら、喜んで!」

「そうか、助かる」

ようやく明るい表情を見ることができて、サイードはまだ膝上で手土産をかじっている縞猫を撫でつつ眦《まなじり》を下げた。この不思議な猫を撫でるため、サイードは新しい噂の確認だのなんだのと口実を探しては、近ごろ頻繁にファリンのヴィラを訪れていた。もっともその口実が二重となっていることには、自身でも気づかないフリをしているが。

「──さて今日の本題だが、予想通りトウランの使者からタオニャン妃への面会要請があった。君の提案通り、まず『タオニャン妃は亡くなった』と伝えたら、まんまと『我が国との友好の証《あかし》の妃を殺してしまうとは、首狩り王の噂にたがわぬ暴挙だ』などと難癖をつけて来たぞ」

「ああ、やはり……」

向かいに座る彼女は困ったように眉尻を下げて笑うと、細い硝子の茶器に口をつけた。

そもそもトウランの皇帝は、伝説の桃娘と呼ばれる存在が栄養失調で虚弱なことを承知の上で、あえて友好の証として送り込んできたのだろう。そこでこちらが桃娘を死なせてしまったら、その負い目を手札に外交を有利に進めようとしてくるのではないか。

──そう彼女は予測していたが、どうやら正解だったらしい。

「そこで打合せの通り健康を取り戻したシャオメイと引き合わせ、『伝説の桃娘だなどと、先に我が国を謀《たばか》ったのはどちらだ』と問い詰めたところ、形勢逆転し有利に交渉を進めることができた。これもシャオメイをうかつに処刑や放逐《ほうちく》せずにおいたおかげだろう。陛下より、アーファリーン妃にお褒めの言葉を賜っている」

笑みを添えつつ主《あるじ》の言葉を伝えると、彼女はたちまち頬を真っ赤に染め上げた。

「ほめっ、そんな、私などにはもったいないおことばでございます！」

彼女は持っていた器をあたふたと茶托《ちゃたく》に置いて、卓子に付かんばかりに頭を下げる。

「いや、本来ならば褒賞を授けるべきところだが、公にできぬゆえ許せとの仰せだ」

するとは驚いたように顔を上げ、小声で言った。

「やはり陛下は、巷《ちまた》の評判とはずいぶん異なる御方《おかた》のようで、驚いています……」

「だから言っただろう。陛下はあえて暴君の謗《そし》りを受け入れ、むしろ悪評を利用すらされているが、本当はとても寛大で、慈悲深い御方なのだ。だがそれを表に出すことはできない。まだ不安定なこの国の頂点として、弱みを見せられないお立場であるからな。だからせめて、後宮が陛下にとってやすらぎの場となることを願っている」

──だがこれは、そうあって欲しいという自分の願望かもしれない。最も側にいるはずの自分にすら完璧《かんぺき》な姿しか見せない主にも、人間的な一面があって欲しいのだと……あの一件で弱く伏せった姿を初めて目の当たりにしたときに、気づいてしまったのだ。

だがそんな葛藤《かっとう》を知らない彼女は、どこか夢見るような面持ちで微笑んだ。

「サイード様は、やはり陛下を心の底から慕っていらっしゃるのですね。真っ直ぐで、私なんかにはとても眩《まぶ》しいです」

その言葉を聞いた瞬間、サイードは顔を曇らせる。

「いや、俺は……卑怯《ひきょう》な人間だ。何も、真っ直ぐなんかじゃない。陛下に忠義を尽くすのも、罪悪感からのようなものだしな……」

「ま、またまた〜、そんな妄想のはかどりそうなネタを」

重い空気を、彼女なりに和らげようとしてくれたのだろうか。その気遣いを有難くは感じつつ、だがサイードは会話を切り上げた。

「すまん、余計なことを言ってしまった。忘れてくれ」

「は、はい……」

しばしの気まずい沈黙が、二人の間を支配する。

――この空気のまま帰ってしまったら、次に訪問し難《がた》くなりそうだな……。

サイードはしばし悩むと、いつか伝えたいと考えていた話をしてみることにした。

「……君は、西方諸国との戦争が、なぜあれほど早く終結したか知っているか？」

突然変わった話題に、しかしファリンの方もどこかホッとした面持ちで口を開いた。

サイードと同じく、雰囲気を変えたかったのだろう。

「陛下が伝承に謳《うた》われる軍神の如き活躍をなさったから、と伺っております」

「それはもちろんのことだが、勝敗は戦場でのみ決するものではない。諜報《ちょうほう》にて西方諸国連合の旗手となっていたエルグラン王国が政情不安定であると知り、工作を仕掛けて内紛を誘ったんだ。結果としてエルグランで政変が起こり、外国との戦争どころではなくなったというのが早期終結のカラクリだな。そもそも向こうからすると、低下した王家への求心力回復のための戦争だったようだ。こちらとしてはとんだ迷惑な話だが」

「裏側で、そんなことが……」

「ああ。王家が斃《たお》れ、未《いま》だ混迷が続くエルグランからは、砂漠へ向けて出国することも容易ではないだろう。だから……その、かの国の状況が落ち着けば、行方知れずだという君のお父上とも、きっと再会できる日が来るはずだ。うまく言えないが……」

驚いたように目を丸くしているファリンを見て、サイードは困ったように頭を掻《か》いた。もっと時機を考えて伝えるべきだっただろうか。

「お気遣いありがとうございます。ちょっとだけ希望が持てました」

だが言葉と共に返ってきたのは、穏やかだが嬉しそうな笑みだ。

「それは……何よりだ」

安堵《あんど》しつつバァブルをそっと膝上から下ろすと、サイードは席を立った。

「すまない、また長らく邪魔してしまったな。そろそろ失礼するとしよう」

「いえいえ、また何かあればいつでもいらしてください。どうせ暇していますから」

ならばもう少し話していたかった気もするが、内廷では残務がうなるように待っている。観念してヴィラの入口をくぐり、だがどこか名残惜しくて振り向くと、入口のすぐ脇にある物置部屋が目に入って、サイードはつい新たな話題を口にした。

「しかし君が東方の方言まで解するとは、驚いたな」

「それも、父の残した研究資料のおかげですね。現地調査を円滑に進めるためには、その地の人々が使う言葉を覚えて直接話しかけ、敵でないことを示すのが一番だ……と、常々言っていたんです」

「なるほど、言葉か。この国では妻女を人前に出すことは御披露目や祭事の時ぐらいだが、西方の王侯貴族は夫人同伴での社交が基本なのだという。今後西方との対等な外交関係を築いていく上で、両国の血を持ち各国の語学に堪能《たんのう》な君の存在は、陛下にとって大きな力となり得るだろう」

　サイードが深く頷《うなず》きながら言うと、ファリンは怯《おび》えたように首を振った。

「がっ、外交ですか⁉　私なんかにはムリです！」

「案ずるな。慣れればなんとかなる」

「いいえええ、ぜっっったいに、ムリです！　外交だなんて、そんな責任負えません。礼儀作法はあまり教えてもらってないし、そもそも語学だってそれほどではないんです。あまり高貴な方々の前に出されては、皇帝陛下の恥にもなりかねませんから！」

　ロシャナク族は規模としては中堅だが、統治がかなり上手《うま》いのか、これまでいくつもの大災害を上手に切り抜け繁栄を続けている部族であるはずだ。その族長の娘が礼儀作法を教えられていないとは、一体どういうことだろう。サイードは一瞬引っ掛かりを覚えたが、単に謙遜《けんそん》しているだけかもしれないと思い直した。

「そう自分を卑下するな。折を見て、陛下に推挙《すいきょ》しておこう」

「だから本当に、そういうのはやめてくださいってば！」

　焦った様子のファリンに詰め寄られ、そのあまりの取り乱し様にサイードはとうとう声を出して笑った──その時。

「これは、サイード様にアーファリーン妃。お二人はこのところ、とっても仲がおよろしいけれど……ちょっと、目に余るほどではないかしら？」

　あまり遠くない通路の向こうから、よく知った声が響いた。

「これは、パラストゥー様……ごきげんよう」

そう言ってファリンはすぐさまへらりと愛想笑いらしきものを浮かべたが、パラストゥーは挨拶《あいさつ》を返すことなく眉《まゆ》を吊《つ》り上げ、強く声を上げた。

「前々から頻繁にヴィラに出入りさせて怪しいとは思っていたけれど、こんな昼日中《ひるひなか》から堂々と親密な様子を見せつけるなんて……一体どういう了見かしら!? 皇帝陛下の妃ともあろう者が臣下と不義密通などと、死に値する重罪よ!」

辺りには、灼熱《しゃくねつ》の陽光が降り注いでいる。だが使用人ですら外出を控えるほどの日差しをものともせず胸を張って堂々と立ち、彼女はこちらを睨《にら》みつけていた。

サイードは眉をひそめてパラストゥーを見たが、その双眸《そうぼう》は逸《そ》らされることなく強い意思が込められている。このパラストゥーという妃は、ある意味でとても真面目な人物だ。言動に裏表がほぼなく、目的のためには努力を惜しまない。『泥水を啜《すす》ってでも生き延びたことのある者は強い』とは彼女の気性を気に入っている皇帝の評だが、パラストゥーには自分と同水準の厳しさを他人へも要求するところがあった。

──確かに彼女の言う通り、誤解されても仕方のない、脇の甘かった部分はある。だが後ろ暗い事実など、実際に何も無いのだ。何も無いし、これからも無いだろう。

再認識させられた現実が、サイードを柄になく苛立《いらだ》たせた。

「言い掛かりはやめてくれ。俺がアーファリーン妃と行動を共にしているのは、あくまで陛下の命によるもの。正当な業務の範疇《はんちゅう》だ」

サイードが若くして内小姓頭に抜擢《ばってき》された理由の一つは、その齢《とし》に似合わぬ冷静さにあった。抑え込まれた感情が、重低の声音となって地に響く。だがパラストゥーは怯《ひる》むことなく、さらに強くこちらを睨《ね》めつけた。

「いくら陛下の命であれ、これほどの仲とは想像だにしていらっしゃらないはずですわ！　陛下に対する裏切り行為を、妃の一人として見逃すわけにはいかなくてよ！」

「――裏切ってなどおりません」

　そこで静かに反論したのは、横で身を竦《すく》めているとばかり思っていたファリンだった。驚いて振り向くと、彼女は全ての感情が抜け落ちたような顔で、パラストゥーを真っ直ぐに見つめている。

「口ではなんとでも言えるわ。これほど頻繁に二人きりで過ごしておいて、密かに通じていないなどという言い訳が通るとでも思っているの⁉　たとえサイード様が陛下の甥《おい》御《ご》でいらっしゃるといえど、これは皇位の簒奪《さんだつ》を狙うに等しき、大罪よ‼」

　突然の『簒奪』という言葉にサイードは一瞬疑問符を浮かべたが、すぐに相手がソルーシュの母であると思い出して得心がいった。実のところ不義密通などよりも、まだ立太子を行っていない皇子の立場を脅かす存在が増える可能性を、パラストゥーは危惧《きぐ》しているのだろう。ならばその心配がないことを伝えたら、この場は収まるだろうか。

　そうサイードが考えていると、先に口を開いたのはファリンだった。

「密通……ですか。そのような事実などないという証明でしたら、簡単ですよ。入宮時に行われた未通女検査を、もう一度やってもらえばいい」

淡々と告げられた事実に、パラストゥーの怒りに染まった瞳《ひとみ》はすぐに驚愕《きょうがく》へと色を変えてゆく。最後には信じられないものを見たような顔をして、彼女は言った。

「未通女って……アナタ、ここに二年以上いて、まだ一度も陛下の御渡《おわた》りがないの⁉」

「その通りです」

「なんだ、まだ『女』ですらなかったなんて……心配して損したわ！」

気が抜けたように首を振るパラストゥーに対し、ファリンはため息をついた。

「もうよろしいですか？」

「はいはい、事実がないなら何も問題はないわ。失礼いたしました！」

この一瞬ですっかり興味が失《う》せたようで、彼女はパタパタと手を振りながら去ってゆく。その背が見えなくなるまで見送ると、サイードはぼそりと言った。

「そうか、まだだったのか……もうとっくに、御渡りがあったものだとばかり」

なぜか浮き立ちそうになる声を、必死に低く抑え込む。

「あの、そういうの恥ずかしいから再確認しないでください……」

だが彼女の気まずそうな声を聞いた刹那《せつな》、冷水を浴びせられたようだった。

「いや、すまん。だが恥ずかしいというならば……陛下に君の一連の功績を伝えて推薦することも可能だが」

――彼女が御渡りがないことを恥だと感じているならば、その憂いを取り去ってやろう。それでこの自分の迷いも、すっかり晴れるはずだ。

だがファリンは、その考えを否定するように首を振った。

「そういう『恥ずかしい』ではありません。せっかくですが、辞退させてください。私は今のまま、忘れられた妃でいいんです。陛下の御渡りなんていらないから、このままずっと友人たちとみんな同じで仲良くやっていきたいんです。抜け駆けしたと思われて、ようやくできた大事な人たちに、離れて行かれたくないんです！」

どこか怯えたようにすら見える瞳を向けられて、サイードは鼻白んだ。それほどまでに大事な友情が、皇帝の御渡りひとつで揺らぐようなものなのか。

「かくいう君は、もし友に御渡りがあったら嫉妬《しっと》して疎遠になるのか？」

「いいえ、それが本人にとって幸せならば、ぜったいに応援します！」

即答する彼女に、サイードは真剣に頷いて見せた。

「では君も友を信じろ。その友情が本物ならば、君の幸せを願ってくれるはずだ」

「友情、ですか……そんな大それたもの、考えたこともありませんでした。ただ一緒にいると楽しい、それだけの仲なんです。そもそも最初にレイリが私に声をかけてくれたのは、ほぼ同時に入宮して、ヴィラが隣だったからというだけで……それにアーラも、人なつっこいレイリを介して仲良くなっただけですし……」

そうファリンは消え入るように言って、目線を下に落とした。なぜ彼女は、これほどまでに己の魅力を肯定することができないのだろうか。

「……やはり君のような人材を、後宮の奥に埋もれさせておくのは惜しい。君ならば、必ずや立派な御世継《およつ》ぎを生んでくれるだろう」

苛立ちまぎれのセリフが口をついてから、サイードは我に返った。これは微妙な立場に置かれている妃に向けるべき発言ではなかっただろう。だが慌てて言い訳を探しているうちに、ファリンは顔を上げ、珍しくこちらへ射貫《いぬ》くような目を向けた。

「そうですね。陛下の御子を産むため……そのためだけに、私たち妃はこの後宮で手厚く飼われているのですから。寵《ちょう》を望まぬ妃など、役立たずだと言うのでしょう？　ああ、人質の意味もあるんでしたっけ。でも私なんかは、その役目すら果たせそうにないわ。ここへは、厄介払いされてきたんだから！」

厄介払いとは、どういう意味だろうか。『礼儀作法はあまり教えてもらってない』という、先ほど聞いたばかりの言葉がよみがえる。あの歯がゆいほどの謙遜には、どうやら理由がありそうだ。

それはともかく、おとなしい彼女をここまで感情的にさせてしまうとは、よほど追い詰めてしまったのだろう。だがどう謝ればいいのかすら分からずに、サイードはひとまず場所を変えて時間を稼ぐことにした。

「……少し、話を聞いてくれるか？　君さえよければ、庭でも歩こう」

断られるかと思ったが、黙ったまま頷いた彼女に安堵《あんど》し、通路へ足を向けた。ヴィラの間をつなぐ通路を抜けると、間もなく広い庭園の外れにさしかかる。

美しく整えられた植え込みの間を歩きつつ、サイードは口を開いた。

「前にも少し話をしたことがあるが、この国の国土の大半は、枯れ果てた永遠の砂漠に覆われ、農耕に向かない、人が住むには厳しい場所だった――」

この中央砂漠地帯は西方の列強諸国や東方の大帝国といった豊かな国々に挟まれながら、東西交易の中継地点として、なんとか食いつないで来た地域だ。だが大量の地下資源が発見されてから、事態は急転した。資源の存在は、確かに民を飢えから救う希望となった。だがその代償として、奪い合いの舞台ともなったのだ。

皇帝はその事実にいち早く気づき、団結して砂漠の民の権利を守ろうとした。だが現在《いま》のような個人の威光ありきの体制のままで、もし拠《よ》り所《どころ》である唯一《アルサラーン》の指導者が倒れでもしたら、砂漠の民はたちまち分裂してしまうだろう。

「――そのような事態を避けるためにも強い世継ぎを立て、皇家を取り巻く制度を拡充し、帝国を盤石なものとしなければならない。今陛下に必要なのは、一人でも多いお味方なのだ。後宮も、陛下の治世を助けるための重要な組織……妃たちには女性である前に、陛下の忠実な臣下たることが求められている」

ファリンに聞かせようと始めた話で、サイードはようやく気がついた。彼女の自信のなさを目の当たりにするたび感じていた苛立ちは、自らに重ねていたからではないか。

皇帝陛下は、まさに唯一無二の存在だ。自分がいくら右腕と呼ばれても、腕に頭の代わりを務めることはできない。完璧《かんぺき》な存在にお仕えできる喜びの陰には、常に拭《ぬぐ》いきれぬ劣等感がつきまとっていた。――だからだろうか、ファリンという妃個人に臣下の立場を超えて肩入れし、自信をつけさせてやりたいと願ってしまうのは。

「とはいえ陛下は、冷徹なように見えて……家族である妃たちの幸せを、誰よりも強く願っておられるのだ。どうかそれだけは、信じて欲しい。そうであってくれなければ、俺は、諦《あきら》めきることが……」

そうだ、皇帝陛下の最も近くでお支えすると決めたときから、自分の立場はよく弁《わきま》えていたはずだ。サイードは表出しかけた本音を濁らせると、自らの瞳を手で覆う。

だが、そこで彼女が放った言葉は、予想だにしないものだった。

「サイード様……まさか本当に、陛下のことを⁉」

「……は？」

目元から手を離すと、訝《いぶか》しげな目をファリンへ向ける。それをまっすぐに見つめ返したかと思うと……彼女は自分に言い聞かせるかのように、両拳《こぶし》を握ってしっかり頷いた。

「あの私、応援していますから。諦めずにがんばってください！」

「だから何故、そうなるんだああああ‼」

サイードの嘆くような叫びが、午後の庭園にこだましたのだった。

# 第四夜　自らを殺す毒

木の上でしっかり熟した棗椰子《デーツ》が収穫を終えたころ、砂漠には秋が訪れていた。常に高気温の砂漠地帯も、秋冬は比較的過ごしやすい。そのため催し事は冬季が多いが、中でも最も華やぐのは新年だろう。それはファリンたち妃にとっても、一年で最も楽しみな時期だった。普段は後宮から出ることを厳しく制限されている妃たちも、新年だけは外廷で行われる宴《うたげ》などの行事に参加できるからだ。

その宴の初日には、毎年水の女神への奉納の舞が披露されている。後宮の美女たちが水の女神と精霊たちに扮《ふん》して豊穣《ほうじょう》を祈るその舞台は、宴の一番の目玉とされていた。

こうして年明けの本番に向け、今年も秋口から舞の稽古《けいこ》が始まった。だが半月経つにもかかわらず、未《いま》だ主役である水の女神役を誰にするかが決まらない。今年は下級妃から話し合いで選ぶことまでは決まったが、お互いに牽制《けんせい》しあって決め手がないままだ。

本当は自分が一番目立ちたいけれど、立候補するほどの度胸はない。だが他の妃に役を取られて、一気に差をつけられるのは嫌だ……そんな思惑が下級妃たちの間を渦巻き、泥仕合が続いていたのだ。

今日もまた基本の稽古だけ終えて、妃たちは打合せと称して皆で車座《くるまざ》になっていた。稽古場に広げられた敷物の中央には銀の大盆が置かれ、いつものデルカシュの差し入れや、多種の果物が盛りつけられている。ファリンはさりげなく下座にまわってレイリやアーラと並びの座を確保すると、林檎《りんご》の果蜜《シロップ》に冷たい薄荷《ハッカ》水を加えた甘露水《シャルバトゥ》を手に取った。練習後の火照った身体に、薄荷の香りが涼やかに染み渡る。ゆっくり味わい雑談の聞き役に徹していると、話題は自然とあの『物語』へと向かって行った。

やがて話が白熱してくると、パラストゥーが呆《あき》れたようにため息をついた。

「まったく、アナタたち相変わらず無益なことをしてるのね」

「あらぁ、読んでみれば意外とハマるわよぉ？」

ニコニコしながら応《こた》えるバハーミーンからわざと顔を逸《そ》らすよう、パラストゥーはつんと顎《あご》を上げてみせる。

「なによ、わたくしが主役で陛下と恋する物語なら読んであげるわ」

「そんな夢みたいなこと、パラストゥーはやっぱり欲張りよねぇ」

「ハッ、物語の中でくらい、自分が主役になりなさいよ」

この二人、一見すると未だ変わらぬ火花を散らしているが、以前のように本気で刺さる棘《とげ》は無い。近ごろは、すっかり軽口を言い合える仲になっているようだ。

このように、かの『物語』は不自由な身である妃たちの多くにとって、今最も楽しみな娯楽の座を不動のものとしていた。ただ最近のファリン自身はといえば、皆から集めた選集《アンソロジー》のまとめ作業ばかりで新作は手つかずだった。その一番の原因は、やはり実物のサイードを知りすぎてしまったせいだろうか。脳内で構築していた『堅物忠犬小姓』の人物造形と実物との解釈違いに気づくたび、イメージがブレて妄想しにくくなってしまったのかもしれない。とはいえ、他の妃たちから供給された妄想は今なお大変美味《おい》しくいただいているのだが……それはそれ、これはこれ、である。

それにしてもサイードの口から世継ぎを期待する言葉が出たことに、あれほど動揺してしまうとは、ファリン自身にも想定外のことだった。

――ただ美しいもの、尊いものだけを薄絹《スクリーン》ごしに愛《め》でつつ生きてゆけたなら、こんな風に悩むことも、傷つくこともなかったのかな……。

そんなことを思いつつ、黙って雑談に耳を傾けていると――この平穏を破るように、巻紙を手にした使用人が稽古場へ駆け込んできた。

「第十六妃アーファァリーン様へ、ご実家より緊急の書状にございます！」

通常の手紙であれば、たとえ留守であってもヴィラに届けられるはず。だがこれは、わざわざ緊急と銘打って直接本人に手渡そうとされているのだ。

――もしやおばあさまの身に、何かあったのでは！

ファリンは跳ねるように立ち上がり、使用人から巻紙を受け取った。周囲に軽く断りを入れてから、少し離れたところで封を切る。だがその文面は――。

『婿殿のお披露目に娘夫婦を連れて新年の宴に参加するから、皇帝陛下に直接のお目通りが叶《かな》うよう根回しをしておけ。本来であればシリンバヌーのものだった妃の座を譲ってやったのだから、しっかり恩を返すように』

――これのどこが、緊急なのだろう。

「うわぁ……」

思わずそう漏らすと、背後からレイリの心配そうな声がした。

「大丈夫⁉ 何かあった⁉」

「それがねぇ……見てよこれ」

ファリンは脱力のあまりに手紙をひらひらさせると、思わずそのまま彼女に見せた。

「なにこれ、これのどこが緊急なの⁉ ありえないんだけど！」

呆れたようなレイリの声に、たちまち人だかりができる。すると上座のマハスティたちにも、話がしっかり聞こえてしまっていたらしい。

「ちょっと、例の義妹が新年の宴に来るのですって⁉ なら、今年の水の女神役はファリンにしましょう。呪いだのなんだの言って後宮入りの名誉を足蹴《あしげ》にしたこと、後悔させてあげるわよ！」

ぐっと拳《こぶし》を握って熱弁をふるうマハスティに向かって、口々に賛同の声が上がる。

――しまった、これ面白がられてるパターンだ！

そう気づいて、ファリンは頭を抱えたくなった。そもそも過去の話をしたのは、初めて男装した時に居合わせた四人だけのはずだ。それなのに、いつの間に周知の事実になっていたのだろうか。秘密だと言い忘れていたとはいえ、後宮における噂の拡散速度を舐《な》めていたようだ。面白さだけでなく、元が地味な存在のファリンであれば少々目立ったところで脅威にならないという安心感も、全員の賛同に拍車をかけたのだろう。

だがそんなファリンの憂いや嘆きはなんのその、マハスティはようやく落としどころが見つかって良かったと言わんばかりに、晴れ晴れとした顔で宣言した。

「では、決まりね！」

「でっ、でも私、舞踊は得意ではないんです。主役なんて、絶対に務まりません！」

苦手なものでわざわざ目立って、そんな重責負いたくない。本気で顔色を変えるファリンに、だが遠く上座の方から、お姉さま方の無責任なフォローが飛んで来た。

「大丈夫。去年だってしっかり踊れていたじゃない？」

「そうそう。女神役だけの独舞《ソロ》はあるけど、難しいものでもないし。そんなに気負わなくてもだいじょうぶよぉ」

マハスティの隣に座って、バハーミーンもニコニコと同じような笑みを浮かべている。さらにその向こう隣で、デルカシュが意気揚々と口を開いた。

「ほんとうに、ファリンなら適役ね！　さっそく、衣装の採寸をしなくては！」

デルカシュが口にするなり、侍女たちがササっとファリンを取り囲む。

「えっ、今、ですか!?」

「そうよ。水の女神の羽衣を最も美しくなびかせるには、身長との長さの比率が重要だもの。本番と全く同じものでなくては、稽古の意味がないのよ！」

結局強く断れないまま、あれよあれよという間に全身の数字を測りつくされて、その翌々日には稽古用の衣装と羽衣が用意されてしまった。

こうしてファリンは、主役として中央で踊ることになった。だが舞踊が得意じゃないのは本当だ。

――もっとはっきり、お断りしておくんだった……。

ファリンは稽古にはげみつつ、心の中でコッソリとため息をついた。

女神の衣装を纏《まと》って踊りの稽古をしていると、昔のことを思い出す。

『かあさま、すっごくキレイ！』

『ふふふ、ファリンもやってみる？　ほら、指鈸《ジル》をキレ良く鳴らすには、手首のところをこうやって――』

――そんな会話をしたのは、もう十年以上も前だろうか。

美人な上に歌も踊りも堪能《たんのう》で、水の女神の化身とまで呼ばれた母が居た頃は、物心つく前から真似して踊りを楽しんでいた。だがそれはもう、昔の話。母が消えてからは稽古の機会も失って、長い空白期間があった。だから去年まで隅っこで出来るだけ目立たないよう踊っていたのに、まさか主役を任されてしまうなんて。

真ん中で失敗したら、皆の舞台を台無しにしてしまう。皇帝陛下の権威にも、傷をつけてしまいかねない。稽古《けいこ》の量を前より増やし、誰よりも努力せねばならないのだ。

しかし、焦って練習すればするほどに、なぜか効率が落ちてゆくようだった。去年までには感じなかった極度の疲労感がのしかかり、長い一曲が終盤に差し掛かる頃には、全身がずっしり重たくなってしまう。

やがて主役としての練習を始め、十日と少しが経った頃。ファリンは酷《ひど》い疲労感で、稽古場のすみにうずくまることが増えていた。しっかりしなければと焦るほど衣装が水を吸ったように重くなり、高くなびかせたつもりの羽衣が、なぜか床を擦《こす》ってしまうのだ。そんなファリンの不調を、今は皆優しく労《いたわ》ってくれている。だが本番が近づき心に余裕がなくなれば、やがて呆れを通り越し、怒り出しても無理はないだろう。

今日も平謝りしながら壁際へと向かったファリンは、長い羽衣をなんとか手中に手繰り寄せ、膝《ひざ》を抱えて座り込んだ。薄く織られた絹地のリボンの幅は指先から肘《ひじ》までぐらいで、長さは身長の倍以上はある。これがまるで神力でふんわり浮いているかのように見せなければダメなのに、全然軽やかに振れていないのだ。

――朝から晩まで働いていた頃だって、こんなに疲れなかったのに。ここで毎日甘いものを食べてはゴロゴロしているうちに、すっかり体力が落ちてしまったのだろうか。いっそ「失敗するよう呪いが掛けられているのでは!?」とでも、思いたいぐらいだ。

そんな状況がしばらく続くうち、とうとう恐れていた日がやってきた。

「もっと真面目にやってくれる!?　ちゃんと集中してくれないと、皆が迷惑するの！」

パラストゥーはそう言って、こちらに厳しい目を向ける。上手《うま》くいかず内心焦りを感じていたファリンは、思わず反論の声を上げた。

「ちゃんと真面目に、一生懸命やってます！」

「一生懸命だから何⁉　奉納の舞は、一生懸命やってるだけじゃ足りないの！　人並みの努力をしただけで、皆の中央に立てると思わないで。出来ないのなら、一生後ろで踊ってなさい！」

――そもそも私、別に中央《センター》に立ちたいなんて言ってない！

そう声を上げかけて、ファリンは口をつぐんだ。さすがにそれは、推薦してくれた皆を裏切るように思えたからだ。

「パラストゥーは、自分が女神役じゃないのが気に入らないだけよぉ。だから気にしない！　ゆる～くやりましょ」

「そうそう、体力なんて徐々についてくるものよ。まだ時間はたっぷりあるから、絶対に大丈夫！　貴女《あなた》なら、きっと最高の女神を演じられるわ。だから自分を信じて、ね？」

バハーミーンとデルカシュが、口々にフォローの言葉をくれる。それでも、気にしないではいられない。

「ありがとうございます。でも……完璧《かんぺき》に踊れていないのは、本当のことですから」

そう口にしてファリンは力なく笑ってみせたが、パラストゥーはその返答すら気に入らないようだった。

「なによ、義妹の鼻をあかしてやるんじゃないの!? 今みたいに無様な姿を晒《さら》せば、完全に逆効果よ。さっさと諦《あきら》めたら？ このわたくしが、いつでも代わってあげるから！」

パラストゥーの物言いは、もっともだ。行事などなくても日常的に舞踊の鍛錬を続けているという彼女の踊りは、誰が見ても完璧なものだ。長い手足をキレよく操り、中央で舞えば素晴らしく映えることだろう。

答えに詰まっていると、後ろの方からヒソヒソとささやく声がした。

「……やっぱり、自分が女神役をやりたいだけじゃない」

「大したことないクセに、いつも私が私がって、しゃしゃり出てくるのよね……」

そんなコソコソ話が聞こえた方を、パラストゥーは腕組みしてギロリと睨《ね》めつける。

そのとたん、誰ともしれない小さな声たちはピタリとやんだ。

「ハッ、これだから女はイヤなのよ！ みんな仲良くお手々つないで横並び。一人だけ抜きん出ようとする者あれば、抜け駆けするなと足を引っ張り、叩《たた》いて叩いて横並びの列に戻すのよ！ アナタたち、せいぜい仲良しごっこしてるといいわ。その間にわたくしは、必ずや足を引っ張る手すら届かぬような、高みへ上ってやるんだから!!」

彼女はそう声高《こわだか》に言い放つと、自派閥《フオロワー》の妃たちを引き連れ稽古場から出て行った。

「なによあの女！ 大して美人でもないクセに調子に乗って、いつも上から目線で自慢ばっかりなんだから！」

「あんな性悪、いつか本性がバレて陛下に愛想尽かされるに決まってるわよ！」

パラストゥーの姿が見えなくなったとたん。そんな声が、さっきヒソヒソしていた妃たちの方から次々と上がり、ファリンはゾッとした。結局、パラストゥーの言っていたことは、ある意味で核心をついていたのかもしれない。

自分なら皆からこんな風に言われたら、胃に穴がいくつも開いてしまうことだろう。何を言われても負けない自信にあふれた彼女を、ファリンは少しだけ羨《うらや》ましく思った。


——本番が近づいてくるのが怖い……。

憂鬱《ゆううつ》な気分を抱えたままヴィラに戻ると、最近砂漠の言葉がめきめき上達しているシャオメイが、すぐに駆け寄ってきた。

「ファリンさま、主役やる聞きました！　なぜ教えてくれなかったですか⁉　楽しみにしてるです！」

「シャオメイ……」

無邪気に喜んでくれる姿を見ると、さらなるプレッシャーで胃が痛む。だが彼女が悪いのではない。こんなにも重圧を感じているのは、自分が自信を持てないせいだ。自信をつけるためには、とにもかくにも練習して、上達するしかないだろう。

そう思い詰めていると、シャオメイが心配そうにのぞき込んできた。

「ファリンさま、お疲れなのです？　すぐ甘いもの用意します！」

「ううん、今日もおやつはやめとくね。舞台に向けて、もっと体形を絞らなきゃ」

「でも、ファリンさまつらそうです。食べないと、体力つかないです。甘いのダメなら、献立を肉中心にしてくれ厨房《ちゅうぼう》に言います。食事は大事です！」

　かつて偏食を強いられ身体に不調を来たした彼女が言うと、説得力が違う。ファリンは困ったように笑うと、渋々ながら頷《うなず》いた。

「うん……ありがとう」

　その夜。さっそく普段より本数が増えた串焼き肉《シシュ・ケバブ》を鉄の大串から外してあげながら、ファリンは向かいで肉にかぶりついている子トラに話しかけた。

「あの、バァブル様、踊りを上手にしてくださいとか、体力つけてくださいとかは、やっぱりお願いできないですよね……？」

　子トラの姿をした精霊様は、頬いっぱいに詰め込んでいた仔羊肉《ラム》をゴクリと飲み込んでから、珍しく申し訳なさそうに肩を竦《すく》めてみせる。

「うむ。生くる物に変化を加えることは、いかなる場合も禁忌とされておる」

「やっぱり……。もっと稽古を重ねるしか、ないですね……」

　夜が更けて、ファリンは意を決して稽古場のある棟にこっそり忍び込むと、窓から差し込む月明かりだけを頼りに舞の練習を始めた。もちろん皆の期待に応えたいという理由もあるが、あの義父たちに自分はここで立派にやっているのだと、見せつけてやりたい気持ちもあるのだ。

「なんだ、いい感じに踊れておるではないか！」

面白がって稽古場まで付いて来ていたバァブルが、歓声を上げた。それを嬉《うれ》しく思いつつも、ファリンは困ったように笑ってみせる。

「でも音楽がないと、タイミングがちゃんと合っているのかよく分からなくて……」

「音楽だと？　ならば早《はよ》う言え！」

その瞬間――差し込む月明かりの中で、子トラがボムンと白煙に包まれた。程なくして煙が晴れると、そこには伴奏で使われる葦笛《ネイ》や小鼓《ダラブッカ》、提琴《ケマンチェ》などの楽器が並んでいる。

それはフワリとひとりでに浮き上がり、一斉に楽を奏で始めた。

「これって、水の女神の舞曲ではありませんか！　こんなことができるなんて……」

「この程度のことで驚くでないわ」

背後に透明な楽団を引き連れて、子トラはフフンと笑って胸を張る。西方には音を蓄えておける器《うつわ》があるらしいが、こちらはまるで一つ一つの楽器が生きているようだ。

「ええと、これって願い事になりますよね……？」

「いや、かまわん。吾輩《わがはい》も楽《がく》は好きゆえ、自分用だ！」

おずおずと問うファリンに子トラは機嫌よく答えて飛び上がると、曲に合わせて自らもくるくると踊り始めた。その楽しげな様子を見ていると、なんだか気分が軽くなってくる。こうして、ただただ苦しかった稽古《けいこ》は、毎夜の密《ひそ》かな楽しみになった。

――そんな夜が五日ほど続いた、あるとき。

音色に合わせて指を素早く弾《はじ》くたび、シャンッと指鈸《ジル》（フィンガーシンバル）の澄んだ音が鳴る。皆と拍子《ひょうし》がずれてしまうと、この音が乱れて美しくなくなってしまうのだ。だが今日は、それが伴奏ときっちり合っている。

——曲の終わりまであと少し。最後まで、指先一本まで気を抜かず……！

最後のポーズもピタリと決めて、ファリンはゆっくり身を起こす。初めて完璧に踊れた気がして、意気揚々と子トラの方を振り向きながら言った。

「バァブル様、今のどうでした⁉」

「とても、素晴らしかった」

だが返ってきたのは可愛い子トラの声ではなく、予想外の人のものだった。感嘆の吐息に乗せた柔らかな中低音《バリトン》が、そっと耳朶《じだ》に触れる。暗がりの中に声の主の姿を見つけ、ファリンはピンと姿勢を正した。

「サ、サイード様、なぜここに！」

「誰もいないはずの稽古場から夜な夜な楽の音が聞こえてくるが、悪霊の仕業ではないか？……と通報があったから、確認に来たんだが」

「す、すみません、夜中に騒がしくしてしまって」

「だがこれは一体、どういうことだ？　奏者もなく、なぜ楽器がひとりでに……」

「それは……」

答えに窮《きゅう》していると、子トラが前足でポスポスとファリンのふくらはぎを叩いた。視線を下げると子トラはじっとこちらを見詰め、コクリと頷いてみせる。

「言ってしまっていいんですか？」

再び頷いたバァブルをファリンは抱え上げ、サイードの前に差し出した。

「それはこの、精霊様のお力です」

「精霊様とは、あの奉納の舞にも出てくる精霊たちのことか？　まさか……」

だが子トラは無言のまま、鼻をヒクヒクさせてニヤリと口角を上げただけだった。どうやらサイードとは、直接会話するつもりはないらしい。

「はい。すぐには信じられないかもしれませんが……」

「確かに信じ難《がた》いことだが、実際に楽器が宙に浮き、葦笛《ネイ》が吹き鳴らされているのを見てしまったからな。実在していたのか……しかしまさか」

考え込んでしまったサイードに、ファリンはおずおずと声をかけた。

「あの、バァブル様はどうも我が家の守り神様のような存在らしいんです。悪い精霊様ではないので、見なかったことにしてくださいませんか？」

「まぁ、確かに彼に悪意はなさそうではあるが……。今は、君の言葉を信じよう。それにしても伝承の精霊様をこの目にする日が来ようとは、驚いたな」

サイードはそう言うと、手を伸ばしていつものように子トラを撫《な》でようとして、そしてやっぱり引っ込める。そんな話をしている間にも、まるで水を含んだ泥のように、ファリンは身体が徐々に重たくなっていくのを感じていた。実は踊っている最中《さなか》から、ずっと疲れを感じていたのだ。

　とうとう腕の中の重さに耐えきれなくなって、ファリンはその場にしゃがみ込んだ。

視界が白く灼《や》けついてゆくのを感じつつ、そっと子トラを床に下ろす。そのまま立ち上がることができなくなって、板張りの床に手をついた。

「お見苦しい姿をお見せして、すみません。もう少しだけ休んだら、すぐに自分のヴィラへ戻りますので……」

　最後はほとんど気合で踊り切ったけど、こんなにもドッと疲れが押し寄せるなんて。

視界の色は戻ったが、身体が重くてたまらない。ファリンがいつものように膝《ひざ》を抱えてぐったりしていると、何の前触れもないまま、ひょいっと横抱きに抱え上げられた。

「いや駄目だ、こんなところで休んでは余計に身体を壊す。すぐにヴィラへ戻ろう」

「えっ、ダメです！　重いっ、重いですからっ！」

　だが声を上げるたび、くらくらと視界がまわる。抗議を諦《あきら》め、サイードの力強い腕におとなしく身を預けると、彼はすぐに稽古場の出口へと歩きはじめた。

「駄目だ、はこちらの台詞《せりふ》だ。むしろ軽すぎる。ちゃんと食べているのか？」

「それは、女神役なので……動きが軽やかに見えるよう、一応ちょっと役作りを」

「そんな状態で疲労が回復するわけがないだろう。しっかり食べて、練習はしばらく休んだ方がいい」

「でも、この程度でこんなにも疲れて動けなくなるなんて！　急いで、もっと鍛えなければいけないんです。もっと、もっとがんばらなきゃ……このままじゃ舞台を台無しにして、みんなに迷惑をかけてしまう！」

強い焦りをあらわにしたファリンに、しかしサイードは事もなげに首を振った。

「いや、鍛え方が足りないせいじゃない。君は恐らく行軍貧血、むしろ鍛えすぎだ」

「え、貧血？　私、別になりやすい方ではないはずなんですが……。甘味は控えていますけど、お肉はちゃんと食べていますし」

かつて粗食で一日中働いていたときですら、貧血になんて一度もなった覚えがない。

思いもよらない言葉に首をひねると、彼は前を向いたまま、軽くため息をついた。

「自分では気づきにくいだろうが、爪が真っ白になっているぞ。この貧血は長時間の行軍時だけじゃなく、剣術など足さばきの激しい鍛錬を行う者にも、稀《まれ》に発生する症状だ。足底部に強い衝撃を繰り返し与える運動を行うと、血が壊れて貧血を起こしやすくなるらしい。水の女神の舞曲は一見軽やかな舞に見えるが、跳躍と着地の動きが多い踊りだからな。足底への負担も大きいだろう」

そんな原理で貧血になるなど、父からも聞いたことはなかった。ファリンは驚いたが、行軍時に起こるとのことだから、軍人の間では有名な話なのかもしれない。

「まさか、鍛錬のしすぎで貧血が起こるなんて……思いもよりませんでした」

「まあ、同じ運動をしても発症するかは体質の個人差が大きいし、因果を結びつけ難《がた》い現象だからな。血を増やす良い薬があるから、すぐに手配させよう」

「薬、ですか？　せっかくですが、なんかズルするみたいで……」

その響きにどこか後ろめたさを感じて、眉尻《まゆじり》を下げながら言うと……彼は腕の中を見下ろして、その深い茶色《ダークブラウン》の瞳《ひとみ》を優しく細めた。

「努力はもちろん大事だが、根性だけでは解決できないこともある。必要に応じて道具を頼るのは、悪いことじゃないさ」


そんな会話を交わした、翌々日の朝。さっそくヴィラに訪ねて来たサイードは、蓋付《ふたつ》きの丸い白磁の器を差し出しながら言った。

「熊の血凝《ちご》りの丸薬だ。一日三回、毎食後に飲むと良い」

「熊の……血、ですか？」

「ああ。熊の血と数種の薬草を煮詰めて作られた丸薬らしい。効果は折り紙付きだ」

受け取って蓋を開けると、ムワッとした強い臭気が瞬時に辺りに立ちこめた。

——な……生ぐっさー！

まさに血を濃縮したようなそのドス黒い丸薬からは、鉄臭さと生臭さが絶妙に入り混じったニオイが、プンプン漂っている。だが、せっかくの頂き物だ。ファリンはなんとか表情筋に力を入れて笑みを浮かべると、口を開いた。

「ありがとうございます。大事に、いただきますね……！」

「いや、大事にする必要はない。それが無くなる頃にまた持って来るから、惜しまずどんどん飲むといい」

「わ、わかりました……」

ファリンはサイードを見送ると、シャオメイに頼んで水とおハシを用意してもらってから卓子に着いた。白磁の蓋をそっと持ち上げ、小さな丸薬をひと粒、おハシでつまみ上げる。おハシは最近シャオメイに使い方を教えてもらったものだが、こういう素手で触りたくないものをつまむ時には、本当に便利な道具だ。

意を決して禍々《まがまが》しい臭気を放つ丸薬を口中に投げ入れると、すかさず水で流し込む。

「効くといいなぁ……」

ファリンは小さくため息をつくと、全体練習のために稽古場へと向かった。

——こんなに踊っても、まだまだ身体が重くならないなんて。ウソみたい！

何曲か終えてもまだ疲れ知らずで踊りつつ、要所でクッと手を返す。するとシャンッと一糸乱れず皆の指鈸の音が重なって、ファリンは思わず口角を上げた。今日は羽衣もふんわりと、まるで重力を感じさせないように中空を舞っている。

あれから七日ほどが経ち——丸薬を飲み始めて間もなく、ファリンは疲れにくくなっている自分に気がついた。さらに飲み続けた今ではすっかり以前のような酷《ひど》い疲れはなく、長時間の稽古《けいこ》も苦にならなくなっていたのだ。

最後の決めの姿勢までキレよく決めてから、ゆっくりと立ち上がった、その時——肩をポンっと叩《たた》かれて、ファリンは後ろを振り向いた。

「ファリン、今の、すっごく良かったよー！」

「ホント、後ろから見てても綺麗《きれい》だったわよ！　最近調子が良いみたいでよかった！」

そこにあったのは、いつもの友人たちの笑顔だ。

「レイリ、アーラも……ありがとう！」

二人のこの安堵《あんど》したような雰囲気から察するに、どうやらけっこう心配をかけてしまっていたらしい。しかし下手に話題にすれば逆に気に病ませてしまうかもしれないと考えて、あえて触れないでいてくれたのだろうか。我が事のように喜んでくれることが嬉《うれ》しくて、ファリンは笑顔で二人と小さくタッチを交わした。

「なによ、やればできるじゃないの！」

さらに声をかけられて、ファリンは発言の主に驚いた。汗で頬に貼りつく後れ毛を払いながら近づいてきたのは、あのパラストゥーである。

「あ……ありがとうございます！」

「この調子で、本番もしっかり意地を見せなさいよ」

彼女は足を止めて顎《あご》を上げると、ニヤリといたずらっぽく口角を上げた。

「……はい！」

水の女神役なんか面倒ばかりだと思っていたけれど、頑張ってみて本当によかった。

――そう、しみじみ考えていたときである。

「……あの子、最近調子に乗ってない？」

「ホント、あの程度で、絶対いい気になってるわよね……」

そう背後からボソボソ聞こえて、ファリンはビクリと肩を撥《は》ね上げた。地味なファリンならば少々目立っても怖くないというあてが外れそうになり、牽制《けんせい》してきたのだ。

「ちょっと、アナタたちっ……！」

パラストゥーが振り向いて、鋭く声を上げかける。だが——

「パラストゥー様、大丈夫です」

ファリンは彼女を止めると——決意を込めた表情で、発言した妃たちの方へ真っ直ぐに歩を進めた。

「な、なによっ、別に貴女《あなた》のことだなんて言ってないでしょ⁉」

これまでの気弱なファリンであれば、少しの嫌みで簡単に潰《つぶ》せていただろう。それがまさか反撃してくるなんて、想定外だったのだろうか。気圧《けお》されたように後退《あとずさ》る妃たちにあと一歩の距離まで近づくと、ファリンは一転、晴れやかな笑顔を向けた。

「はい。おかげさまで最近すっごく調子が良くて、ノリに乗ってます。それに、とってもいい気分です！」

「「なっ……！」」

そこへ場の緊張を破るように、パラストゥーの機嫌よさげな笑い声が響いた。

「アハハっ、ほんと、最近のアナタ、すっごく調子に乗ってるし、とってもいい気になってるわ！」

「ありがとうございます！　ただ、実は……調子が良くなったのは、サイード様のおかげなんですよね。私の不調は貧血のせいだと見抜いて、熊の血で作られたという丸薬をくださいまして」

ヒソヒソしていた妃たちなんてもう居なかったことにして、ファリンは友人たちの方へと吹っ切れた顔を向けた。パラストゥーの横ではレイリとアーラが心底ほっとしたという顔で、小さく手を振っている。

「あら、熊の血なら、わたくしもたまに飲んでいるわよぉ。血の道の乱れに本当によく効くのよねぇ」

そこへバハーミーンも加わって、のんびりひとつ頷《うなず》いた。すると気まずそうな顔をしながら固まっていた妃たちは、分が悪いとでも思ったのだろうか——そそくさと逃げるようにして、どこかへ行ったようだった。

「ご存じなのですか？　私も買いたいので、商人をご紹介いただけないでしょうか」

いつまでも貰《もら》ってばかりでは悪いから、自分で入手できるに越したことはないだろう。

しかしバハーミーンは頰に手を当てると、ニコニコしながら言った。

「あらぁ、そのくらい分けてあげるわよぉ。いつものお礼に、お代はいいから」

「いえそんな、どうか払わせてください」

「でも……珍重なものだから、なかなかお高いわよ？　わたくしも、どうにもこれがないと体調を崩すからと、実家が手配してくれているものだし……」

　ちょっと困ったような顔をするバハーミーンに、ファリンは首をかしげた。彼女もファリンの実家の事情を知っているから他の妃たちほど余裕がないのは分かるだろうが、妃の手当はそれなりのものだ。だがそれで足りないほど、高額なのだろうか？

「そう言われると、余計に無料《タダ》でいただくわけには……おいくらでしょうか？」

「えっとねぇ……」

　コッソリお値段を耳打ちされて、ファリンは慄《おのの》いた。内小姓頭の俸禄《ほうろく》はもちろん自分などより高いだろうが、そんな高価なものを個人的にいただいて大丈夫なのだろうか。


　数日後。わざわざヴィラまで追加の丸薬を持って来たサイードと顔を合わせるなり、ファリンは勢いよく頭を下げた。

「おかげさまであの酷い疲労がなくなって、とても稽古がはかどっています。本当に、ありがとうございました！」

「いや、いつも助けられてばかりだからな、少しでも報いる機会があってよかった。本番を楽しみにしている」

　笑顔と共に差し出された器を見て、ファリンは申し訳なくなって眉尻《まゆじり》を下げた。

「その……熊の血凝りの丸薬は、とても貴重なものだと伺いました。せっかく持って来ていただいたのに恐縮ですが、これ以上いただくわけには……」

「いや、以前から報酬を渡す機会を探していたんだが、何を贈れば喜ばれるのか全く分からず困っていたからな……ちょうどよかったんだ。気にしないでいい」

それでも受け取ることを迷って手を出せないでいると、サイードは笑いながらファリンの手を取り、そっと器を上に乗せた。

「もう商人に返品はできないからな。受け取って貰えないと困るんだ」

——勘違いしてはダメだ。この気遣いはあくまで内小姓頭として、舞台の成功を助けるという職務のためなんだから……。

「……サイード様って、すごく仕事ができそうです」

手中の白磁に目を落としつつ思わずそう呟《つぶや》くと、彼はとうとう声を上げて笑った。

「ははっ、なんだそれは。当然だろう！　陛下の最も身近で万事を整える内小姓頭の御役目を拝命しているのは、伊達《だて》じゃないからな！」

「しかも、実はよく笑う方《かた》だったのですね。以前はもっとお堅い方だと思っていたので、ちょっと意外でした」

だから例の『物語』では、めったに笑わない堅物という設定で描いていたのだが……どうやら遠くから眺めた妄想上の彼と、こうして話をしてみた実際の彼は、全然違っていたようだ。

——なんだか思っていたよりすごく親しみやすい人だったけど、でもどちらがいいかと問われたら、今はもう……。

「そうか？　よく笑うなど、君に言われたのが初めてだ。どちらかというと愛想がないと言われる方《ほう》なんだが」

　──それって、私と居る時は楽しいと思ってくれているんだと、自負してしまってもいいのかな。なんだか、すごく嬉しいかも……。

　そう一瞬考えてから、ファリンは内心強く頭《かぶり》をふった。

『皇帝陛下の妃ともあろう者が臣下と不義密通などと、死に値する重罪よ！』

　そんな、パラストゥーの言葉が蘇《よみがえ》る。この人は、あくまで敬愛する陛下をお支えする同志として認めてくれているのだ。ならばこちらもそう考えなければ、失礼だろう。

『言い掛かりはやめてくれ。俺がアーファリーン妃と行動を共にしているのは、あくまで陛下の命によるもの。正当な業務の範疇《はんちゅう》だ』

　そう、ただそれだけなのだ。でもきっとこの人となら、皇帝陛下の治世を盛り立ててゆく仲間として、これからも協力していける。

　ファリンはそう、強く自分に言い聞かせた──。

◇　◇　◇

　さらに年の瀬が近づき──。奉納の舞以外の練習項目が、稽古場《けいこば》の予定表へと加わった。それは、次の新年で五歳になるソルーシュ第一皇子のお披露目だ。いずれ行われる立太子の儀への布石として、新年の宴《うたげ》に集った家臣や諸部族長たちの前で、皇子として初の御言葉を述べることになっている。

　その内容は名乗りと挨拶《あいさつ》が一言のみの、ごく簡素なものだ。だがその名乗りが曲者で、出身の部族名だけでなく、父祖の名がたどれる限り延々と続いてゆく。これが長くたどれるほどに、由緒正しい出自と判断されるものらしい。

「声が小さい！　姿勢ももっと堂々となさいと言っているでしょう⁉　やり直し！」

　腕組みしつつ息子を凝視していた母親《パラストゥー》から、もう何度目にもなる叱責《しっせき》が飛ぶ。それは稽古場の反対側で休んでいた妃たちの方まで届き、思わずファリンは身を竦《すく》めた。たとえそれが自分へ向けられたものではなくとも、誰かが叱られている声を聞くのは気持ちの良いものではない。ファリンの居たたまれない気持ちを代弁するかのように、デルカシュが車座から立ち上がった。

　彼女はパラストゥーに声をかけつつ近づくと、その背にさり気なく手をあてる。そして宥《なだ》めるように、かつ励ますように、小声で語りかけていた。

「――ね、だからそう心配しなくとも大丈夫よ。今から根気よく練習していけば、絶対にできるようになるわ。ソルーシュ皇子はこの齢《とし》でもうとっても利発でいらっしゃると、教師たちからも評判なのでしょう？　あの偉大なる皇帝陛下の後継として、ソルーシュ様ほど相応《ふさわ》しいお子はいないもの。きっと大成功に間違いないわ。ほら、ファリンだって、この間からとっても上達したものね！　ねぇ、ファリン？」

突然名を呼ばれて、ファリンは冷や汗をかきつつ曖昧《あいまい》に頷いた。つい聞き耳を立てていたことに気づかれていたから、だけではない。デルカシュに促されてこちらへ向いたパラストゥーの目が、まるで追い詰められているようで、恐ろしかったからだ。

そんな稽古が十日ほど続いた、ある日——皇子の身体に、異変が現れた。

「かあさま……ちょっとおなかいたい……」

「あら、冷えてしまったのかしら。でもまだ全然できていないでしょう？　あと少しなんだから、今日の課題を全てこなしてから休みなさい」

「はい……」

眠そうに生あくびを繰り返してはやり直しをさせられていた皇子は、練習が終わったとたん母親に身を預け、トロトロとまどろみ始めた。しかし、異変はそれだけでは済まなかった。その後皇子は嘔吐《おうと》を繰り返し、さらに腹痛を訴えるようになった。典医による診立ては『砒素《ひそ》等の中毒に似た症状が認められる』というもので——後宮は、瞬く間に張り詰めた空気に包まれた。

しかしファリンには、その症状に別の心当たりがあった。だから近ごろ少しずつ雑談などもできるようになったパラストゥーに「毒ではないかもしれない」と話してみたが、「アナタなんかより典医の判断が正しいに決まってるでしょ⁉」と、一蹴《いっしゅう》されてしまった。今は気が立っていて、ゆっくりと話を聞く余裕もないらしい。

確かに、素人判断で間違っていたら、対処が遅れて大変なことになるだろう。ファリンは口を噤《つぐ》むと、皇子の回復を祈りながら状況を見守ることにした。

その間、厨房《ちゅうぼう》の検査から始まり、各妃のヴィラにも一斉に調査の手が入った。それはファリンのヴィラも同様で、所持品全てがつぶさに調べ上げられた。

結果、どこからも毒物は出て来なかったが、それはそれで問題だった。皇子には解毒の処置が行われたが、継続的に弱毒を盛られ続けているかのように、回復のきざしはみられない。これはソルーシュの立太子を阻止したい勢力からの警告なのではないかという声も上がったが、パラストゥーは「ここで屈したら相手の思うつぼでしょう!?」と、意地でも皇子のお披露目を取り下げようとはしなかった。

やがて皇子の吐物に茶色い血が混じり始めた頃。犯人探しに半狂乱のパラストゥーを見ていられなくなって、ファリンは再び動き出した。次こそ真剣に話を聞いてもらうには、論拠を集めておく必要があるだろう。

その日の練習を終え急いで昼食を済ませると、ファリンは後宮の門へ向かった。門番に事情を話してサイードへの取次を頼むと、今まさに経過を確認するため後宮を訪れているらしい。門番から聞いた方へ足を向けると、やがて通路の先に目立つ長身が見えた。

「あの、サイード様！　何かお手伝いできることはありませんか？」

「ああ、アーファリーン妃か。それは助かるが、今は手詰まりの状態だ。全ての食器を銀器に徹底させたが無反応だから、ひとまず砒素ではないとは分かったのだが……」

『食器を銀器に』という言葉を聞いて、ファリンは首をかしげた。

「念のためですけど、砒素毒の検出に銀食器が有効だったのは昔の話ですよ？」

「どういうことだ？」

水溶性かつ無味無臭、さらに手に入りやすい劇毒である亜砒酸《あひさん》……いわゆる砒素毒は、暗殺に多用されてきたという歴史がある。だから砒素毒と反応して黒変する銀器の使用が流行《はや》ったわけだが、ファリンはそれを聞いたとき違和感があった。ただの砒素を銀にくっつけたところで、そんな反応など起こらないはずなのだ。

「――それで調べたところ、銀器を変色させる成分の正体は硫黄でした。昔の製法では、砒素毒の製造過程で混在する硫黄を除去しきれなかったんです。でも現在製造されている砒素は純度が高いらしいので、銀器が黒変する可能性は低いと考えられます」

「そうだったのか……既成概念の更新が必要だな」

どうやらショックを受けたようで、サイードは苦悶《くもん》の息を吐く。それに追い打ちをかけるようで気が引けつつ、ファリンはおずおずと続けた。

「あの、それと、砒素以外でも消化器系に問題を起こす毒物なら後宮内にありますよ」

「なんだって、どこにあるんだ⁉」

「庭園です。観賞用でおなじみの植物にも、毒性を持つものは多いので……。ただ皇子の侍女によると、火傷《やけど》の件以来、庭の草花には特に気をつけているそうです。また食材に毒草が混入した線もないと思います。厨房で調理されたものならば、毒見役たちにも症状が出ているはずですから」

「そうか……あの件があった後に恥ずかしい話だが、観賞用植物の毒性にまでは調査が及んでいなかったな。だがその話によると、やはり可能性は低いようだが」

「はい、私も低いと思います」

「では残り、調べるべき場所は……」

考え込み始めたサイードの服を見て、ファリンは後宮の外の可能性を思い出した。

「私なら……後宮の門をくぐる前の、個人宛《あて》の荷物を調査したいです」

「なるほど、手が加えられる前に、ということか？」

「はい。後宮内に毒物が残されていないのは、手に入るたびに全て使い切っているからかもしれませんから、その可能性を潰します。妃たちに届いた荷物を、後宮内に運び込まれる前の状態で確認することは可能でしょうか？」

「だが内廷より奥で受け入れる品は、全てきちんと専任の目利《めきき》役たちによる検品が行われているはずだ。まさか、目こぼしをしている者がいるということか？」

苦い顔をするサイードに、ファリンは慌てて手を振った。

「いえ、そうではなくて、従来の検品手順ではすり抜けてしまう意外な毒物があるかもしれません。例えば単体では毒性がなくても、複数の物質が反応して毒化する場合もあります。それにトルエンのように、人体に有害な物質は口から入るとは限りません」

「なるほど、調査すべきものが多すぎて頭が痛くなるな……」

こめかみを押さえるサイードを見て、ファリンは眉尻《まゆじり》を下げた。

「そうですね……でも今は、可能性をしらみつぶしにしてゆくしかありません」

「だな。ではその個人宛の荷物の調査、すまないが手伝ってもらえるか？」

「はい！」


ファリンは自室へ戻ると、化粧を落として内小姓の白いお仕着せに袖《そで》を通した。しばらく機会がなかったとはいえ、もう一人でも手慣れた作業だ。見習いの身分を示す萌黄《もえぎ》の飾り帯《サッシュ》を手に取って、ウエストより少し低めにきっちり締める。内廷で勤める者のお仕着せは皆同じ意匠の白い長めの上衣だが、布地の材質とこの飾り帯《サッシュ》で、階級や役職を判別できるようになっているのだ。

「なんだ、その格好は」

突然声をかけられて、ファリンはあわてて辺りを見渡した。すると窓を覆う垂幕の下から、小さな白い頭がこちらを覗《のぞ》いている。ファリンはほっとして、ようやく肩まで伸びてきた後ろ毛を小さな尻尾《しっぽ》のようにまとめながら言った。

「すみません、ちょっと外廷まで行ってきますね。バァブル様のお食事はシャオメイに頼んでいますから、お腹が空《す》いたら先に食べておいてください」

「ふぅん」

そのまま興味なさそうに首をめぐらせて、子トラの頭は垂幕の向こうへと消えた。相変わらずうちの精霊様は、猫のように気まぐれらしい。

間もなく準備を終えたファリンを迎えに来たのは、事情を知るらしい年かさの内小姓だった。彼に従い目立たぬように後宮の門を抜け、内廷と外廷をつなぐ正門である『至福の門』へと向かう。そのすぐ脇にある細長い広間で、商人たちが方々から持ち込んだ品の吟味が行われているらしい。広間に入ると、そこには検品を行うための役人に、食材の吟味に来た料理人たち、そして多くの商人たちの姿でごった返していた。

ファリンは後宮行きの品を集めた場所へ向かうと、目利の役人たちを手伝い始めた。実のところ、ファリンにはあまり実物の知識はない。だから基本的には目利役を信じるしかないが、検品を直接目にすることで浮かび上がる真実があるかもしれない。

品の名前と量が読み上げられるたび、細かな文字で帳面に記録を取ってゆく。しかし中毒騒ぎが起こっているせいか、食品や医薬品など、そもそも疑われそうな品は皆注文を控えているようだ。

記録が一段落して疲れた肩を回していると、巨漢の商人が小さな麻袋をちょこんとふたつ手にして現れた。なんでも香辛料を扱っていて、今回納めた品は第三妃と第六妃が定期で注文している品なのだという。

「定期で？　それほど多量に使うなら、なぜ大袋でなくこんなに少量ずつなんだ？」

ファリンが思わず尋ねると、商人はニコニコしながら包みを一つ手に取った。

「手前どものお品は、なんといっても香り高さが自慢でございまして。常に最も状態の良きものをと、こまめにお届けしておるのです」

「なるほど……。私の仕える御方も良い香辛料をお求めなのだが、この今納品された二つの効果や効能を詳しく教えてもらえるか？」

「ようございますとも！」

商機を得たりといった様子で、商人は小袋の紐《ひも》を解いた。彼の掌上に転がり出たのは、胡桃《くるみ》に似た硬そうな外見の乾いた茶色い種子だ。だが男性の親指の先ぐらいという大きさは、胡桃にしては小さくみえる。

「これは肉荳蔻《ニクズク》と申しまして、すりおろして粉にいたしますと、肉料理の臭み消しに大変重宝するお品でございます。もちろん香りが良いだけでなく、消化を助け、食欲を増進し、過度の冷えから身体を守る効能もございます」

「なるほど、肉の臭み消しか……」

だがこの荷物は第三妃、つまりデルカシュ宛のはずだ。なぜ肉の臭み消しなど必要なのだろう。ファリンが首を捻《ひね》っていると、突然肩の上にドスっと重い衝撃が走った。

「うわっ、バ――」

『しーっ、静かにせい』

そう耳元で囁《ささや》かれ、ファリンは慌てて口をつぐんだ。この外廷では、十数匹の猫が放し飼いにされている。なんでもネズミ対策らしく、猫が歩いていても騒ぎにはならないのだ。だが後宮の門を越えて来たのがバレたら、警備上の問題として大ごとになってしまうかもしれない。どう対応すべきか困っていると、子トラは低く囁いた。

『その種子、あの者の菓子と同じ匂いがする』

「えっ」

　どういう意味かと問う前に、バァブルはしゅるりと肩からすべり降り、さっさと立ち去って行った。首をかしげつつ種子に鼻を近づけると、スパイシーな中に、どこか香ばしく甘い匂いが含まれている。そういえば肉豆蔲《ニクズク》の名は以前デルカシュから聞いたような気がするが、菓子に入れたのはなぜだろう。

「これを焼菓子に使うことはあるのか？」

「ええもちろん。小麦や乳の臭み消しにも、重宝いただいておりますよ！」

　揉《も》み手《で》をしながら答える商人を見て、ファリンはほっとした。普通でない使い方をしているなら不穏だが、どうやら杞憂《きゆう》だったようだ。念のため、後で蔵書を確認しよう。

「この香辛料、エルグラン語で何と呼ぶか分かるか？」

「ああ、確かナツメグと申します」

　覚えのある名を聞いて、ファリンはふと引っ掛かりを覚えた。

「ナツメグ……うろ覚えだが、何か毒性があるものではなかったか」

「おお、お役人さま、よくご存じで！　その通り、薬効のあるものを多く摂取しすぎますと、当然それは毒にもなり得るのです。確かに、この種子をそのまま二つ食べた幼子が中毒を起こし、命を落としたという噂もございます。ですが……どうぞ、試しにおひとつ。なかなか一度にたくさん食べられるものではございませんよ」

差し出された実をつまむと、ファリンは前歯で削るように実の端を砕いた。たちまち舌先に痺《しび》れるような辛みと渋みが広がって、たまらず眉間《みけん》に皺《しわ》が寄る。可能ならば吐き出したいほど刺激の強い味は、自分なら一個食べきることすら難しい。そう考えるとあの焼菓子の香りの強さから察するに、そこまで大量には練り込まれていないだろう。ただ念のため、皇子があの菓子を多く食べすぎていないか確認が必要だろうか。

もしも良かれと思った差し入れが裏目に出ていたとしたら、なんて悲しい話だろう。

ファリンはやるせなさにため息をつくと、次の袋に目を向けた。

「では、もう一つの品の説明を頼む」

「はいはい、こちらは小荳蔲《ショウズク》と申しまして、消化を助ける効果や口臭予防効果のほか、血のめぐりを促す効果もございます。そのため催淫《さいいん》効果があるとされておりまして、第六妃さま以外のお妃さまにも、ご愛顧いただいておりますよ」

「催いっ……!?」

——パラストゥー様、そんなもの定期購入してたの!?

うっかり用途を想像してしまったファリンがパッと顔を赤らめると、目の前の商人は一体何を曲解したのか、愛想の良い笑みをいっそう深めてみせた。

「なおエルグラン語ではカルダモンと申します。お役人さまも、いやお役人さまのお仕えする御方にもご満足いただけるかと思いますが……いかがでしょう？」

「ああ、つ、伝え……」

「何をやっているんだ？」

そこに不思議そうな、だが聞きなれた心地の好《よ》い声が割り込んで、ファリンは思わず飛び上がるようにして立ち上がった。

「さ、サイード様、お疲れさまです！」

「落ち着け、目立ち過ぎだ。何かあったのなら後で聞こう。もう話は終わったのか？」

「も、申し訳ございません、あと一つだけ！」

商人の方へ向き直ると、彼はなぜか目を丸くしてサイードの方を見ていた。そしてこちらに視線を戻し、再び笑みを浮かべて口を開く。

「お役人さま、お仕えする方というのはもしや……」

「いや、それはない」

ファリンはスッと真顔に戻って即答すると、努めて落ち着いた口調で言った。

「そういえばこの小荳蔻《ショウズク》、毒性などはないのか？」

「ああ、はい、こちらは適度であれば消化を助けるものですが、食べ過ぎると逆に腹を下すと言われております。とはいえ食後の口臭予防に実を噛《か》むことを好まれる方も多いもので、肉荳蔻《ニクズク》のように中毒まで起こした話は聞いたことがございません」

「なるほど、参考になった。引き留めて悪かったな」

「いえいえ、どうぞ今後ともご贔屓《ひいき》に」

立ち去る商人の背を見送っていると、サイードはさりげなく辺りに目を配るふりをしつつ、近くに立つファリンにだけ聞こえる程度の声で言った。

「何か気になる点はあったか？」

「その……中毒を起こす可能性のある香辛料がありました」

「どなたの荷物だ？」

「第三妃デルカシュ様です……。ただその用途は私も存じ上げているし、いただいたことのあるものです。それが原因かは確認を――」

しかしその報告は、途中で遮られた。

「そこの者、止まれ！」

突然声を上げたサイードの視線の先にあったのは、大きな荷袋を背負った小男《こおとこ》の姿である。男はサイードの赤地に金刺繍《ししゅう》が施された飾り帯《サッシュ》と儀礼用の装飾剣へ目をやると、猿のように皺深い笑みを貼りつけて言った。

「これは貴人のかた御自ら、何かご入用でございましょうか？　手前どもは青果を商っております」

「目の配り方、そして足の運び方、ただの商人ではあるまい。所持品を検《あらた》めよ」

その声を聞いた役人たちが、捕縛のために動き出す。だがその手が肩へと届く前に、男は担いでいた荷袋を捕り手に投げつけ、出口に向かって走り出した。なぜか一つだけ手に残していた大ぶりの果実が割れると、中から鋭い銀片が現れる。その柄《つか》の無い短刀を布ごしにつかみ構えると、男は通路上にいたファリンに向かって叫んだ。

「どけっ！」

だが突然の殺意に晒《さら》されて、ファリンの足は竦《すく》んだ。初めて向けられた刃物の恐怖に逃げたくても逃げられない、刹那《せつな》――横から伸びた腕に、ぐっと肩を押しやられた。

サイードはそのまま流れるように腰を落とすと、納品物の束から調理用の大串を引っこ抜く。そのままぐっと膝《ひざ》を入れて踏み出すと、突進してくる男の手許《てもと》を鉄の大串で打ち据えた。

ぎゃっという短い苦悶《くもん》の声を上げ、男はたまらず刃《やいば》を取り落とす。手首を押さえてうずくまるなりたちまち浮かんだ脂汗が、額をぬらりと光らせた。だがサイードは容赦なく砕けた方の手首を取ると、後ろ手に回すように締め上げる。

追いついて来た役人たちに捕縛を任せると、すっかり腰が抜けているファリンへ手を伸ばそうとして、サイードはごまかすように持っていた大串を置いた。近衛の長でもある彼の装飾剣は、もちろん実用の業物《わざもの》だ。だが室内で三尺近い片刃の軍刀《シャムシール》を振り回しては、背後のファリンも危険と踏んでの選択だろう。

――サイード様って、本当に強いんだ……。

近衛の肩書を聞いてもあまり実感はなかったが、目の前で繰り広げられた鮮やかな捕り物劇に鼓動が全然落ち着かないのは、先ほどの危機に対する反応か、それとも、サイードの新たな一面を目にしたからだろうか。

ファリンはどこかぼうっと顔を火照らせたままで、なんとか礼の言葉を絞り出した。

「あ……ありがとうございます」

「鍛錬が足りないようだな、新入り」

返ってきた言葉は口調こそ軽かったが、その声音は安心を誘うものだ。サイードは落ちていた短刀を拾い上げると、懐から取り出した布で包みながら穏やかに言った。

「立てるか？　陛下に報告にゆく。お前も説明に同行しろ」


「どうした、遠慮せず好きなだけ食べてゆけ」

最上級の絨毯《じゅうたん》のすみで罪人のように正座していたファリンは、皇帝の言葉に反り返らんばかりに背筋を伸ばした。

「は、はい！」

麝香《ムスク》の落ち着いた香りを移した水鉢で指を洗うと、目の前に置かれた銀の大皿に盛られた二枚貝へ、おっかなびっくり手を伸ばす。なぜこんなことになっているのかというと、ちょうど皇帝は自室で夕食を取る時間帯だったからだ。

せめて給仕だけでもさせてもらえたら気が楽だったのに、『妃だから』とこんなときだけお客様扱いで押し切られてしまった。すると人払いをしている今、必然的にサイードに給仕をさせることになる。もっとも、かいがいしく主の世話を焼くサイードと、それに当然のように甘える陛下――そうファリンには見えた――の姿は、眼福以外の何ものでもなかったのだが。

多忙な二人はこうして共に食事をとることで、毎日の会話の時間を確保しているらしい。というのは以前の取材で得られた情報だったが、その場に同席する機会をもらえるなんて……深刻な問題が起こっているのに、ついつい口許が緩んでしまう。

それをごまかすように大きな二枚貝を細い銀の匙《さじ》でこじ開けると、閉じ込められていた潮《うしお》の香りが湯気と共にふわりと立ちのぼった。これは貝殻の中に身と共に米を詰め、再び閉じて殻ごと炊き上げた炊込飯《ピラフ》らしい。ほぐし混ぜつつ口に入れると、米の一粒一粒に貝のダシがぎゅっと詰まって、嚙むごとに旨《うま》みがあふれ出すようだ。

遊牧民を祖とする者の多い砂漠の民にとって『ご馳走《ちそう》』といえば羊肉が主流だが、海を臨《のぞ》む皇都の料理は魚介の種類も豊富だ。内陸の出であるファリンには、ここに来て初めて食べたものも多い。例えば本日の主菜は、珊瑚《さんご》魚とも呼ばれる赤い鯛《たい》である。それは爽《さわ》やかな香りを立てる茴香《フェンネル》の葉の緑や、その鱗茎《りんけい》の白と共に、ひたひたの洋橄欖《オリーブ》油で色鮮やかな姿煮にされていた。皿の端にはごく細かく刻んだ大蒜《にんにく》と塩で調味した発酵乳《ヨーグルト》、そして輪切りの檸檬《レモン》が添えられて、暑い日でもさっぱりと食べやすいように仕上げられている。そして本日の汁物は、この香りからすると扁豆《レンズまめ》の濁羹《ポタージュ》だろうか。

「――そういえば、先ほど言いかけていた中毒を起こす可能性のある香辛料の件だが、詳細を聞かせてもらえるか」

食事が少し進んだ頃。突然サイードに水を向けられて、ファリンは居ずまいを正した。デルカシュにあらぬ嫌疑をかけぬよう、慎重に言葉を選ばなければ。

「デルカシュ様が定期的に購入されている香辛料に、肉荳蔲《ニクズク》というものがあります。この香辛料は料理に通常使用されるものですが、多量を摂取すると中毒症状を起こす可能性があるようです」

「デルカシュが……」

呟《つぶや》くように名を口にした皇帝へと向かい、ファリンはあわてて付け足した。

「でもデルカシュ様は、その香辛料を焼菓子に使っていることを隠しておりません！　もしそこに悪意があったなら、隠していたと思うのです。ただその焼菓子はとても美味なので、皇子がたくさん食べすぎてしまった可能性は否定できません」

皆を喜ばせたいと焼いたはずの菓子で中毒が起きたと知れば、きっとデルカシュ自身も辛《つら》いだろう。想像して肩を落としていると、サイードが口を開いた。

「ならばその香辛料は、今回の中毒には関係ないかもしれないな。皇子の食事内容は常に細かく記録を取らせているが、焼菓子という項目はなかった」

「そう……ですか……」

——よかった、あの焼菓子のせいじゃなかった！

つまり調査は振り出しに戻ったわけだが、これでデルカシュを悲しませることはない。ほっとしたら急にお腹が空《す》いてきて、ファリンはあっという間に二つ目の炊込飯《ピラフ》を平らげると、虹色《にじいろ》に輝く青貝細工の匙で珊瑚魚の白くふっくらとした身をほぐし始めた。

しばらく食に没頭していると、いつしかサイード達の会話は先ほどの賊が持っていた暗器《あんき》の出どころに話題を移していた。ファリンは軍事に疎いので、こういった話では完全に置いてきぼりだ。だが真剣に話し合う二人の横顔は、まるで一枚の絵画のように美しい。もしも自分に絵心があったなら、絶対にこの場面を後世に残すだろう。

なんて、尊い――。

「……何をやっているんだ？」

どうやら自分でも気づかぬうちに、『神』にひれ伏し祈りを捧《ささ》げていたらしい。サイードに変なものを見る目を向けられて、ファリンは引きつった笑みでごまかした。

「ええと、その……日々の糧をくださる神に感謝していました！」

「そうか……それは良い心がけだが」

まだ胡乱《うろん》気《げ》な顔をしているサイードの横で、皇帝は俯《うつむ》いて肩を震わせている。ファリンは真面目な会話の邪魔を深く反省すると、再度神妙に頭を下げた。

――翌朝。ファリンは後宮の門の前に立っていた。もうすぐ、昨日のうちに約束しておいたサイードがやってくる。毒物である証拠を示すのは意外に簡単だ。だが毒物ではない証拠を示すのは難しい。だからせめて、ここまで他の可能性を潰《つぶ》してきたのだ。

ファリンはサイードと合流すると、パラストゥーのヴィラへ向かった。厳戒態勢の続くヴィラは、物々しい雰囲気を纏《まと》っている。まずサイードが「何も出てこなかった」という報告を終えると、案の定パラストゥーは眉《まゆ》を吊《つ》り上げた。

「結局、原因は分からずじまいってこと？　第一皇子の一大事だというのに、ここには役立たずしかいないわけ⁉」

彼女のいつも綺麗《きれい》に整えられていた髪に、今は後れ毛がバラバラと散っている。その姿に胸が締めつけられたが、ファリンは努めて冷静に言った。

「パラストゥー様、落ち着いて聞いてください。先ほどの報告通り、今考えられる可能性は全て潰して参りました。しかしあと一つだけ、未確認の原因があります」

「なぜアーファリーンがいるのよ⁉　何か知っているのなら、早く言いなさい！」

「中毒らしき症状がみられるにもかかわらず、どうにも毒物や食物による原因が見つからないのであれば……自家中毒の可能性があります」

「自家の、中毒ですって？」

どうやら初めて聞いたようで、パラストゥーは眉を歪《ゆが》めたまま目を見開いた。対するファリンは神妙な顔をして、深く頷《うなず》いてみせる。

「はい。自分自身が体内で生成した物質により、中毒症状を起こす場合があります。主に小さな子どもに見られる症状で、もともとの体質など様々な要因がありますが、うち一つに極度の緊張が挙げられます。母親への依存度が高く、線の細い子どもに多いという特徴とも一致しております」

「極度の緊張……お披露目の、口上……」

「恐らく。皇子の呼気から、腐った林檎《りんご》のような甘ずっぱい匂いがしていたことはありませんか？　それも、自家中毒症の症状の一つに当てはまります」

だが今回の件は、残念ながらこれ以上に示せる根拠はない。だから地道な治療を試して、改善するか経過観察してみるしか方法はないのだ。しかしパラストゥーが証拠もない話をすんなり受け入れてくれるのか、それが大きな課題だった。

「実は私自身も一度発症したことがあるのですが、特に私の父が幼い頃、跡取りとしての重圧からこの症状を繰り返していたそうです。ですが弟が生まれて責務から逃れられたとたん、すっかり治まったと言っていました。いったんお披露目の稽古《けいこ》をやめて、しばらく様子をみてはいかがでしょう」

それを聞いたパラストゥーは、さっと顔色を変えた。

「なっ……そんなデタラメを言って、ソルーシュの立太子を邪魔しようというの!?」

向けられたのは、鬼神《イフリート》のごとき顔。だがここで怯《ひる》んでしまったら、何を言っても信用してもらえないだろう。――それに、なんだか腹も立ってきた。

出来が悪いと怒られて、上手く出来れば笑ってくれる。もっと褒めてもらいたくて、がんばっているのに、でも、なんで上手にできないんだろう――もう子どもではないファリンでも、そうした状況はかなりの負担を感じたのだ。まだ幼い皇子にとって、その重圧はいかほどのものだっただろう。

ファリンは奥歯に力を入れると、鋭い双眸《そうぼう》を射返すように見つめた。

「ソルーシュ様の立太子を阻んだところで、私にどんな利益があるのでしょう」

「そんなもの、わたくしを妬《ねた》んで、足を引っ張ろうとしているのではなくて⁉」

「羨《うらや》ましいと思わぬものを、わざわざ妬む必要なんてありません。皆が皆、同じ望みを持っているとは限らないんですよ」

「なっ……なんですって⁉」

さらに色めき立つパラストゥーに対し、ファリンは穏やかに、だが冷たく言った。

「別に、口上の練習をやめたくないのでしたら結構です。ただ……本当にソルーシュ様の症状が、このまま続いてもよいのですか？　少しでも苦しみを取り除いてあげられる希望があるのなら、試してみたいとは思わないのですか？」

「そっ、それは……」

一転して瞳《ひとみ》に動揺の色を浮かべ、パラストゥーは口ごもる。その時、傍らの寝台に横たわっていた皇子が、小さく口を開いた。

「おかあさま、ごめんなさい……。ちゃんとできなくて、ごめんなさい……つぎはちゃんとするから……」

「ソルーシュ……」

それを聞いた彼女は、ぐっと言葉を詰まらせると――。やがて何かを振り切るように強く首を一振りし、苦渋の滲《にじ》む声で言った。

「今年の新年でのお披露目は、再検討するわ。その、自家中毒とやらだったとして……ほかに、何かわたくしに出来ることはあるかしら」

「では、手足が冷えていたら温めて、安心できる環境を作ってあげてください。嘔吐《おうと》が続く間は脱水しないように、林檎の果汁などを飲みやすいぐらいに薄めて、少しずつ何度も飲ませてあげてくださいね。熱があるようなら、冷やしても飲みやすいかもしれません。もし飲めるようならば、塩もひとつまみ加えてください」

それは、遠く幼い日の記憶。心配した母がずっと傍《そば》にいてくれて、父は林檎を手に入れてきてくれた。幼いファリンにはそれが何より嬉《うれ》しくて、今も鮮明な思い出だ。

「そうね……試してみるわ」


それから数日、パラストゥーは自身の稽古からも姿を消した。それに対して「乳母《めのと》に任せておけばよいものを、稽古を休むなんて奉納の舞台を軽んじているんじゃないか」などと非難する声も上がったが、マハスティが窘《たしな》めて、すっかり静かになった頃――。

皇子の症状が落ち着いたという知らせを受けて、ファリンは再びサイードと共にパラストゥーのヴィラを訪ねた。奥の寝所へ通されると、パラストゥーが皇子の寝台の脇に座り、手を握っている姿が見える。さらに近づいてゆくと、その親指はそっと小さな手の甲を撫《な》で続けているようだった。その静かな様子は、挨拶《あいさつ》すら憚《はばか》られるようで――。

しばしの沈黙のあと、彼女はぽつりと口を開いた。

「そういえば、『なぜこんなこともできないの!?』と、何度も言ってしまっていたわね。それほどまでに重圧をかけてしまっていたなんて……気づかなくて、ごめんね……」

そして小さくため息をつくと、息子の寝顔を見つめたまま、ぽつぽつと語り始めた。

「わたくしの部族は燃水《ナフトゥ》の恩恵なんて何もなくてね、今でも昔ながらの暮らしをしているの。一日中、駱駝《ラクダ》のために遠くの井戸から水を運び続けるのが、幼い頃の私の仕事だった。もう駱駝を飼っているのか、駱駝に飼われているのか、分からなくなるぐらい」

そこで彼女は低く喉《のど》を震わせて笑い、話を続けた。

「砂漠はね、人が住むには過酷すぎるのよ。文字通り強くなくては生きてゆけない世界なの。ソルーシュには陛下のように、この砂漠の誰よりも強い男に育って欲しかった。でなければ、簡単に淘汰《とうた》されてしまうから」

そして、再びの沈黙――。

やや間があって、ようやくパラストゥーはこちらへ顔を向けた。

「わたくし、皇帝になることこそがこの子の幸せなのだとばかり思って……本当に大切なものを、見失ってしまうところだったわ。ありがとう」

その顔は自嘲《じちょう》と後悔がないまぜになった色をしていたが、だが確かに、優しい笑みを含んでいる。その表情を見て、ファリンは掠《かす》れた声で応《こた》えた。

「子どもって、親に期待されたら応えたいと思ってしまうんです。それでもソルーシュ様は……こうして御母君が寄り添っていてくれて、幸せですね」

「あなた……お母さまは？」

「もう何年も会っていません。父を追って、私を置いて出て行きました」

ファリンの少しだけ固くなった声を聞き、パラストゥーはわずかに目を伏せた。

「そう……。でもきっと、ふとしたときに貴女《あなた》のことを想っているわ。そういう、ものだもの」

――本当に、そう思っていてくれたなら、どんなに……。

ファリンは涙を堪《こら》えると、小さく微笑みながら言った。

「そのお気持ちだけで充分です」

だがそれに笑みが返されることはなく、パラストゥーはぐっと眉《まゆ》をひそめて見せる。

「それにしても……なるほど、それで義父に義妹なのね。アーファリーン、貴女の晴れ舞台……絶対に、最高のものにしてあげるわよ。誰よりも評判になって、貴女を軽んじたそいつら全員、見返しておやりなさい」

「なんで、そこまで言ってくださるのですか……？」

「言ったでしょう？　借りを作るのはキライなの！」

彼女は小声で、だがはっきりそう言い放つと――ニヤリと不敵に、笑ってみせた。

◇◇◇

とうとう迎えた新年、その初日の夜。外廷の中央に位置する大庭園には百枚を超える絨毯《じゅうたん》が敷かれ、招かれた部族の長やその一族の者たちが、宴《うたげ》の始まりを待ちわびていた。

日の落ちた砂漠には涼風が吹き、黄昏《たそがれ》色の空には星が輝き始めている。

その庭園の一角、皇帝の威を示す『至福の門』の前に、この日のための広い舞台が組み上げられていた。やがて薄闇の中で舞台を囲む篝《かがり》に火が入れられ始めると、挨拶の声でざわめいていた会場が、しん、とひとりでに静まった。

いつの間に現れたのか、舞台の上には白絹をまとう女たちが中央に集《つど》い小さく伏せている。その姿は篝火の灯《あか》りが増えるたび、闇の中で鮮やかに浮かび上がった。やがて全ての灯りが揃うと、静かに葦笛《ネイ》の音が流れ出す。

仄《ほの》かにかすれた幽玄《ゆうげん》な音色が、遠くかなたの空へと響く。やがてオアシスにこんこんと水が湧くように、白絹をまとった精霊たちの蕾《つぼみ》がひらき始めると——中から現れた女神は、青白く輝く繻子《サテン》の衣に、きらめく黄金の縁飾りを幾重にもまとっていた。

顔を隠すように重ねていた手首を鋭く巻き上げるように返せば、シャンっと高く、夜空に指鈸《ジル》の音《ね》が響く。女神の目覚めを合図とするように、舞台上に嵐が吹き荒れた。棗椰子《なつめやし》の幹から削り出された板張りの舞台で跳ねると、トンッと小きみの良い音がする。だがあくまで着地はふんわりと。一拍遅れて、長い羽衣が宙をすべるように弧を描く。白波だつ精霊たちの群舞《ぐんぶ》の間を駆け抜けて、ファリンは最後にひときわ高く跳んだ。姿を隠すように羽衣をまとって降り立つと、再び顔の前で手首を交差する。

やがて地底の楽園へ帰ってゆくように、女神はゆっくりと沈み始めた。その姿を白絹たちが再び隠し終えたころ、ふっと楽の音が消える。同時に灯火が一気に落とされて、辺りは闇に沈んだ。

だが次の瞬間――宴席を囲む無数の炎が、一斉に灯《とも》された。現《うつつ》に返った観客たちから、割れんばかりの拍手と歓声が沸き起こる。次に舞台が照らされたとき、そこはすでに玉座に姿を変えていた。黄金の輿《こし》に座す皇帝陛下の御前には、衣装のまま額《ぬか》ずく妃たちの姿がある。

「我が妃たちよ、素晴らしい舞であった。特に今年の水の女神は、まるで本物と見紛うほどではないか」

上機嫌らしい皇帝の絶賛に、これまでのファリンであれば恐縮し、つい「そんなことはない」と不必要に謙遜《けんそん》しすぎて場を白けさせてしまったことだろう。だが妃たちの先頭で優雅に両手をつきながら、ファリンは堂々とその言葉を受け入れた。

「お褒めにあずかり、光栄至極に存じます」

「第十六妃アーファリーン、そなたには特別に褒美を取らせよう。何なりと申せ」

観衆たる、並み居る族長たちの耳目を集める中で。ファリンは深く首《こうべ》を垂れたまま、夜の澄んだ空気によく通る、朗々とした声音で言った。

「では……我が義父《ちち》ロシャナク族のベフナームに、偉大なる皇帝陛下へ直々に御挨拶させていただく栄誉を賜りとう存じます」

「ほう……許そう」

名を呼ばれた義父は初めて見るような満面の笑みを浮かべて座を立つと、自分より上座にあたる絨毯の間を得意げな顔で練り歩き、舞台上の御前へと進み出た。後ろに引き連れているのは、元許婚《いいなずけ》であるファリンの方へチラチラと意味ありげな視線を向ける婿殿と、苛立《いらだ》ちが隠しきれていない様子の義妹との、二人である。

「畏《おそ》れ多《おお》くも御前にはべりまするは、ロシャナク族長ベフナームにございます。いやはや、アーファリーン妃様のなんとお美しかったことでしょう。我が娘ながら、鼻高々でございました！」

義父は陛下に向かい両膝を突き、叩頭《こうとう》——つまり額を地に着ける型の挨拶を終えたところで、心にもない賛辞を述べる。そして次代のロシャナク族長として、自慢の婿殿をいそいそと陛下に売り込み始めた。紹介を受けて力強く名乗りを上げるカムランへ、だが陛下はつまらなそうに目をやると、にこりともせず口を開いた。

「そなたは『獅子《しし》殺しの勇者』と呼ばれているそうだな」

「はっ！　私めは部族の成人の儀にて、砂漠の獅子を仕留めましてございます！」

不穏な様子に気づけないカムランは、意気揚々と声を上げて胸を張る。

「ほう、それはそれは素晴らしい狩りの腕を持っておるようだな。ところで……余の名『アルサラーン』の語源を、知っておるか？」

「そ、それは……不勉強で……」

だがそう言うカムランの顔は、すぐに色を失った。きっと彼は、本当は気づいてしまったのだろう。『アルサラーン』とは古い言葉で、『獅子』という意味なのだ。

「知らぬのならば、それで良い。だが……狩場を、間違えるなよ？」

「は、ははーっ！」

途端に緊迫した雰囲気に、義父も慌てたように地へ額ずいてみせる。その姿を見届けたファリンはあえて衆目にアピールするように、パラストゥー師《せんせい》直伝の甘やかな声音を作って言った。

「わたくしの寛大なる皇帝陛下、もうひとつだけ、ご褒美をおねだりしてもよろしいでしょうか？」

「なんだ、そなたがおねだりとは珍しいな……よい、何なりと申せ」

「では、久方ぶりに家族と水入らずで過ごす時間を、どうかくださいますよう」

「なんだ、そんなことか。構わん。だが、妃は常に供の者をつけねばならぬのが掟《おきて》だ。……サイードを連れてゆけ」

勘の鋭い陛下は、どうやら何かを汲《く》み取ってくれたらしい。筋書は少々変わりそうだが、見張りがサイードならば好都合だろう。

「かしこまりました」

陛下の傍らにひかえていたサイードが、すぐさまそう頷《うなず》き、大宴会の始まった庭園を離れ、休憩用に用意された空室へ向かうことになった。

この宮殿では珍しく、入口に扉のある部屋が閉ざされるなり……もう我慢できないといった形相で、シリンバヌーが口を開いた。

「ちょっとあんたファリンのくせに、下っ端の妃になったぐらいでいい気になりすぎでしょ⁉ 本当は、私がそこにいるはずだったんだから！ あんた自身が特別だなんて、思い上がらないことね！」

「女、妃に対して無礼である」

そこでシリンを窘《たしな》めたのは、彼女の父でも夫でもなく、離れて立っていたサイードだった。だがシリンは扉のそばにひかえる彼の服装へチラリと視線を走らせて、小さく鼻で嗤《わら》って無視を決め込んだ。

「なによ、偉そうに！ 妃だなんて言って得意げな顔してるけど、しょせんは大勢いる中の一人じゃない。たった一人だけを愛し愛されている私の方が、女として何倍も幸せに決まってるんだから！」

「そうね。貴女《あなた》がそう思うなら、そうなんでしょう。だから、なに？」

ファリンがにっこり笑って見せると、シリンは顔を真っ赤に染め上げた。

「なによ、あんたばっかりおじいさまに贔屓《ひいき》されてムカつくと思ったら、今度は皇帝陛下ですって⁉ いつもいつも、あんたばっかり得してズルい！ その宝石、絶対あたしの方が似合うから、ちょうだい？ ねぇ、寄越《よこ》しなさいよッ‼」

水の女神に扮《ふん》したままのファリンの額で揺れるのは、大きな大きな藍玉《アクアマリン》の雫《しずく》である。

激昂《げきこう》したシリンがそれをつかみ取ろうと手を振り上げた、刹那《せつな》――ファリンはすっと後ろに一歩、舞の歩型を踏んだ。得物を逃した手が空を切り、義妹は勢い余って膝《ひざ》をつく。

その姿を見下ろしながら、ファリンは静かに口を開いた。

「自分の方が何倍も幸せに決まってるんだって、いま自分で言っていたじゃない。なのに、なんで私の物を欲しがるの？」

磨き抜かれた宝石は、確かにとても美しい。だが幼い頃に砂漠で拾った石英のカケラを太陽にかざしてみると、どんな宝石よりもキラキラ輝いていた。価値を決めるのは、いつだって自分自身なのだ。

キッと上げられた義妹の顔は、一層の憤怒《ふんぬ》に満ちている。再びつかみかかろうと伸びあがった手を、横から割り入ったサイードが捻《ねじ》り上げた。

「妃に対する侮辱、および暴力行為で捕縛する。いいかげんにしろ！」

だがシリンはその手を振り解《ほど》こうともがきつつ、声を張り上げる。

「なによ、その白い服、内小姓のお仕着せでしょう！　下僕ごときが、次期族長夫人にこんな無礼を働いて、ただで済むと思ってるの⁉」

「俺はジャハーンダール族のサイード、内小姓頭を拝命している。……皇帝陛下の忠実なる下僕には、相違ない」

「はぁ？　頭《かしら》なんて言ったところで、しょせんは下僕どもの中の……」

だがそこで、サイードがその名をわざわざ名乗った意味にようやく気がついた義父は、とたんに顔色を一変させた。

「こらっシリン！　ジャハーンダール族のサイード様といえば、皇帝陛下の甥御様《おいご》だ!!」

「ええっ、この下ぼ……いえ、御方が……ウソ……」

「ロシャナク族のシリンバヌーと言ったか。——その顔、覚えたぞ」

　サイードが無表情のまま目を細めて言うと、義父たち三人はサッと顔を青ざめさせた。

　この状況であえて互いの部族を強調するということは、宣戦布告にも等しいことなのだ。

　そこでサイードが不意に手を離したので、シリンは数歩たたらを踏んだかと思うと、泡を食ったように父親の背に隠れた。

「どうだ、アーファリーン妃。貴女が望むなら、ロシャナクを帝国の直轄地とするよう陛下に進言してもよいのだが」

　直轄地にする——それは兵を送り、支配権を奪いにゆくという意味だ。それを聞いた義父は焦ったように膝をつき、つらつらと言い訳しつつ揉《も》み手《で》を始めた。やがてシリンの腕を引っ張るようにして、自らの横に膝を突かせると、すかさず文句を言おうとした娘の頭を、冷たい石の床に向かってぐいっと強く押さえ込む。

　だがその様子をファリンはひとつも表情を変えずに見下ろすと、鷹揚《おうよう》に口を開いた。

「いいえ、不要です。ロシャナクに、そのような価値はございませんわ。どうぞ、捨て置かれませ」

「おお寛大なるお妃さま、ご慈悲をありがとうございます！」

　少々大げさなほど自らの両手を握り合わせて、義父はファリンの方を向いて声を上げる。するとシリンは伏せたままの青い顔を一転赤くして、ぶるぶると屈辱に打ち震えているようだった。

「認めない……こんなのぜったいに、認めないんだから……」

小声でボソボソ呟《つぶや》き始めた彼女の性格は、昔からよく知っている。部族を攻め滅ぼされて死ぬことなんかより、生きたまま自尊心を打ち砕かれることの方が、彼女にとっては何倍も屈辱的で、辛《つら》いことであるはずだ。

――簡単に破滅なんて、させてあげないんだから。

シリンに見せつけるかのように、ファリンはふんわり優雅に笑った。

「そうそう、ずっとシリンバヌーに伝えたいことがあったのよ。義理とはいえ、貴女と私はたったふたりきりの姉妹なんだもの。これからもっと、仲良くしていきましょう。また宮殿へ招待するから、遠慮なく遊びに来てね？」

弾《はじ》かれたように上がったシリンの顔は、凄《すさ》まじいほどの憤怒に満ちている。対するファリンは穏やかな微笑をたたえたままで、小さく首をかしげてみせた。

わざわざ手を汚してあげる必要なんて、何もない。自分はただ、幸せに過ごすだけでいい。その姿が目に入るたび、彼女は自《おの》ずと悔しさに歯噛《はが》みし続けることだろう。

――だが、それらは全て、彼女の心が見せる幻だ。

二人の立場は、あの家を出た日から少しも変わってなどいない。次代のロシャナク族長夫人と、皇帝陛下の第十六妃、そのままである。ただシリン自身が勝手に義姉と自らを比べては、『負けている』と感じて自己を苛《さいな》んでいるだけだ。肥大化してしまった虚栄心を彼女自身が捨てない限り、それは永遠に続くだろう。

シリンは顔を真っ赤に染め上げたまま、への字に引き結んだ唇をワナワナと震えさせていた。極限まで見開かれた目はひとつの瞬《まばた》きもせずに、ただ宙の一点のみを見つめている。その姿に強く溜飲《りゅういん》が下がる思いがして……ファリンは、自嘲《じちょう》した。

自分だって、彼女と同じ。何かと比べて『勝つ』ことは、とても甘美な気分にさせてくれるものだ。でも勝つことだけが、全てじゃない。もっと他に、キラキラとして楽しいことがいっぱいあると知っている。ここで気の合う仲間たちと出会い、知ったのだ。

――この子にもいつか、気づける日が来るのかしら。

「ではまた、ね？」

地に伏せたまま屈辱に震える義妹を、最後にニッコリ鮮やかな笑みで見下ろして。

ファリンはくるりと踵《きびす》を返し、悠然とその場を離れた。

◇◇◇

「アーファリーン妃のご慈悲に救われたな。次は無いと思え」

サイードは最後に、それだけ釘《くぎ》を刺すと――ぺこぺこと頭を下げる者たちを置いて、ファリンの後を追うように部屋を出た。前方をゆく背中は堂々と伸ばされて、後ろを振り返る様子はない。

以前彼女が言った『厄介払い』という言葉が気になって、サイードはファリンの過去を調べたことがある。その報告内容にサイードは愕然《がくぜん》として、次に強い憤りが湧いた。彼女が自信を持てず、自己肯定感に欠けている原因が何処にあるのか、よく理解できてしまったからだ。

——悪意ある者達から、彼女を守ってやりたい。その全てを肯定し、自分がどれほど価値ある人間なのかを理解させ、自信を取り戻させてやりたい。

そんな一方的な庇護《ひご》欲にも似た感情が湧き上がったが——だが、どうやって？

生まれて初めて感じた強い情動に戸惑いを覚えたが、すぐに理性がそれを押し止《とど》めた。

彼女はすでに、皇帝陛下の妃《つま》である。自身の生まれ持った責任からすら逃げ続けている自分なんかに、彼女を困らせる資格があるとは思えなかった。

——せめて、何か自信をつけさせてやれる方法はないだろうか。

そう考えるばかりで実際には何の手出しもできぬまま、時間だけが過ぎてゆく——そんな、ある夜のことだった。ひとりでに奏でる楽器に囲まれて、月明かりの下で銀毛の獣と共に舞うファリンの姿を目にしたのは。

その情景はまるで本物の女神が地上へ顕《あらわ》れたかのようで——幻想的な美しさに魅入られて、声すらかけられないまま夜が明けた。

昨夜のことは、もしや全て夢だったのではないか。そんなことを思いつつ、翌晩も吸い寄せられるように稽古場《けいこば》へ向かうと。その日も彼女は、月光の中で舞っていた。

『今の、どうでした⁉』

不意に聞こえた弾んだ声に、サイードは思わず感嘆で応《こた》えた。

『素晴らしかった……』

本当はもっと言葉を尽くしてこの感動を伝えたかったのに、ようやく絞り出せたのは、ただその一言だけだった。だが珍しく紅が引かれていない彼女の唇が真っ白になっていることに気がついて、サイードは我に返って考えた。彼女は異能の女神などではなく、やはり人間だ。ならば自分にも、助ける方法があるだろう。

彼女を抱き上げた腕が、伝わる温《ぬく》もりで熱を帯びてゆく。おずおずと見上げる瞳《ひとみ》は少しだけ潤みを帯びていて、かつてこれほど心惑わされるものがあっただろうか。だがサイードは鋼の意志で平静を装いながら、彼女を寝台の上まで送り届けた。

あくまでこれは、業務に基づいた行動でなくてはならない。個人的な感情を気取られてしまっては、こうして触れるどころか、二度と会えなくなってしまうだろう。

後日サイードが用意した丸薬は、ようやくわずかに彼女を助けられたようだった。そして大舞台を堂々と終えた彼女は自身の力で過去の亡霊を打ち負かせるまでに、成長を遂げていたのだ。

――もう他人《おれ》の助けなど、彼女には不要なのだろうか。

勝手な喪失感を覚えていた、そのとき――前を行くファリンの肩がかすかに震えていることに気がついて、サイードは声をかけた。

「……大丈夫か？」

「申しわけ……ございません。ちょっと目にゴミが……」

――あの親子の前での冷静すぎるとさえ思える姿は、実は強がりだったのか……。

そう理解した、刹那《せつな》。サイードは思わず、その背を強く抱きしめていた。

「無理はしなくていい。よく、頑張ったな」

「なぜ頑張った、と？　もしかして……私がここに来た本当のいきさつを、ご存じだったのですか……？」

「すまない。君が自分のことを『厄介払いされた』と言っていたことが気になり、ロシャナクへ人を遣《や》って調べさせたんだ。行商のふりをして使用人たちに聞けば、簡単に教えてくれたそうだ。実家での君が、どんな扱いを受けていたのかを」

「そう、だったのですか……。なんとも、お恥ずかしい話で……」

彼女は自嘲を含んだ声で、今にも消え入りそうに応えた。だがすぐに振りほどかれるだろうと思った腕は、なぜか包み込むことを許されたままだ。

――もしや俺は、君に受け入れて貰《もら》えているのだろうか？

震える彼女の耳もとに、そっと唇を近づける。だが近づく誰かの足音が聞こえた瞬間、サイードは彼女の立場を言い訳に、その両肩を手放した――。

# 第五夜　死者は微笑む

　あれから七日間続いた新年の宴《うたげ》は、暦の発表や諸官の任命式、そして伝統的な鷹狩りや弓の競技会などの行事も無事に終え、いよいよ最終日を迎えていた。

　この宮殿を囲む大城壁の内部には、外廷、内廷、後宮の三つの区画のほかに、四つめの区画がある。いや、あえて一つめと言った方が分かりやすいだろうか。それは『儀礼の門』と呼ばれる外廷の正門と、『皇帝の門』と呼ばれる城下につながる大門の間《あいだ》に広がる、第一庭園だ。

　周囲を宮殿の大城壁に囲まれた第一庭園は、有事の際に避難民を受け入れる場所にもなっている。その中央に出現し、しかし宴の期間中ずっと白布で覆われていた大きな建造物の前に、今は諸部族長たちの人だかりができていた。特に彼らの視線を集めていたのは、建造物を取り囲むようにして大布の端を握る、ファリンたち妃の面々である。

　やがて太陽が中天に差し掛かったころ。現れた皇帝の合図と共に、妃たちが手にしていた布を一気に引いた。下から現れたのは、巨大な噴水――。白大理石で作られたその中央に立っているのは、天に向かって剣をかざした皇帝陛下の銅像だ。

その周囲を取り囲むかのように、勢い良く水が噴き上がった瞬間——並み居る族長たちの、野太く大きな歓声が沸き起こった。この乾いた砂漠の国に作られた大きな噴水には、特別な意味合いがある。豊かな水を惜しげなく使えることは、皇帝陛下の莫大な富と権力の象徴になるのだ。だがその噴水を民の避難場所となる広場の中央に据えたのは、きっと非常時に民が水に困らないように——ファリンは皇帝の尊さをかみしめながら、感無量といった面持ちで銅像を見上げた。

太陽の真下で水しぶきを受けてキラキラと輝く姿は、ファリンたちが護《まも》ったのに他ならない。実はこの式典が成功に至るまでには、ちょっとした問題が発生していたのだ。

◇◇◇

『陛下の像、銅像なのにピカピカだね。緑色じゃないんだ！』

つい先日納品されたばかりの皇帝像の検収作業を見物しながら、レイリが驚く声を上げた。これは最終的に第一庭園の噴水へ設置されるものだが、当日まで秘密にするため、まず後宮の広間へと仮搬入されたのだ。そんな新品の銅像は良く磨き上げられた赤銅色に輝いていたが、その疑問に答えたのはアーラだった。

『緑色って、緑青のこと？　あれなら経年とともに、そのうちふいてくるものよ』

『そうなんだ～！　それにしてもあの像、すごくカッコよくない!?　部屋に姿絵を飾るのもいいけど、立体もいいなぁ……』

胸の前で指を組んで目を輝かせるレイリに、ファリンは呆《あき》れた口調で言った。

『あれ等身大だよ？　さすがに部屋に置くには存在感すごすぎない⁉』

『ええー、等身大だからいいんだってば！　本気で職人に依頼してみようかなぁ……』

真剣に考え込み始めたレイリを見て、ファリンは思わず詰め寄った。

『それ、できたら絶対に見せてね！』

『うん、もちろんだよ～！』

ニコニコ頷《うなず》くレイリの横で、アーラは顎《あご》に指を当てつつ、小さく首をかしげた。

『私も手のひらに乗るぐらいの大きさなら、陛下の立像ほしいけど……その大きさで、どのぐらい本物に似せて作れるものかしら？』

『わ、その大きさなら私も欲しい！　仕上がりは、写実系で人気の原型師に頼めるかで決まるから、ご予算次第ってかんじ……？』

手乗りサイズの立像であれば、寝室に自作した神棚（仮）で、皇帝の雄姿を描いた細密画《ミニアチュール》の隣に飾って楽しめるだろう。だがせっかく頼むなら、やはり再現度が高いものをお願いしたいのが人情だ。

『やっぱり、予算よねぇ……。でも原型が一つあれば銅像は複数鋳造できるはずだから、他の妃たちにも有志を募れば割り勘でなんとか……』

そんな他愛もない雑談で盛り上がっていると、いつの間に現れたのか、ファリンはすぐ近くにデルカシュが立っていることに気がついた。彼女はどこかぼんやりとした顔で、美しく輝く銅像を無言のまま眺めている。その横顔からは、何の心情も窺《うかが》えない。だがどこか元気がないような気がして、ファリンは明るく声をかけた。

『デルカシュ様、おはようございます！　新しい陛下の像、とても美しく仕上がっていて、つい見惚《みと》れてしまいますね！』

デルカシュは一瞬驚いたような顔をしてから、すぐに表情を一変させた。

『そうね！　あまりの美しさに、ついつい目を奪われてしまっていたわ！』

先ほどとは打って変わって弾むような声は、安堵《あんど》すべきものなのか……判別できないうちに、丁寧な検収を終えた像には再び布が掛けられて、どこかへ運び出されて行った。


その翌日。除幕式の予行演習のため、妃たちは人払いを済ませて誰もいない早朝の第一庭園に集められていた。あくびを嚙《か》み殺しながら左右の列に分かれて布の端をつかむと、合図と共に本番さながらに大きな白布を引いてゆく。だが布の下から現れたのは、あの神々しく光輝く銅像ではなくて……朝焼けの光を全て吸収してしまうかのように、真っ黒に染まった皇帝像だった。

『え、なんで黒!?』

『昨日まで確かに輝いていたのに！』

『まさか、これも何かの呪い!?』

銅像の元の姿を知っている数名の妃たちを皮切りに、皆に動揺が広がってゆく。このままでは、また変な噂が生まれてしまいそうだ。

──急いで、呪いじゃない理由を見つけなきゃ！

ファリンはマハスティに許可をもらうと、汚さないよう靴を脱いで噴水の中に足を踏み入れた。遠く西方から運ばれたという巨石で作られた噴水は、今はまだ乾いた状態だ。ファリンは磨かれた石の上をひたひた歩いて銅像に近づくと、台座に手をかけ高所にある像に向かって手を伸ばす。端を少しだけ手巾《しゅきん》で、次に指で拭《ぬぐ》ってみたが、塗料などが取れる様子も、触感が変わっている様子もない。ファリンはほっとして、噴水を出た。

『どうだった？』

戻ってすぐ不安そうに声をかけて来たマハスティに、あえて気楽に笑ってみせる。

『あれは、たぶん硫化……銀製品が黒ずむのと同じ状態の可能性がありますね』

『でもたったの一晩しかたっていないし、それに銅像って黒ずむより青くなってゆくものじゃない？』

まだ首をかしげているマハスティへ、ファリンは説明を続けた。

『同じ銅の腐食でも、青い硫酸銅のほかに、黒い硫化銅とか、茶色い酸化銅とか、種類がたくさんあるんです。ちなみに西方のとある地域で、火山の噴火と気流の影響で遠方にあった新しい銅板屋根が一夜にして真っ黒になったという記録があります。どこかで火山が噴火したか何かで、同じような成分が昨夜のうちに降ったのかもしれません』

『まあ、そんな不思議なことがあるなんて！』

驚くマハスティの向こうで、白い影が軽やかに保護色である大理石の上に駆けあがった。そういえばバァブルに『明日は除幕式の予行演習で早いんです』と言ったとき興味を示していた気がするが、まさか本当に見物に来ていたとは。

あっけにとられているうちに、子トラは像の足元に鼻を寄せたかと思うと、ムッと顔をしかめた。何があったのか聞きたいが、ここでは人目がありすぎる。そう考えたファリンがあえて気づかないフリをしていると、心配そうな声が響いた。

『本当に、そんなことが自然に起きうるのかしら……？』

デルカシュが疑うような眼差《まなざ》しを向けると、その様子を目にした下級妃たちが不安そうにざわめき始めた。

――このままじゃ、騒ぎが大きくなってしまう！

『はい。これはただの自然現象です。呪いなんかではないんです。デルカシュ様も……そう、思いますよね？』

言い切りつつも、漠然とした不安がこみ上げる。ファリンが必死に視線で訴えかけると、デルカシュはにっこりと笑った。

『……そうね、私もそう思うわ』

固唾《かたず》を呑《の》んで見守っていた皆の緊張も、その笑みで一気に解《ほぐ》れたらしい。だがファリンが安堵した横で、今度はマハスティが不安げに呟《つぶや》いた。

『でも困ったわね。明日までにどうにか対処できないかしら……』

彼女の視線の先をたどると、予行演習を補助していた数名の内小姓たちが、手ずから洗浄を始めていた。だがやはり、水と石けんでは全然落ちる気配がない。

『あの、もし私の仮説が正しければ……檸檬《レモン》に塩をつけたもので磨けば、ピカピカに戻るはずです。試してみてもよろしいでしょうか？』

『ええ。では、急ぎ作業しましょう』

おずおずと言い出したファリンにマハスティは力強く返すと、すぐさま美しい絹の衣装の袖《そで》をまくり始めた。

『えっ、そんな簡単に信じてくださるんですか……？』

なんの根拠もない発言だけで、ここまで乗り気になってくれるなんて。驚いたファリンが目を丸くすると、マハスティは不思議そうな顔をした。

『だって、貴女《あなた》がそう言ったんじゃない。なら、そうなのでしょう？』

こんなにも、マハスティに信用されていたなんて――その事実が嬉《うれ》しくて、ファリンは思わず状況を忘れて破顔した。

『ありがとうございます！　でもマハスティ様、まさかご自身がなさるおつもりで……』

『こんな話が使用人たちにまで広く知れ渡ったら、大事な一年の始まりに不吉な噂が流れてしまうかもしれないもの。あなた達も、絶対に内密に頼むわね』

『では、急いで始めます！』

『はいはーい、私もっ！　陛下の像を磨きたいですっ！』

その下心をぜんぜん隠さないセリフは、レイリのものだ。そこへすかさずアーラが同調し、さらにロクサーナが加わると、マハスティは他の妃たちに箝口令《かんこうれい》を敷いて後宮に帰るよう促した。間もなく厨房《ちゅうぼう》から塩と檸檬がバケツいっぱいに届くと、五人は二つに割った檸檬の断面に塩をつけて、せっせと銅像を磨き始めたのだった。

◇　◇　◇

除幕式を無事当初の予定通りに終えて、後宮へと戻る道を皆でゾロゾロ歩いていると、妃たちの話し声が聞こえた。

「なぁんだ、やっぱり呪いじゃなかったのね！」

「ちょうど噴火が起こるなんて、運が悪かったわねぇ……」

「でもその危機を見事に切り抜けて光輝くなんて、さすが陛下だわ！」

上手《うま》くフォローできたようで、ファリンはホッと胸を撫《な》で下ろした。懸命に磨き上げた銅像は磨きにくい溝などに黒いところが残っていたが、逆に墨入れしたように立体感が強調されて、カッコよく仕上がったのだ。

「小さい陛下像ができたら、あえて影のところを黒くしてみようかなぁ」

ファリンが呟くと、隣を歩いていたレイリがすかさず反応した。

「えっ、わざと黒くすることって、できるの⁉」

「うん。燻《いぶ》し加工って言ってね、硫黄《いおう》を焚《た》いた煙で黒くするんだって。鋳造を頼む工房でそっちの加工もお願いできないかなって。でも陛下の似姿を燻すって、不敬だって断られるかな？」

「でもそれ、できるなら最高じゃない？　やっぱり陰影がつくと……筋肉がね」

そう言って両手で顔を覆ったアーラに、残る二人も全力で頷《うなず》いた。

「「わかる！」」

その時、不意にポンっと肩に手を置かれ、ファリンは慌てて振り向いた。

「あの像がまさかあれほど綺麗《きれい》に戻ってしまうなんて、本当にすごいわ！」

明るく弾むような声の主は、デルカシュだ。どうやら銅像とはいえ陛下の似姿を煙で燻す計画なんて立てていたのを、怒られるわけではないらしい。向けられた笑みをそのまま受け取ることにして、ファリンは努めて明るく笑った。

「ありがとうございます。やっぱり自然現象だったみたいで、助かりました！」

だが本当は、ずっと引っかかっていることがある。あの夜、黒化した像には布が掛けられていたのだ。仮に火山性ガスが流れてきていたとしても、布に防護された状態では、一晩であそこまで真っ黒になるだろうか。

――つまりあの硫化は、誰かが故意に起こした可能性がある。でもあの場所では、燻し加工なんてできないはずだ。それって、呪いが本当に――いや、まさかね。

ファリンは他に声をかけにゆくデルカシュを笑顔で見送りながら、頭にかかるモヤモヤを振り払った。実際に塩と檸檬でキレイにできたのだから、やはりあの黒色は呪いなんかではなかったのだ。そう、呪いなんて、無いと言ったら無いのである。

「無事に除幕式が終わってよかったわ！　ということで、頑張った五人で今からお疲れさま会でもどうかしら？」

後宮の門をくぐったところで、マハスティがこちらを振り返る。彼女の横にいたロクサーナが、軽く手のひらを打ち合わせて言った。

「ならば皆さま、よろしければわたくしのヴィラにいらしてくださいな。とても珍しい絵を手に入れましたのよ！」

ロクサーナのヴィラに入ると、すかさずマハスティとロクサーナの子どもたちが出迎えた。八歳と三歳の皇女は母親たちと共に仲が良く、よく一緒に過ごしているようだ。

西方風のカーブを描く猫脚の椅子に腰を下ろし、ファリンは壁に目をやった。そこには丁寧に額装された絵が所狭しと飾られて、美術品の蒐集《しゅうしゅう》が趣味だというロクサーナらしい。興味深く眺めているうちに、隅の方にひかえめに飾られている雰囲気の違う一枚を見つけて、ファリンは注視した。

それは薄い銅板を叩《たた》いて凹凸で果物を描いた、浮彫細工《レリーフ》のようだった。それが良い感じに燻されて、深みのある色合いになっている。もしこれがアンティークではなく燻し加工された近年の作品なら、良い工房を紹介してもらえるかもしれない。

「あの銅で描かれた作品、光と影の対比がとても素敵ですね。どなたの作品ですか？」

ファリンが問うと、ロクサーナは少しだけ頬を赤らめながら言った。

「あら、これはわたくしが手慰みに作ってみたものなの。拙《つたな》くて、お恥ずかしいわ」

「えっ、ロクサーナ様が作られたのですか？　渋みのある色合いは、どうやって……」

「ああ、それはいぶし液というものを塗ったのよ。石灰と硫黄の粉で作れるの」

——銅の黒化を、そんな手軽に起こす方法があったの!?　ならまさか、あれも！

それを言うべきか言わずにおくべきか迷っている間にも、ほか四名の会話は進む。ファリンが悩んでいると、マハスティの言葉が耳に入った。

「——それにしても、今年の新年の行事はつつがなく済んでよかったわ。何より、このごろ後宮内の雰囲気がとても良いわよね。問題が起こっても疑心暗鬼のままにせず、皆が納得できる答えを示してくれるファリンのおかげでしょう。感謝しているのよ」

「そんな……」

そう言われると、ファリンはいよいよ黒化の疑問を口にできなくなった。実はこれまで起こった問題でも、ファリンはいくつかの違和感をあえて見逃している。それは「呪い」とされる話にある共通点……だがそれを暴いてしまうのが怖くて、追及の手を緩めていたのだ。だから褒められてしまうと、少しだけ後ろめたいものがある。

そして今回も、本当はまだ調べる手段は残っている。あのとき像に近づいたバァブルは、確かに顔をしかめていたはずだ。ならばこの銅板細工の匂いと嗅《か》ぎ比べてもらったら、その二つに同じ成分が塗られたか分かるはず――そこまで考えて、ファリンは内心で頭《かぶり》を振った。塗布《とふ》から時間が経っているから、そんなものはすっかり揮発《きはつ》してしまっているはずだ。

「そ、そういえば、先ほどおっしゃっていた珍しい絵画とは、どれでしょう」

ファリンが自分をごまかすように話題をそらすと、ロクサーナは満面の笑みで、控えていた侍女に合図を送った。すると部屋の外から、侍女二人がかりで大きな額縁が運び込まれてくる。描かれているのは、オアシスとそこで沐浴《もくよく》する乙女たち――その水面《みなも》は、見たことがないほどに鮮やかな青だった。

「まあ、とっても美しい青色ね！」

感嘆の声を上げるマハスティに、ロクサーナは喜色満面で物騒な解説を口にした。

「この色は『世界で最も美しい青色顔料』と言われておりまして、本物の瑠璃《るり》の宝玉を砕いて作られるものですの。あまりにも高価なので、この美しい瑠璃色を手に入れるために借金を重ねて身代《しんだい》を潰《つぶ》し、自殺してしまった画家の作品なのですわ」

「あら、美に魅入られるって、怖いものねぇ……」

どこか引き気味のマハスティと対照的に、ロクサーナは意気揚々と言った。

「うふふ、陛下は青がお好きらしいから、見に来てくださらないかしら！」

美しい青を追求して破滅してしまった画家の絵とは――少々不吉な感じもするが、好事家にはその『いわくつき』な来歴にも、たまらない魅力があるのかもしれない。

それからしばらく、楽しくお茶を飲んだ後。妹が服をつかんで泣くから今日はこのまま泊まるというマハスティの娘を置いて、ファリンたち四人はロクサーナのヴィラを後にした。途中で厨房に用があるというレイイリとアーラを見送って、二人で歩き続ける。

しばしの無言の後、やっぱり誰かに話したいといった顔で、マハスティが口を開いた。

「喜んでいるロクサーナには申し訳なくて、さっきは言えなかったのだけれど。実は陛下が青を好まれるのは、ホルシード様がお好きだったかららしいのよね……」

――それで青の話が出たときに、マハスティ様の笑顔が少しぎこちなかったのかな。

不穏な来歴のせいかと思っていたけれど、まさかここで、あの名前が出てくるとは。

「そういえばホルシード様って……以前少しお名前をうかがったことがあるのですが、陛下とはどういったご関係の方なのですか？」

ファリンがここぞとばかりに聞くと、マハスティはわずかに逡巡《しゅんじゅん》してから話し始めた。

「ホルシード様は、皇帝陛下の覇道の途中に亡くなった、ひとり目の奥様よ。だから今でも、第一妃は欠番なの」

この後宮には正妃のためのヴィラが用意されているが、ずっと空き部屋のままだ。表向きは、いずれ立太子した息子とその母親が入ることになっている。だが現在、中には第一妃ホルシードの肖像画が飾られているのだという。

「ホルシード様は、どんなお方だったのですか？」

「わたくしも、兄から聞いた話なのだけれど……」

マハスティは歩きながら、ぽつぽつと昔のことを語り始めた。

ホルシードはアルサラーンより一つ年上で、ただの族長の息子だった幼い頃から近しく育った幼馴染《おさななじみ》だったらしい。だが彼が砂漠の未来を憂いて統一戦争を始めたことで、悲劇が起こる。敵対する部族の者に人質にされた彼女は、自ら命を絶ったのだ。

『どうか貴方《あなた》の信じる道を、まっすぐに進んでくださいませ。わたくしはひと足お先に、冥府《タル・タクー》でお待ちしております』

愛する妻と生まれたばかりの息子を囚《とら》われ、思わず武器を捨てようとした若きアルサラーンの目の前で……彼女は笑って、突きつけられた刃へ自らの首をすべらせた。そして息子も、その時に——。

以降の彼は、まるで人の情など全て棄て去ったかのように、冷酷に、その血塗られた歩みを進めていった。そして、この砂漠の大帝国は築かれたのだ。

「——でも跡継ぎがいなければ、陛下を失ったとたんまた戦乱の世に戻ってしまうわ。だから妃は必要だけど、それがたった一人では、悲劇が繰り返されてしまうかもしれない。でも同じような妃がたくさんいれば、『特別な女《ひと》』を作らなければ、一体誰を狙えばいいのか、襲撃者を困らせることができるでしょう？　この後宮はね、そんな妃や子らを少しでも危険から遠ざけるために作られたの。けっして、人質を閉じ込めるために作られたものではないのよ……」

「そんな経緯が、あったのですね……」

そこでマハスティはふと足を止め、空を見上げた。城壁を越えて吹く海風が、彼女のショールをふわりと払う。

「わたくしはね、皇帝陛下……アルサラーン様のご出身であるジャハーンダール族と隣り合う、海沿いの部族の出なの。一番上の兄は昔から同い年のアルサラーン様にすっかり心酔していてね。兄に連れられて初めてお会いしたとき、あの方は十八で長を継いだばかりだったわ。まだ幼かったわたくしは、海を見下ろす砦《とりで》で肩に乗せていただいたことがあるの。そこから眺めたハリジュ湾はきらきらと輝いて、本当にきれいだった」

彼女は輝く太陽に向かって懐かしそうに目を細めると、ショールを被《かぶ》りなおして再び歩きはじめた。

「でもその美しい景色の裏で飢えに苦しむ民をいかにして救うかと、兄へ向かい理想の未来を語る彼は、遠い水面よりもはるかに輝いていたわ。その後間もなくアルサラーン様がご結婚されたと聞いたときはね、わたくしは散々泣いて兄を困らせたものよ」

そう言って、マハスティは小さく笑ってみせる。だがすぐに首を振り、悲しげな顔で口を開いた。

「あの方は、非情なる暴君でも、完全無欠なる超人でもない。皆の痛みをただ一人で背負い込んで戦っている、本当は誰より優しい人……。実は陛下にはね、疲れたとき、後宮に休みにいらっしゃる習慣があるの。でも、そこはどの妃の部屋でもない。ただおひとりで、正妃の間で瞑想《めいそう》していらっしゃるのよ。そのたびに、わたくしは無力をかみしめるわ。なぜ、わたくしの部屋に来てくださらないのかしら。なぜわたくしでは、あの方の支えになって差し上げられないのかしら……」

いつの間にか到着していた自らのヴィラの前で、彼女は再び立ち止まった。

「死んだ人には敵《かな》わないのよ、永遠に」

その視線の先には、隣に建つ正妃のためのヴィラがある。ぽつりと発された言葉に、ファリンは何も返すことができなかった。

「──皇帝は、絶対強者でなくてはならない。弱さを見せてはならない。そんなあの方のお心を、わたくしは少しでもお守りしたい。叶《かな》わぬ想いだとは、分かっているわ。それでも……この後宮が、少しでもあの方の癒《いや》しとなるように」

そこでマハスティはこちらに向き直り、どこか哀しそうに笑った。

「だからね、いつも問題を解決してくれる貴女には本当に感謝しているのよ」

「それは……恐れ入ります。お役に立てているのであれば、なによりです」

「ごめんなさいね、突然こんな話をして。せめてあの方がいつでも心地よくすごせるように、この後宮を平穏に治めておくことがわたくしにできる唯一のお役目なのに……。我ながら嫌になるわね、こんな愚痴みたいなこと言ってしまって。でも貴女には、聞いておいて欲しかったの」

「なぜ……」

ファリンが問うと、彼女は少しだけいたずらっぽい笑顔を見せる。

「さあ、なぜかしらね。とにかく！　今の話、みんなには絶対に内緒にしていてね」

「……はい」

しっかり頷《うなず》いてみせると、マハスティは満足そうに目を細めた。

「あのっ、何かあったら、またお話聞かせてください！　私なんかでは、聞くことしかできませんけど……」

「ふふふ、ありがとう。さてと、今夜は子どもも泊まりに行って一人だし、お気に入りの写本でもゆっくり読みふけるとするわ！」

手を振ってヴィラに消えたマハスティを見送ってから、ファリンは再び自らのヴィラに向かって歩き出した。すると建物の向こう側の通路から、親しい友人たちの話し声が聞こえることに気がついた。もう厨房《ちゅうぼう》での用事は済んだのだろうか？

歩みを早めて声を掛けようとした、その時――。

「ねぇねぇファリンってさ、最近……」

肝心の内容までは聞き取れなかった。だが自分の名前が挙がったことに気がついて、ファリンはぴたりと動きを止める。

「ああ、私も絶対そうだと思ってた！」

そこにすかさず響いた同意の声に、思わず口許《くちもと》を手で覆った。

――まさかあの二人が、私の噂してるなんて……。

「しーっ、声大きいって。聞かれちゃうよ！」

「わっ、ごめん、つい」

　そこから先は小声になったのか、耳をそばだてても話の内容は分からない。だが声をかけて確かめることができなくて、ファリンは思わず、隠れるように近くの壁に身を寄せた。ヒソヒソと話す二人の足音が消え去って、ようやく詰めていた息を吐く。動悸《どうき》を押さえ込むようぎゅっと胸元をつかみ、壁沿いにずるずると座り込んだ。

　──あの二人が、理由なく陰口なんて言うはずがない。だけど自分でも気づかないうちに、無神経なことをしてしまったのかもしれない……。

　悪い想像ばかりが膨らんで、ファリンは建物の陰に小さくうずくまった。だが早くヴィラに戻らなければ、侍女たちが心配して捜しに来てしまうかもしれない。

　壁に手をつき重い身体を持ち上げると、すぐ目の前に窓があることに気がついた。そういえばこの建物は、かの正妃のためのヴィラだった。珍しく扉のあるこの建物にも風通しのための窓は多いが、そのすべてに厚い錦《にしき》の帳《とばり》が下ろされている。

　この帳が隠す向こうに、先ほど聞いた第一妃の肖像画があるのだろうか。彼女は一体、どんな女性なのだろう。少しだけ湧いた好奇心を、ファリンは抑えないことにした。他のことに意識を向けたら、不安を忘れられるかもしれない。

　そっと窓縁《まどべり》に近づくと、蔦《つた》を描く格子の隙間から手を伸ばす。ずっしり織られた帳を指先で持ち上げると、ファリンは薄暗い部屋の奥へ目を凝らした。

少して目が慣れた頃、ファリンは真っ青な壁にかかる大きな額縁を見つけて、思わず格子に顔を押しつけた。中から漂う仄《ほの》かな香りは、香木を焚《た》いているのだろうか。

——いや、違う。この脳を蕩《とろ》かすような匂い……トルエンだ！

慌てて入口の方へ回り込むと、体格の良い内小姓が三名ほど立っている。長柄《ながえ》の他に軍刀を帯びているから、皇帝の護衛である可能性が高いだろう。ファリンは急いで駆け寄ると、声を上げた。

「すみません、陛下が中にいらっしゃるんですよね⁉　すぐに扉を開けてください！」

「それはなりません！　たとえお妃様といえども、ここで瞑想されている間は誰も声を掛けるなと仰せつかっております！」

「それでも、陛下が危ないの！　トルエン、ええと、強い毒気が、この部屋に‼」

「えっ、毒気⁉　しかし……」

護衛はその言葉にうろたえつつも、頑として扉の前から動こうとしない。

「どうしてもダメだと言うならサイード様を呼んで！　今すぐ！」

幸いなことに、正妃の部屋は後宮の門のすぐ前だ。護衛は戸惑いながら、それでも妃の訴えを無視できなかったらしく、うち一人が門兵に指示を出す。すると間もなく、サイードが慌てた様子で現れた。

「アーファリーン妃！　何かあったのか⁉」

「サイード様！　この部屋、トルエンが充満している可能性があります。どうか、すぐ中へ入れてください！」

「なんだと……！　緊急事態だ、扉を開けてくれ。責任は俺が取る！」

「は、はいっ！」

急いで薄暗い部屋の中へ踏み込むと、壁に掛けられた大きな肖像画の前に座り込んでいる人影があった。

「陛下！」

サイードと共に駆け寄ると、彼は焦点の合わない瞳《ひとみ》でぼんやりと、赤子を抱いて微笑む女性の姿を見上げている。

「陛下、どうぞお立ちください！　今すぐここを離れましょう！」

だが焦りに満ちたサイードの声が響いても、その瞳が現実へ向くことはなかった。

「行かなければ……ホルシードが、俺を冥府《めいふ》へ呼んでいる……」

「陛下……」

その様子を見たサイードは、なぜか少しだけ泣きそうな顔をして、動きを止める。そんな二人の姿を見たファリンは、ふつふつと怒りが湧いてくるのを感じていた。

——なんで陛下は、いつまでももういない人なんかに囚《とら》われているの⁉

香りが脳へと入り込み、視界がぐにゃりと歪《ゆが》んだ。このやり場のない怒りは、いつも自分の弱さに対して感じている怒りと同じものだろうか。歪んだ視界の片隅にマハスティの幻影が現れて、寂しそうに目を伏せる。

――マハスティ様も、皆も、こんなにも陛下のことを想っているのに！　なんで、こっちを見てくれないの⁉

ファリンは思わず二人の間に割って入ると、不敬を承知で皇帝の胸ぐらをつかみ上げた。思いきり平手を振り上げ、力いっぱい眼の前の頬へと振り下ろす。

パァンっと乾いた音が響いた瞬間、ファリンは声を張り上げた。

「目を覚ましてください！　ホルシード様は『貴方《あなた》の信じる道を進んで』とおっしゃったのでしょう⁉　未《いま》だ志半ばの貴方を、冥府へ呼んだりするわけがない！」

陛下の瞳に、わずかばかり光が戻る。それを見たファリンはトルエンの充満も忘れて胸いっぱいに息を吸い込むと、声の限りに叫んだ。

「立てッ、皇帝アルサラーン‼」

「……そなたは、アーファリーン、か」

ようやく彼と目が合って、ファリンは嬉《うれ》しくなって微笑んだ。

「はい、陛下。……おかえりなさいませ」

「いや……どうやら、余は腑抜《ふぬ》けてしまっていたようだな」

「いいえ、陛下はけして腑抜けていらしたのではございません。この部屋の真っ青に塗られた壁……恐らく塗料の溶剤《シンナー》に、例のトルエンが使用されています。それで、以前と同じ中毒症状を引き起こされていたのでしょう」

そう言いつつ、ファリンは改めてぐるりと周囲を見回した。

この壁、あまりにも真新しく、綺麗《きれい》な色だ。きっと塗り直されたばかりなのだろう。少なくとも上級妃たちには、皇帝がトルエンに敏感な体質であることを口外無用で伝えてもらっていたはずだ。わざわざ新年の宴《うたげ》を終えたこの時機を狙って壁の塗り直しを手配したのは、気づかずにやったのか、それとも……。

気になりつつも、皇帝に肩を貸したサイードと共に急いで部屋を出る。皆で内廷に移動した後も顎《あご》に手を当て考え込んでいると、皇帝が苦笑しながら言った。

「まだ頰が痛むぞ。随分と、派手にやってくれたものだ」

「なんかその、すごく必死で……大変申し訳ございませんでした！」

——本当に、よりにもよって何であんなことできたの!?

だが平伏したファリンの頭上に響いたのは、穏やかな声だった。

「いや、良くやってくれた。全く、そなたにこんなことができるなど、予想外だったが……久しぶりに迷いが晴れ、すがすがしい気分だ」

「汗顔《かんがん》の至りに存じます……」

よく考えたら、いや考えなくても、皇帝の頰を思いっきり引っ叩《ひっぱた》いた上に呼び捨てで命令するなど、その場で斬首《ざんしゅ》されても文句は言えないことだろう。どうやらトルエンの毒気に、自分まで中《あ》てられてしまっていたらしい。

「面を上げよ」

「はい」

――陛下が怒らないでくれて、本当に助かった……。

そう少しだけホッとしながら顔を上げると、思いもよらない言葉が続いた。

「そなたもここへ来て、そろそろ三年が経つか。良い表情《かお》をするようになったな。……今宵は、そなたのヴィラで休むとしようか」

その言葉の意味を呑《の》み込みきれずに固まっていると、皇帝の傍にひかえていたサイードが、慌てたように声を上げた。

「お待ちください！　今宵は典医の診察を受けてのち、ごゆっくりと休まれた方がよろしいのでは！」

「いや、この皇帝の頰を張るほど気強《きづよ》い女と共に眠れば、悪夢も逃げてゆくだろう」

「……かしこまりました。そのように、手配、いたします」

そう応《こた》えて頭を下げるサイードを見て、ファリンはようやく状況を理解した。

「アーファリーン、そなたも、よいな」

「か、かしこまりました……」


――とうとうこの日が、来てしまったなんて……。

シャオメイをはじめとした部屋付の侍女たちは喜んで、いつも綺麗な部屋をさらに飾り立てて準備してくれている。それなのに「状況が変化するから嫌」だなんて、言えるわけがない。そもそも妃であるファリンにとって陛下を迎えることは義務であり、そのためにヴィラを与えられているのだ。

その夜の遅く、とうとう皇帝その人が現れた。体調を気遣う会話を交わすうち、軽く肩を押されたかと思うと、気づけば視界は天《あま》つ方へと向いていた。

「サイードがな、よく面白そうにそなたの話を聞かせてくれるのだ。そなたのもとで庇《ひ》護《ご》を受けた子は、きっと強く生き延びられることだろう」

――似てる。強い意志を感じる目元も、理想に輝く黒い瞳も。

覗《のぞ》き込む姿が見えないように目を閉じると、耳元で低く名を呼ぶ声までが、まるでかの人のように思えた。

――いくら血縁だからって、こんなに、声までよく似ているなんて。

きつく閉じたはずのまぶたから、熱いものがあふれ出す。すると大きなため息が聞こえて、すっと気配が離れて行った。

「それほど、嫌か」

「ちがっ……申し訳ございません！」

慌てて飛び起き平伏したが、皇帝はそのまま寝台を降りて立ち上がる。

「興がそがれた」

それ以上ひと言も発さないまま、彼はヴィラから出て行った。

――どうしよう……この後宮の主《あるじ》に対し、ありえないことをしてしまった！

だが一睡もできなかった翌朝。ヴィラへ訪ねて来たのは罪人を引っ立てるための兵士ではなく、なぜか後朝《きぬぎぬ》の褒美を持った使いの者だった。後朝の褒美は皇帝が訪れた翌朝に妃へと贈られるもので、通常であれば高価な衣類や宝飾類である。だが両手のひらに載る小さな箱に添えられた文《ふみ》には、王者らしき力強い筆跡で、こう書かれていた。

『お前に相応《ふさわ》しいのはこの程度だ』

──やはり、ご不興を買ってしまったのか。

びくびくしながら箱の蓋《ふた》を持ち上げると、中に詰め込まれていたのは小さな星を象《かたど》った砂糖菓子だった。思わずひと粒つまみ上げ、口に含むと──甘さがじわりと広がって、涙がひと粒、頰を伝った。

◇◇◇

皇帝がファリンのヴィラへと向かった後のこと。サイードは志願して、内廷で宿直《とのい》のお役目についていた。

今宵はどうせ、一睡もできやしないだろうと思っていた。しかし朝まで戻らぬはずの主が未だ夜も更けないうちに姿を見せたので、サイードは呆然《ぼうぜん》と、口を開いた。

「お早い、お戻りで……」

だがそんな彼を皇帝は一顧《いっこ》だにせず、通りすがりに呟《つぶや》いた。

「臆病者《おくびょう》が」

誰に向けられたでもない言葉を、だがサイードは強く噛《か》みしめた。無意識に握り締めていた拳《こぶし》をほどけば、そこには血が滲《にじ》んでいる。赤く汚れた手のひらを眺め、サイードは自嘲《じちょう》した。

――本当に、自分はとんだ臆病者だ。好機ばかりを窺《うかが》って、だが周りの目を気にしては、本当に欲しい物を奪い取ることすらできない。そんな自分が彼女に「自信を持て」などと言う資格は、初めから無かったのだ。

帳の上げられた窓からは、大きな月がのぞき込んでいる。だがサイードは差し込む光から目を背けると――自ら決めた役目に戻るため、重たい足を引きずった。

◇◇◇

新年から、早数か月がすぎ――気候は暑さを増していたが、後宮には平和な日々が続いていた。何か疑問があれば皆すぐファリンのもとへ相談に来るようになって、呪いの噂へ育つ前に迅速に解決するようになっていたからだ。前ほど気楽にゴロゴロしていられなくなったが、人に頼られるのはファリンにとっても嬉《うれ》しいことだった。

――呪いなんて、初めから何も無かった。このまま皆、忘れてくれたらいいのに。

ファリンはそう強く願ったが、呪いの噂が途絶えたことと引き換えに、サイードの訪れもすっかり途絶えてしまっていた。とはいえ会うと色々考えてしまうから、これでいいのかもしれない。

こんな平穏な日々が、ただずっと続いてくれたなら――そう願いながらも、ファリンはそれが叶《かな》わないだろうことをどこかで予感していた。

そしてそれは、最悪な形で現実となった。


ある日の早朝、デルカシュが姿を消したと言って、彼女の部屋付の侍女たちが騒ぎ始めた。昨日の日中から姿が見えなくなって、夕食にも、寝所にも現れず、夜通し帰って来なかったというのだ。しかし他の妃に聞いても部屋に泊まったという話はなく、後宮の門から彼女らしき人物が出た記録もない。もしやどこかで倒れていたりはしないかと、彼女を慕う多くの者たち総出での、大捜索が始まった。

だが手掛かりが全くないまま、一刻、二刻と時間が過ぎてゆくうちに……やはり脱走か、でなければ神隠しではないかという噂が囁《ささや》かれ始めた頃、心当たりを捜し終えたファリンが通路をとぼとぼ歩いていると、突然肩にドスっと何かが飛び乗った。

「バァブル様！……いかがでした？」

後半は声を潜めて問うと、子トラは小さな頭をファリンの耳元に寄せる。

「後宮を囲む壁の上をひと周りしてきたが……ヒトの匂いはしなかった」

「それって、デルカシュ様が壁をよじ登って出た可能性も、外部から侵入者があった可能性もない……ということですよね」

「それを考えるのはお主の仕事だろう。では、約束通り昼は二人ぶん食べておいてやる」

去って行く子トラの白い背中に礼を言うと、ファリンはデルカシュのヴィラの方へ足を急がせた。このところ彼女が頻繁に見せていた、あの妙に明るすぎる笑顔を思い出す。激しくなる動悸《どうき》を押さえ込もうと、ざわつく胸をぐしゃりとつかんだ。

――これだけ捜しても姿がない、それで脱走でもないということは、まさか……！

息を切らしてヴィラに着くと、捜索の指揮に遣わされた内小姓が侍女から聴取を行っているところだった。

「デルカシュ様のお部屋に、何か、書置きなどは残っていなかった？」

好都合とばかりにファリンが便乗して問うと、侍女たちは困ったように首を振る。

「いいえ、特に気づいたものは……」

「引き出しの中などは、もう見たの？」

「それは、まだでございます」

「では、一緒に探してもいい？」

ファリンはさっそく指揮役の内小姓に許可を取り、デルカシュのヴィラに足を踏み入れる。そこは以前お茶に呼ばれて入ったときのまま、相変わらずの収納上手といった趣の部屋だった。彼女はヴィラの広さに対して持ち物がかなり多いが、工夫がこらされた収納で、いつもすっきり片づいたように見せている。

――でも、前はもう少しだけ、今より生活感があったような……。

彼女がよく飾っていた生花は花瓶ごと片付けられて、水屋にあったはずの製菓材料も、すっかり無くなっている。そこに胸騒ぎを感じつつ、書置きらしい紙でもないか探していると――侍女たちの驚いたような声が物置部屋の方から聞こえてきた、刹那《せつな》。

つんざくような悲鳴が響き、ファリンは客間を飛び出し、物置部屋に駆け込んだ。腰を抜かして尻餅《しりもち》をつく侍女たちの視線の先には、人ひとり入れるほど大きな衣装櫃《いしょうケース》がある。蝶番《ちょうつがい》で開閉するタイプの蓋は開かれたままで、ファリンは恐々と中を覗き込んだ。

果たして、恐れていた通り――衣装櫃の中を埋め尽くしていたのは、色とりどりの花。

そして花々に埋もれるように、デルカシュが目を閉じていた。

その美しい顔《かんばせ》に幸せそうな笑みを浮かべる彼女の身を包むのは、一面に丁寧な刺繡《ししゅう》が施された鮮やかな赤の花嫁衣装――。

だが多くの花で彩られた胸上に置かれた紙には、真っ赤な文字でこう綴《つづ》られていた。

首狩りアルサラーンは呪われている
命惜しくば今すぐ後宮《ハレム》より去るべし
あまりの内容に慄《おのの》きつつも、紙の下、つまり胸の上でしっかり組まれたままの両の指を覗《のぞ》き見た。すると左手の小指の中ほどに、赤い糸がくるくる巻きつけられている。明らかに、尋常《じんじょう》の姿ではない。それでもまだ状況を受け入れられず、彼女の白く柔らかそうな頬に触れると……硬くひやりとした感触が伝わって、ファリンは小さく震えた。

——これは……ど、どうしよう、誰か……！

その場にいた侍女たちを見回すと、皆怯えたように身を竦めている。ファリンはデルカシュの侍女頭《じじょがしら》を捜すと、内密にマハスティを呼びに行ってもらうことにした。

「デルカシュ！　なぜこんな……！」

間もなく駆けつけたマハスティは、衣装櫃の中を覗き込むなり、白く浮かび上がる頬に手を伸ばした。だがファリンと同様に、触れた瞬間、愕然として手を止める。

「うそでしょ……」

デルカシュの姿をしばし呆然と見つめていたマハスティは、ハッとしたように連れていた自らの侍女を使いに走らせた。間もなく到着した内小姓たちの手で衣装櫃が部屋からひっそりと運び出されて行く。その姿を見送ると、マハスティがぽつりと言った。

「あの婚礼衣装……違うわ」

驚いてマハスティを見ると、彼女は衣装櫃が消えた方を向いたまま話を続けた。

「デルカシュがここに入宮したときに着ていた婚礼衣装と、刺繍の文様が違うの。あの時の衣装は古風な柄で、西方風の意匠なんて含まれていなかったはずだもの」

「西方風の……？」

花嫁衣装の刺繍に使う文様の一つ一つには、様々な願いが込められている。誰もがその意味を考え抜いて、自らの望む組み合わせを選ぶのだ。だからその刺繍を見れば、花嫁の人となりが分かるとまで言われている。

その刺繍になぜ、西方風の意匠など取り入れたのだろう。そもそもあの衣装は、本当にデルカシュが持っていたものなのだろうか。

「とはいっても完全に西方のものではなくて、西方風とこの国の伝統模様を掛け合わせた独自の文様みたいだったけど……。なぜデルカシュは、そんなものを……」

マハスティはそこで言葉を切ると、目を閉じて小さく首を横に振った。

「でも、そんなことより……なぜ、彼女がこんな目に……」

とうとう堪《こら》えきれなくなったかのように、マハスティは黙って涙を流し始めた。この後宮が始まってから十年ほどの歳月を、二人はずっと共に過ごしてきたのだ。

しばしの沈黙が続いた後――マハスティは涙を拭うと、静かに言った。

「あの衣装櫃、発見したとき蓋《ふた》はもう開いていたの？」

「いいえ、蓋は閉まって、さらに鉤《かぎ》が掛けられている状態でした……」

初めに見つけた侍女の話によると、衣装櫃の鉤《フック》は回転させて受けの金具に引っ掛けるだけの型で、鍵《かぎ》のように厳重なものではないらしい。ゆえに外からならば誰でも簡単に閉めることが可能だが、中から掛けることはできないはずだ。

「では誰かが衣装櫃の中にデルカシュ様を寝かせて、蓋を閉めて鉤を掛けて行ったということでしょうか……？」

ファリンが疑念を口にすると、侍女たちはヒッと引きつった声を上げ、小さく身を竦ませる。だがそのうちの一人が、おずおずと口を開いた。

「そういえば……充満した花の香りで眠るように窒息死させられるという噂を聞いたことがあります。まさか、それで……」

「いいえ、それは迷信よ。香りで窒息したりはしないはず」

手をぎゅっと握ってまだ続く震えを抑えると、ファリンは言葉を絞り出す。だがそれを聞いた侍女は、怯えたような顔をした。

「では、なぜ……あのように、笑って……」

確かに。毒でも、窒息でも、その最期は苦しみぬいて、遺体は酷い面相になるはずだ。だが彼女には苦しんだ形跡が全くない。それどころか、笑みを浮かべていたのだ。

「それにしても、一体誰が、何のために……デルカシュ様を！」

一人が言うと、とたんにその場にいた侍女たち全員が、次々と泣き崩れた。

侍女たちの嗚咽《おえつ》が響く中で、マハスティはうなだれたまま立ち尽くしている。

ファリンはいつの間にか涙に濡れていた顔を上げると、口を開いた。

「……私が必ず、真相を見つけます」

内廷に繋がる門へ向かうと、門番にすぐさま中へ招き入れられた。どうやらサイードは、ファリンならば調査を申し出に来るだろうと予想していたらしい。

間もなく現れた人は、しばらく見ない間に少し顔立ちに影が増しただろうか。もっとも、こんな事件が起こった今は、自分も同じようなものかもしれない——そんな感慨もそこそこに、ファリンは声を上げた。

「サイード様！　その後、デルカシュ様は……」

「ひとまず死亡が確認されたので、続いて典医による検分が行われている。今分かっているだけでも、目立つ外傷は認められないとのことだ」

「そう……ですか。あの、衣装櫃の方は……」

「別室に置いたまま、まだ触らせていない」

「ではどうか、衣装櫃とその中を、私に調べさせていただけませんか？」

まっすぐ見上げるファリンに、サイードは深く頷《うなず》いた。

「ああ、よろしく頼む。何か下手人《げしゅにん》に繋がりそうな物が見つかったら教えて欲しい。俺の方は、デルカシュ妃が姿を消してから発見されるまでの間に、怪しい動きをしていた者がいないか洗い出す」

サイードと別れ衣装櫃が保管された部屋に向かうと、ファリンは無地の大布を借りて床に敷いた。部屋の見張りについていた内小姓と共に衣装櫃の中にあった花を取り出すと、重ならないよう布地の上に並べてゆく。その間にヴィラから取り寄せておいた手記や書物を布地の脇に並べると、一本ずつ照合を始めた。

それは花が好きなデルカシュが、国内だけでなく国外からも様々な種を取り寄せては庭に撒《ま》かせていたものだった。たくましく生きる砂漠の薔薇《アデニウム》に、西方から取り寄せた大輪の百合《ゆり》……半刻ほどかけて根気よく照合を続けていると、とうとう気になるものが見つかった。その可憐《かれん》な野の花は、色鮮やかな花々の間に、ひっそり紛れ込んでいた。

白く小さなレース飾りに似たその花は、ドクゼリ。強い神経毒を持つそれを口にすると、顔面の神経麻痺《まひ》を引き起こし──その亡骸《なきがら》は、まるで笑っているように見えるのだ。

思えば、初めて会った頃から、デルカシュはいつも優しい笑顔を絶やさない人だった。趣味の菓子や花を添え、一緒に笑顔を配る人だった。その笑顔が、わざとらしいほどに明るくなったのは……いつ頃からだっただろう。

初めて後宮へ来たあの日、見知らぬ場所でひとりぼっちだったところに、明るく声をかけてくれた。皆の輪に入れないで困っていたとき、優しく手招きしてくれた。そんな彼女が目を覚ますことは、もう二度とない。

再び滲《にじ》んだ涙を拭《ぬぐ》って花を片付けると、ファリンは同室内に用意してもらったデルカシュのものと同じ型の衣装櫃と、同じ太さと長さを持つ赤い糸を見た。並んでおかれた二つの衣装櫃の重い木製の蓋をそれぞれ閉めると、まずは蓋についた鉤の動きを確かめる。それは両方ともごく滑らかで重力に逆らわないほどだったが、蓋の側に小さな突起が付いていて、それに引っ掛けると鉤を開けたままにもできるようになっていた。

ファリンはデルカシュのものではない方の衣装櫃に向かうと、そっと足を入れた。慎重に腰を下ろして、鉤を開けたまま一旦《いったん》蓋を閉めてみる。すると櫃と蓋の間から細長く光が漏れてきていて、ファリンは再び蓋を開けた。

——これだけ隙間があるのなら……。

三尺（約一メートル）ほど長さのある赤い糸を手に取って、糸の中心を鉤の曲がったところに引っ掛ける。再び慎重に蓋を閉めつつ櫃の中に寝そべると、ファリンは糸の両端を揃えて蓋の隙間を滑らせるよう慎重に引いた。やがてカシャンと、軽い金属が落ちる音がする。無事鉤が引っかかったのか、押しても蓋が開かなくなったことを確認したら、今度はそっと糸の片端を引いた。

回収した糸をくるくると左手の小指に巻き取って、ファリンはため息をついた。これで鉤のかけ方も、一案を実証できたと言ってよいだろうか。

真っ暗な棺《ひつぎ》の中に横たわり、最期に彼女は何を想ったのだろう。怖くは無かったのだろうか。彼女がそうしていたように、胸の上で指を組んで目を閉じる。このまま闇に溶けてしまうのではないか——そう思ったところで、突然鉤を外す音がして、まぶたが朱《あか》に染まった。

「大丈夫か⁉」

目を開くと、窓から差し込む午後の光を背負った人影が、こちらに手を差し伸べている。その手に縋《すが》るように身を起こすと、人影——サイードはため息をついた。

「中に入ったまま静かになったと聞いて肝を冷やした……こんなことをして、もし窒息が原因だったらどうする」

「す、すみません！　でもこれで、衣装櫃の中から鉤を掛ける方法が見つかりました。それとご遺体を笑わせる毒草も、あの花の中に見つかりました。ただ可能だったというだけで、それが真実だと示す証拠は、ないのですが……」

ファリンが報告しながらうなだれると、その意味に気づいたサイードは、沈んだ声で応えた。

「そうか……中から、か」

「はい……」

「……こちらも、検死が終わったと伝えに来たところだ。ではいったん陛下に、途中経過を報告しにゆこう」

「――これで、デルカシュ様は自らあの状況を作り出すことが可能です。さらに検死で中毒症状がみられたとのことから、自らドクゼリを口にした可能性が、高いと考えられます」

検死を行った典医に次いで、皇帝陛下へ一通りの調査報告を終える。だが皇帝は眉《まゆ》をひそめると、低く口を開いた。

「つまりデルカシュは自死だと……そなたは、そう言いたいのか？」

「その、可能性が……」

そう言いかけて、ファリンは言葉を濁《にご》した。かつて目の前で妻が自死を選んだことは、彼の心に深い傷を負わせた。その傷も癒《い》えないうちに、また、彼が最も恐れていたことが起こってしまったのだ。

「だがまだ、可能だというだけだろう？　そう断定する証拠もない状況で、なぜ、そなたはデルカシュを自死だと示すのだ。納得のできる理由がないのなら、余はそなたが手を下したとも疑わねばならぬのだが。今説明した方法は、どれもそなたがそう見せかけるよう仕組んだこと……そうとも、考えられるのではないか？」

「陛下！　それはっ」

とっさに庇《かば》う声を上げたのは、サイードだ。しかし皇帝はファリンから視線を外さないままで、はっきりと言い放った。

「サイード、余はアーファリーンに問うておるのだ」

だがその視線はただ鋭いだけのものではなく、強い悲しみと、そして苦悶《くもん》の色に満ちている。

――陛下の苦しみを取り除くためにも、やはり、真実を明らかにした方が良い。

ファリンは覚悟を決めると、口を開いた。

「実は……気になっていたことがあるのです。ここ一年ほど後宮で起こった数々の事故……デルカシュ様ならば、発生を煽《あお》ることができました」

いくつかの問題を解決するうちに、気づいたことがあった。それは全ての問題に共通して、デルカシュが『贈り物』を通して関わっているという点だ。

彼女の出身は、砂漠の南西端にある巨大な交易都市の長の家である。ゆえに珍しい交易品にも詳しい彼女は、いつも流行の発信源だった。木靴を流行《はや》らせファリンに贈ってくれたのも、輸入品の大百合を庭園に植えて皆の部屋まで配るよう手配したのも、全て、デルカシュの采配《さいはい》によるものだ。

彼女は珍しい花の種を次々と手に入れては、庭園に撒かせていた。理由はもちろん、後宮から出られない妃たちの無聊《ぶりょう》を慰めるため。その中に強い光毒性を持つ雑草が紛れていたとしても、仕方のないことかもしれない。

では使用人たちへの褒美を名目に、大量のノミ付きの毛皮を後宮に持ち込ませたのは、はたして偶然のことだろうか。もし大発生したノミが疫病などを媒介していたら、あの程度の騒ぎでは終わらなかったことだろう。

かつて気落ちしていたバハーミーンに子猫を贈り、間もなく「一匹では寂しいでしょう」と番《つがい》になる猫を連れて来たのも、デルカシュだった。そして増えすぎた子猫を手放さねばならないだろうかと悩むバハーミーンに、彼女が本音で欲していた「大丈夫よ」という言葉を贈ったのも、デルカシュだった。

そう、デルカシュの『贈り物』は、品物だけではない。水の女神役に抜擢《ばってき》されたファリンに、「絶対にできるから自分を信じて！」とニコニコしながら言ったのと同じように……第一皇子とその母親にも、皇帝陛下唯一の男子に期待していると、褒め言葉を贈り続けていたのだ。この齢《とし》でなんと利発なのか。まさに後継者に相応《ふさわ》しい。すぐに立太子させよう。これで帝国は安泰だ、と……皇子が繊細な性質であることを分かった上で煽り立て、パラストゥーと皇子に強い重圧を与え続けていたのである。

そして「新年だから」を名目に正妃の部屋をあの時機に綺麗《きれい》に塗り直しさせたのも、デルカシュだった。かねてより後宮の設備保全を引き受けていた彼女の言葉に、使用人たちは何の疑問も抱かなかったのだという。だが彼女もマハスティ同様に、どういうときに皇帝があの部屋を訪れるのか、薄々気づいていたのではないか。

どれもこれも、ほんの少し背中を押しただけのこと。どれも、事故につながる確証のあることではない。だが、その小さな呪いの種が、次々と無数に撒かれたら？

──いくつかの種は芽吹いて、やがて事件に育ったのだ。

だがそれが本当に悪意によるものだったのか、ファリンには分からなかった。全てはただうっかりしていただけで、ただの善意が運悪く裏目に出てしまっただけなのかもしれないからだ。

蔵書の記録でナツメグの項に『一部地域では、かつて堕胎薬《だたいやく》として使用されていた』という一文を見つけても、あのいつも他人のために率先して動いていたデルカシュを、ファリンは何より信じていたかったのだ。

「まさか『呪い』の正体が、デルカシュ妃の『贈り物』だったとは……。だがなぜ、そのような陛下への裏切りとも取れる行為を？　デルカシュ妃の実家も今や帝国に恭順しているし、後宮を少々乱したところで何の利もないはずだが」

なお困惑したような顔を見せるサイードに、ファリンは声を沈ませた。

「マハスティ様に伺ったのですが、デルカシュ様が最期に纏《まと》っていらっしゃった婚礼衣装……陛下のもとに嫁いで来られたときと、異なるご衣装だったそうなのです。私には、それがどうにも気にかかります……」

「それはつまり、他に通じる男がいたということか⁉」

驚きの声を上げるサイードの横で、典医が申し訳なさそうに小さく手を上げた。

「いや、それはないかと……デルカシュ様は、未通女でございましたので」

「デルカシュ様が⁉」

咄嗟《とっさ》に皇帝の方を見ると、彼は苦み走った顔で溜息《ためいき》をついた。

「そなたと同じだ。泣きじゃくる者を無理に抱くほど余は不自由しておらぬ。……とにかく、今の話も、いずれも状況証拠にすぎん。断定するに足る根拠ではない」

皇帝の言はもっともなものだ。むしろ上に立つ者として、とても公正な判断ではないだろう。

ファリンは頷《うなず》くと、次の手がかりを探すことにした。

「先日皇子の件で調査して以降、後宮に届けられた品は全て詳細に記録を取っていただいていたかと存じます。その記録を、拝見させてくださいませ」

内廷の文書庫に籠《こも》ってから、どのぐらい時間が経っただろうか。紙面の文字が読み難《にく》くなって、ファリンはようやく日が落ち始めていることに気がついた。灯《あか》りをもらおうかと顔を上げると、目の前にぼんやり浮かぶ白い顔がある。

「わっ！」

「遅いぞ、夕飯はまだか」

不満げなそれが卓子に立つ子トラの顔だと気がついて、ファリンは胸を撫《な》で下ろした。

「すみません、夕食、私のぶんも食べておいてください」

「……腹が減っては戦はできんぞ。昼も食べておらぬだろう」

「そうですね……でも、食欲がなくて」

先ほどサイードから聞いた話では、とうとう後宮でもデルカシュの死の様子が漏れ、呪い殺されたのだという噂が出回り始めているらしい。だがどんなに探しても、外部とのやりとりの痕跡《こんせき》は出て来ていなかった。このまま、真実が見えないまま終わってしまうのだろうか。葛藤《かっとう》を隠すように俯《うつむ》くと、子トラがしゅるりと肩に駆け上がった。

「ホレ、帰るぞ」

「でも、まだ……」

「吾輩《わがはい》は疲れた。寝床《ねどこ》まで運べ」

さも気怠《けだる》げにくてっと身体を預けてくる子トラに、ファリンは掠《かす》れた声で言った。

「……ありがとうございます」

「なぜお主が礼を言う」

「さあ、なぜでしょう」

ファリンは頬をくすぐる温《ぬく》もりに小さく笑うと、なるべく肩を揺らさぬようにそっと立ち上がる。記録帳を閉じて揃えていると、肩の上から声がした。

「心は現世《うつしよ》に形を残さぬものだ。代わりに、関わった者の心に残る」

「心に……」

ファリンはハッとして、子トラを抱いて自らのヴィラへ走った。人々の心に、デルカシュが残していったもの——それは状況証拠にしかならないかもしれないが、たくさん集めたら、見えてくる真実がきっとある。

子トラをそっと寝床に下ろして礼を言うと、ファリンは休む間もなく後宮で働く使用人たちの宿舎へと走った。急がなければ、朝が早い使用人たちはそろそろ休む時刻だ。

「こんな時間に、ごめんなさい！　でもどうしても、早く話が聞きたくて……」

デルカシュの元侍女たちが住まう相部屋を訪ねると、彼女たちは心底驚いた顔でファリンを迎えた。妃が宿舎までやってくるなど、滅多にないことだからだ。

「あのとき、マハスティ様がデルカシュ様の婚礼衣装を見て『違う』とおっしゃっていたでしょう？　あの衣装、過去にデルカシュ様の持ち物の中で見たことはない？」

すると彼女たちは一瞬顔を見合わせてから、侍女頭が代表するように小声で言った。

「私はデルカシュ様が入宮された頃からお仕えしていますが、あのご衣装は、ずっと例の衣装櫃に大切に保管されておりました。だからてっきり入宮時に着ていらっしゃったものだとばかり思っていたのですが……。あの場ではデルカシュ様が誤解されてはいけないと思い、黙っておりました。大変申し訳ございません……」

あの衣装はずっとあったもの――つまり作ったのは、入宮前ということだろうか。

「つかぬことを聞くようだけど……入宮する前のデルカシュ様に、花嫁衣装を作るような間柄の男性がいたという話を聞いたことはない？」

「そ、それは……」

言いよどむ侍女頭をまっすぐに見つめて、ファリンは言った。

「絶対に、デルカシュ様の死を不名誉なものにはしないと約束する。だから、どうか知っていることがあれば正直に話して欲しいの」

侍女頭は目を伏せると……ぽつぽつと、話を始めた。

彼女がまだ新参だった頃。こんなに素敵な主のもとを全く訪れる様子のない皇帝は見る目がないと、今にも直訴せんばかりに侍女たち皆で憤っていたことがあるらしい。だがそれをなだめるためだろうか、前の侍女頭から『主は死んだ恋人に操を立てるため、御渡りをお断りしている』と聞かされたことがあったというのだ。その前侍女頭の行方を聞くと、数日前に解雇されたばかりなのだという。

「そうだったの……話をしてくれて、ありがとう」

「いいえ、めっそうもございません。その、不敬を承知で申し上げますが、私どものような使用人に『ありがとう』と言ってくださるお妃様は、デルカシュ様だけだと思っておりましたのに……」

侍女頭は涙をこぼすと、深く頭を下げた。

「アーファリーン妃様、どうか、デルカシュ様をお救いください……！」


使用人宿舎を後にしたファリンは再び後宮の門へ向かうと、断られることを覚悟で皇帝への目通りを願い出た。時刻はすでに就寝する者も多い時間帯だったが、どうしても、すぐに確かめたかったのだ。

思いのほか早く通された私室では、食事が手つかずのまま片づけられているところだった。ほんの数刻の間に憔悴《しょうすい》したように見える皇帝に向かい、ファリンは床に伏せるように額《ぬか》ずくと、何用《なによう》か、と低く問う声に応《こた》えた。

「無礼を承知でお伺いします。陛下はデルカシュ様の『亡くなった恋人』にお心当たりはございませんでしょうか」

「……面《おもて》を上げよ」

見上げた皇帝の双眸《そうぼう》には、昏《くら》い灯《ひ》が燃えている。ファリンはわき上がる畏怖《いふ》を辛うじて抑え込むと、その瞳《ひとみ》の奥を見据えて答えを待った。

しばしの沈黙――やがて皇帝は深いため息をつくと、重く口を開いた。

「デルカシュには後宮へ上がる前、許婚《いいなずけ》がいた。だがその者は西方との内通が発覚したゆえ、処刑したのだ――」

デルカシュが生まれたファルハング族は、帝国の成立前は最大勢力を誇っていた。そのため湾岸の小部族にすぎないジャハーンダール族による統一事業に、最後まで反発していたのだ。しかし新皇帝の勢いに潰走《かいそう》したファルハング族は、一族の中でも穏健派で知られるデルカシュの父を族長に据えるという条件で、帝国の傘下に加わった。

こうして族長の一人娘となったデルカシュは、次期族長に相応《ふさわ》しい者として一族が選んだ従兄《いとこ》と婚約したのだが――その許婚が密《ひそ》かに西方と結託して武器を蓄え、反乱を企てていることが発覚したのだ。

反乱の兆《きざ》しを皇帝にいち早く知らせたデルカシュの父は族長の地位に据え置かれることになったが、ファルハング族の土地は実質上皇帝の直轄《ちょっかつ》地となり、デルカシュの許婚を始めとした多くの者たちが斬首《ざんしゅ》の対象となった。

あの美しい大噴水に作り替える前、第一庭園には『処刑人の泉』と呼ばれる首洗い場があった。当時は毎日いくつもの首が届いて、その水は常に赤みを帯びていたという。デルカシュの許婚の首もそこで洗われ、『皇帝の門』の前で衆目《しゅうもく》に晒《さら》された。

皇帝はその末路をよく知っていたからこそ、父親から実質上の人質として差し出されてきたデルカシュに初夜の床《とこ》で泣かれた時、どう扱えばいいか分からなかったという。

だが忙しさにかまけて後宮の管理を忠に篤《あつ》い第二妃に任せきっているうちに、デルカシュを慕う者たちの声が、次々と聞こえてくるようになった。

「――ならば時が解決してくれるだろうと、目を背けてしまったのだ」

声に深い悔恨の念を滲《にじ》ませながら、この国の頂点たる皇帝は、それでも威厳を保つことを忘れていなかった。

――これ以上、この方だけに背負わせてしまってはダメだ！

ファリンはマハスティの悲しげな顔を思い出すと、伏した背に力を入れた。

「どうか、私に外出の許可をくださいませ。実は事件の五日ほど前に、デルカシュ様が故郷から連れて来た前の侍女頭が解雇されていたらしいのです。今は寺院にいるという彼女に、話を聞きに行かせてください！」

翌朝。ファリンはまだ空が暗いうちに、シャオメイに用意してもらった質素だが頑丈に織られた布の上下に身を包み、後宮の門を出た。そこで待っていたサイードも、いつものかっちりとした白いお仕着せ姿ではない。全身を覆う長衣《トーブ》と頭から首回りを守るように巻かれた布《ゴトラ》は、過酷な砂漠を渡るために不可欠なものだ。

「上にこれを羽織ると良い」

初めて見る姿にぼんやり見惚《みと》れていたファリンは、差し出されたものに慌てて手を伸ばす。それは身体全体をすっぽり包み込めるほど大きく黒い被衣《ショール》と、その共布で作られた面紗《フェイスヴェール》だった。ファリンは有難く受け取ると、砂と日差しから全身を守るようにショールを巻きつけ、仕上げに面紗で鼻から下をしっかり覆う。

こうして二人は行商人の夫婦に身をやつすと、それぞれ荷袋を付けた駱駝《ラクダ》を一頭ずつ引いて、まだ篝火《かがりび》の灯《とも》る厩舎《きゅうしゃ》を出た。第一庭園を抜けたところにそびえる『皇帝の門』は、まだ開かれる時間ではない。だがサイードが門兵に何かを見せると、脇にある小さな通用門が開かれた。皇都の大路に出たところで駱駝を座らせ、サイードの手を借りながら大きなコブを背にした鞍《くら》へよじ登る。久しぶりで随分と高く感じる鞍上《あんじょう》から辺りを見渡せば、真っ直ぐ伸びる大路の果てで、空が白み始めようとしていた。

解雇された侍女頭と親しかった者の話によると、彼女は今、水の女神を祀《まつ》る寺院で静かに暮らしているらしい。その寺院は皇都を出て少し離れた小さなオアシスにあるが、順調にすすめば日のあるうちに戻れる距離だろう。

二人は人通りもまばらな早朝の大路を速やかに抜け、皇都を囲む大壁の外へ出る。そこには、どこまでも乾いた大地が拡がっていた。とはいえ、このあたりは一面の砂の世界というわけではない。礫砂漠《れきさばく》と呼ばれる大地は突き出た岩と石礫《いしつぶて》でごつごつとして、わずかながら草も生えている。足場が良いとはいえないが、土地が締まっているぶん、まだ歩きやすい方だろうか。だが嵐が通るたびに姿を変えるから、街道を整備するのは難しい。そんな砂漠では、方位計の存在はまさに命綱だ。

「そろそろ朝食にしよう」

道なき道に歩みを進め、一刻近くが過ぎた頃。大岩の横で歩みを止めたサイードの言葉に、ファリンは首を振った。

「いえ、大丈夫です。まだ進めます！」

「急ぐ気持ちは分かるが、砂漠をゆくなら補給はできる時にしておいた方がいい」

「あ……分かりました、私も休みます」

サイードに倣って岩陰に駱駝を座らせて、ファリンは鞍を降りた。岩の奥に小さな水場があると気付いていたらしい彼は駱駝たちに飲むよう促すと、鞍袋から香ばしく焼かれたピタと干した白無花果《しろいちじく》の包みを取り出し、ファリンに手渡した。あまり食欲はないが、ここで食べずに体調を崩せば迷惑になるだろう。

満足したらしい駱駝たちに再び跨《また》がり、進むことしばし。そろそろ日差しが高くなった頃、二人は寺院とその門前町からなる小さなオアシスへ着いた。門前町には露店が立ち並び、参拝客らしき旅人たちで賑《にぎ》わっている。その中通りを抜けた先に、青空に浮かび上がる砂色の大きな寺院が見えた。日干し煉瓦製の壁には窓枠を中心に漆喰《しっくい》で描いた装飾が施され、厳しい日差しを反射している。そこに金銀など使われていないが、その佇《たたず》まいは荘厳そのものだ。

——急すぎて先触れも間に合わなかったけど、この人の多さで会えるかな……。

不安になったファリンは駱駝を馬宿《うまやど》に預けると、参拝者の行き交う表門を避けて裏手にまわった。通りがかりの尼僧に捜し人の名を伝えると、まるで来ることが分かっていたかのように、奥の一室へ通された。

しばらくして出てきた細身の尼僧は、三十歳ぐらいだろうか。それは確かにデルカシュの近くで何度も見た覚えのある顔だったが、彼女の口から出てきた最初の一言は、予想外のものだった。

「アーファリーン妃様、お待ちしておりました」

「待っていた、とは……私がここへ来ることを、デルカシュ様は予見していたの？」

「……はい」

神妙な面持ちで頷《うなず》く彼女の目を真っ直ぐに見つめて、ファリンは問うた。

「ならば全て、話してもらえる？」

「はい……。私はもともとデルカシュ様の乳母《めのと》の娘で、デルカシュ様とは実の姉妹のように育ちました。だから、あまりにも酷《ひど》いお話でデルカシュ様の入宮が決まったとき、私も一生を捧《ささ》げる覚悟で共に参ろうと決めたのです——」

ずっと慕っていた許婚との結婚の日を指折り数えていた少女のもとに届いたのは、西方との内通罪で彼が処刑されたという知らせだった。それに追い打ちをかけるかのように、喪も明けぬうちに父親から命じられたのは……最愛の恋人を殺した男の許《もと》へ恭順の証《あかし》として嫁げという、残酷なものだった。

初めは涙に暮れていたデルカシュだったが、あるとき一日中放心していたかと思うと、それからぴたりと泣かなくなった。この入宮を復讐《ふくしゅう》の好機と捉《とら》えた彼女は、その心の内の狂気をひた隠しにしつつ、優しい女を演じて周囲の信頼を集めることにしたのだ。

そして機を窺《うかが》ったまま三年余りが過ぎた頃、身重の妃が一人、不慮の転落事故で亡くなった。それまでは一分の隙も見せたことのなかった皇帝の憔悴した姿を初めて目の当たりにした後、自室に帰った彼女は、独り言のように呟《つぶや》いた。

――なるほど、そうすれば、あのひとを殺した男を、あの自らの妻子をも見殺しにした男を、苦しめてやることができるのね――

「本当は見殺しになどしていないのだと、本当は立場は違いながらも同じ哀しみを背負う者同士なのだと、お嬢様は分かっておられたはずなのです。なぜなら、自らの死をもって陛下を苦しめようとした――つまり、陛下がご自身を大事に思ってくださっているということを、お嬢様はようくご存じだったのですから」

そこまで語り終えると、尼僧はこれまで一人で抱えていた重荷をようやく下ろすことができたのか、静かに涙を流し始めた。

その姿と対照的に、ファリンは愕然《がくぜん》として、ぎゅっと自分の両腕を抱いた。

「わ……私が、何度も違和感をなかったことにしたせいで！　引っ掛かりを覚えたときに、ちゃんと向き合ってさえいれば……！」

――なぜ薄々気づいておきながら、真相から目を逸《そ》らしてしまったんだろう。なぜ、『呪いの種が思うように芽吹かなければ、そのうち諦《あきら》めてくれるだろう』だなんて、事なかれ主義に逃げてしまったんだろう。デルカシュ様がここまで追い詰められる前にちゃんと真正面からぶつかって、しっかり彼女の話を聞いてさえいれば……こんな最悪の結末は、避けられたかもしれなかったのに！

後悔に震えるファリンに向かい、尼僧は悲しそうに首を横に振った。

「……いいえ。そこで追及されても、この結末が早まっていただけでしょう。貴女《あなた》さまの動向をそれとなく調べては、お嬢様は困ったように笑っていらっしゃいました。どうやらまた見逃してもらったようだ。そろそろ潮時かと思っていたのに、と」

「そんな……」

「ですがもう、行き場のない思いは、ご自身にもどうにもできなかったのです……」

――このまま幸せになってしまいそうな自分が怖い。あの人のことを忘れてしまいそうな自分が怖い。だから、ここで終わらせるの――

そう微笑みながら涙を浮かべ、彼女は未《いま》だ袖《そで》を通さぬままの花嫁衣装を抱きしめた。ひと針ひと針想いを込めて、彼の好きな模様を刺した――あの鮮やかな、赤い衣装を。

「最後に、お嬢様はおっしゃっておりました。貴女さまならきっとここまでたどり着くはずだから、その時はこの手紙を渡して欲しい、と」

差し出された封書を受け取ると、ファリンは窺うように傍らのサイードを見上げた。すぐに首肯が返されたので、慎重に封を切る。そこには懐かしい、デルカシュのどこか丸みを帯びた柔らかい文字が綴《つづ》られていた。

──アーファリーン。あなたはずっと、私の抱える矛盾に感づいていたわよね。でもあえて知らないフリをして、私の居場所を無くさないようにしてくれていたのでしょう？　すごく嬉《うれ》しかった。でもね、あなたも、皆も、優しすぎたのよ。ここでの暮らしは優しくて、楽しくて、ふとした瞬間、あの人のことを忘れている自分が怖かった。だから、これでおしまい。償いもせず逃げる私を、どうか赦《ゆる》してね。悪意に塗《まみ》れてしまった私は、もう楽園《パイリダエーザ》にいるあの人のもとへは行けないのだから。

どうかあなたは、私のようにならないで。自分の心を殺さないで。もっと周りの人たちを信じても大丈夫。世界はきっと、あなたが思っているより優しいわ。

ねぇファリン、あなたの幸せを願ってる──


──私は、別に優しくなんてない。ただ先にデルカシュ様が優しくしてくれたから、だから、返したかっただけなのに！

彼女が後宮に居場所をくれた。だから、彼女の居場所を奪いたくなかった。

ただ、それだけだったのだ。

「やはりデルカシュ様の行動は、全てが悪意からくるものだったとは思えないんです。なのに、あの世ですら、想い合う相手と一緒になれないなんて……」

震える声でうなだれると、サイードが静かに言った。

「そこは心配しなくとも、今ごろとっくに再会を果たしているはずだ。デルカシュ妃の元許婚《いいなずけ》の男であれば、確実に冥府《めいふ》に居るだろうからな」

「それって……どういうことですか？」

傍らに立つサイードを見上げると、彼は悲しそうに、だがほんの少しだけ困ったように笑ってみせた。

「……楽園へ迎えられるほど身綺麗《みぎれい》な奴なんて、この動乱のご時世にはそうそういないってことだ。かくいう俺も、な」

たとえそれが冥府の道行きなれど、願わくば、二人が再会できていますよう――。

今はただ、祈ることしかできなかった。

寺院を出ると、すっかり正午を過ぎていた。日差しはさらに強く照りつけていたが、昼時を迎えた門前町は多くの客で賑わっている。だが今は座って食事をとる気分でもなくて、二人は早々に駱駝《ラクダ》を引いてオアシスを後にした。砂漠の道をゆくうちは、吹きすさぶ砂で少しの雑談もままならない。無言のまま轡《くつわ》を並べて荒れた大地を進むうち、やがて行きに休んだ大岩が見えた。

目配せを交わして鞍《くら》から降りると、サイードは言葉少なに羊革の水袋と食料の包みを差し出した。少しは食べなければと口にした棗椰子《なつめやし》は、いつもよりねっとりとして、口中に甘みがこびりつく。ファリンは水袋の紐《ひも》を解いて口をつけると、違和感を押し流すように飲み込んだ。日陰は比較的涼しいとはいえ、辺りは人の体温を遥《はる》かに超える灼熱《しゃくねつ》の世界である。しかし残るはたった一刻ほどの距離、あとほんの少し耐えるだけ……。

そんなことを考えながら再び鞍に足をかけた、その時。

「砂嵐だ。進みが早い！」

サイードの声が響いて、ファリンは彼が顔を向ける方を見た。暗黄色に濁った雲のような塊が、みるみるうちに押し迫ってくる。急いで駱駝を再び岩陰に座らせると、二人はその腹と岩の間に隠れるように身を伏せた。しっかりショールを被《かぶ》って身を小さくしているうちに、辺りがサァッと夜のように暗くなる。刹那《せつな》、猛烈な熱砂が周囲に吹き荒れ始めた。高温の砂が絶え間なく肌を打ち、轟音《ごうおん》と、まるで削られるような痛みに晒《さら》される。ぐっと丸まり、ひたすら耐え続けていると……突如、傷みが和らいだ。

これは、サイードが抱きしめるように庇《かば》ってくれているからだ――そう気づいた瞬間。まるで、この世にたった二人だけになったかのような錯覚に陥《おちい》った。

熱くて、痛くて、息をすることもままならない真っ暗な世界。いつ死ぬかも知れないこの砂の世界で、二人きり――もし自分と彼が本当に行商人の夫婦だったなら、一体どんな旅をしているだろう。それは大変なことも多いけれど、きっととても楽しい旅だ。

過酷な現実を和らげるように、どこまでも空想を羽ばたかせてゆく。やがて安心しきったファリンは、いつの間にか彼の腕の中で寝息を立てていた。

「起きろ、止んだぞ」

背中をぽんぽんと軽く叩《たた》かれて、ファリンはゆっくりと目を開いた。何だかとても良い夢を見ていた気がするが、辺りはすっかり夕日に染まっている。どのくらい経ったのだろう……。ファリンがぼんやり辺りを見回していると、サイードが笑った。

「まだ寝ぼけているのか？　あの砂嵐の中で眠れるとは随分と大物だな」

「それは……サイード様と一緒だったから、安心できたんです」

ファリンが素直に答えると、なぜか彼は顔を強張《こわば》らせて腕を解く。それを少し寂しく思いながら、ファリンは立ち上がってショールを脱ぎ、降り積もる砂を払った。気づけば辺りはすっかり姿を変え、わずかな草や水場は消えている。砂から突き出す大岩以外、見渡す限り一面の砂丘と化していた。

「……すまない、今の嵐で方位計を失ったようだ。地形も大きく変わったし、星が読める夜を待ってから移動しよう」

ファリンは同意すると、サイードと共に再び大岩の陰に座り込んだ。何も遮るもののない砂漠の夕暮れは、燃え上がるように美しい。それも徐々に沈みゆくにつれ、やがて藍色《あいいろ》の夜が空に滲《にじ》み始めた。もうすぐ、星が出る。楽しい空想の時間は終わり、自分は『妃』に戻らなくてはならない。空に一番星が輝き始めたころ、この時間を終わらせたくなくて、ファリンは話題を探した。

「先ほどの話、陛下には一部を伏せて報告した方がいいでしょうか……」

だが彼は迷いのない瞳《ひとみ》で前を見据えたまま、はっきりと答えた。

「いや、ありのままに報告しよう。アルサラーン陛下は、全ての否定をも受け止める覚悟を持って、この砂漠の皇帝となられたのだ」

「やはりサイード様は、陛下を心から信頼していらっしゃるのですね」

「そうだな。だが、俺の方は……陛下の信頼を、裏切ってしまったようだ」

「え、どういう……」

「俺は……君を自分のものにしたいと思ってしまった」

「なっ」

思わず目を見開いて、隣に座るサイードの方を見る。すると彼もファリンへと、初めて見るような熱を宿した瞳を向けていた。

「君は陛下の妃《もの》なのだから諦《あきら》めなければならないと、何度も自分に言い聞かせてきた。だが……もう、自分を偽ることはできそうにない」

「よりにもよってなぜ、こんな……」

「なぜこんな時に、と思われるのも仕方ない。だがデルカシュ妃の話を聞いて、今言わなければ絶対に後悔すると思ったんだ」

サイードの、あのいつも真っ直ぐな瞳が、今は自分の方へと向けられている。射竦《いすく》められたかのように動けなくなったファリンを見つめたまま、彼は言葉を続けた。

「戻ったら、陛下に君の下賜《かし》を願い出る。どうか君の正直な気持ちを、聞かせてもらえないだろうか？」

下賜とは、確か古《いにしえ》の王朝に存在した制度だ。それは皇帝の妃を、臣下が妻として賜るという最上級の褒美のひとつであったはず。それはつまり、ファリンを妻として望もうと言っているのだ。

――でも。

ファリンは黙って顔を伏せ、首を微《かす》かに横に振る。それを見たサイードはほんのわずかに哀しそうな顔をしたが、決意を込めた声音で言った。

「そうか……だが俺は諦めない。いずれ必ず、君に『はい』と言わせて――」

「いえ、そういう話ではありません」

「ならば、どういう話なんだ？」

「貴方《あなた》のような地位にあるお方は、いずれは複数の妻を娶《めと》ることになるのでしょう？そんなの嫌です。……耐えられそうにありません」

思わず声に震えが滲《にじ》む。だがサイードは、不思議そうな声音で言った。

「しかし君は……すでに大勢いる陛下の妃《つま》の一人じゃないか」

「でも、それが貴方だったら……大勢のうちの一人になんて、なりたくない！」

「それはつまり、嫉妬《しっと》してしまうのだと、思っても良いのだろうか」

黙ってうなだれたファリンの表情を窺《うかが》うように、彼はそっと覗《のぞ》き込む。

「それでも、どのみち、無理な話なんです。こんな事件が起こった直後に、まだ一度も前例のない妃の下賜を願うなど……せっかく得た陛下からサイード様への信頼が、瓦解《がかい》してしまいかねません！」

「いや、まだ詳しく明かすことはできないが、この今だからこそ、なんだ。どうか、俺を信じて任せてはくれないか？　それにもし却下されたとしても、俺の一方的な横恋慕ということにしておくから、君に罪が及ぶことはない」

「でも、もしそれで陛下のご不興を買ってしまったら、サイード様のお立場が！」

「それでも、真摯《しんし》に乞《こ》い願うしかない。君を得るためならば、俺はずっと逃げ続けて来た責任の代償を支払おう。俺の唯一はずっと君だけだと、約束する。だからどうか、俺の妻になってくれないか……？」

――私なんかに、ここまで言ってくれるの？

こみ上げる想いのまま、一瞬『はい』と口を開きかけて、ファリンは口を噤《つぐ》んだ。

サイードへ下賜されるということは、あの後宮を出るということだ。ようやく見つけた大切な居場所だったのに、一度出てしまったら、もう二度と戻れることはないだろう。

皆と気軽にヴィラを行き来して、同じ時間を過ごすことは出来なくなってしまうのだ。

――このまま頷《うなず》いてしまって、本当にいいの……？

「少しだけ、考えさせてください……」

ようやくそう小さく絞り出すと、サイードは優しく頷いた。

「分かった。いつまでも待っている」

やがて冷たく澄んだ夜空に、家路を示す星が無数に瞬きはじめ——二人だけの世界に、終わりが告げられた。

「もう夜も遅い。陛下には俺から報告しておこう」

ファリンを後宮の門まで送り届けると、そうサイードは言い残して内廷へと戻って行った。ファリンは知らせを受けて飛んで来たシャオメイと共に慣れ親しんだヴィラに戻ると、ほっと息をついた。

少し時間が欲しいとは言ったものの、たとえ『はい』でも、『いいえ』でも、自分なんかに決断できる日がくるとは思えない。今のこの平穏な日常が大きく変わってしまうのは、この上なく恐ろしいことだ。でも今の自分に、彼をはっきり拒絶できるとも思えなかった。

このまま返事を保留して、流してしまってはダメだろうか。それが現状を維持できる、一番楽な道だ。だがサイードは自らの地位も信用も投げ打つ覚悟で、想いを打ち明けてくれたのだ。曖昧《あいまい》な関係のまま、でも心だけは繋《つな》ぎとめておきたいなんて、何より失礼だろう。

旅装をとき、風呂《ふろ》に浸《つ》かっている間もずっと考え続けていたが、それでも答えは出なかった。清潔な寝台に寝そべり柔らかな掛布に包《くる》まると、昼間の冒険が夢だったかのように思えてくる。だが旅の疲れもあるはずが、どうにも頭が冴《さ》えて眠れない。ファリンは諦めて寝台から立ち上がると、あのデルカシュの最後の手紙を取り出した。

『どうかあなたは、私のようにならないで。自分の心を殺さないで』

――だからって、どうすればいいの？　望みを全て叶《かな》えることはできないのに。

『もっと周りの人たちを信じても大丈夫』

「周りの人たちを、信じる……」

そう口に出してみて、ファリンは自嘲《じちょう》した。自分が居ないところで話題にされていただけで友人を疑ってしまった自分なんかに、そんな資格はないだろう。そもそも一番信じられないのは、自分自身なのだ。

「でもこのままじゃ、きっとダメだ……」


――翌朝。結局一睡もできないまま、ファリンはレイリのヴィラを訪ねた。出てきた侍女に伝言を頼み、次いでアーラの所へ向かう。間もなく自分のヴィラへ訪れた二人を出迎えて、ファリンは覚悟を決めて打ち明けた。どうしようもなくサイードを好きになってしまったこと。そして、下賜を求めると言われたことを。

するとニ人から返って来た反応は、予想外のものだった。

「こんの裏切りものぉ〜っ！　なんて、そうじゃないかなーとは、ずっと思ってたんだけどね？」

「そうなの⁉」

目を丸くして問うと、レイリは両手を口許《くちもと》に当てニマニマと笑って見せる。

「だって、無意識に見つめあっていたりとか、お互いの背中を目で追っていたりとか、すっごくバレバレだったもの。ねぇ、アーラ？」

「うん、バレバレだったわ。でも藪《やぶ》ヘビでファリンがここに居られなくなったら困ると思って、あえてツッコむのはやめておこうってことになったのよね」

詳しく話を聞き出すと、どうやらあの除幕式の日に話していたことこそが「ファリンって絶対サイード様のこと好きだよね！」という内容だったらしい。

突然のことに驚きつつも、深い安堵《あんど》に包まれる。この二人は知っていたのに、ずっと変わらない態度で接してくれていたのだ。思わず笑みを浮かべたファリンに、しかしレイリは不安そうな視線を向けた。

「でもそれじゃあ、ここは陛下の後宮だから……サイード様のとこへ行くなら、もしかしてファリンいなくなっちゃうの⁉」

「そうだと思う。でも、私、二人と離れたくない。離れたく、ないよ……」

とたんに話が現実味を帯びて、ファリンの目に一瞬で涙があふれた。

「でも、サイード様のことが好きなんでしょ⁉」

ぼろぼろと涙をこぼしたまま、それでもこくりと頷いたファリンを、アーラが優しく抱きしめた。

「大丈夫、二度と会えなくなるわけじゃないわよ。だから、絶対に逃がしちゃダメよ！」

すかさずレイリが飛びつくように、二人まとめて抱きしめる。

「うん、離れても、ずっと友達なのは変わりないんだから！」

「友達……友達で、いいの？」

「なに今さらボケたこと言ってるのよ」

ファリンが涙に濡《ぬ》れた目を上げると、アーラが呆《あき》れたように言った。それに畳みかけるように、レイリは首をかしげてみせる。

「そうそう、友達じゃなかったら～……ええと、親友の方がよかった？」

「……うん。親友がいい！」

ファリンが嬉《うれ》しそうに言うと、アーラが笑った。

「じゃあ親友ってことにしときましょ！」

三人は腕を解《ほど》くと、何だかおかしくなってクスクスと笑い合う。すると突然レイリが胸元で両手の指を組み、真剣な顔をして言った。

「で、今も待ってもらってるんでしょ!?　こうなったら、急いでお返事しなきゃ！」

「そうよ。どういう手筈《てはず》になってるの？」

「門番の中に事情を知ってる人がいるから、返事はその人に渡してくれって……」

「よし、じゃあ今すぐ書きましょ！」

「え、今すぐ!?」

「そうよ。だってファリン、一人にしたらまた考えすぎて諦《あきら》めちゃいそうじゃない？」

「うっ」

アーラに痛い所を突かれて反論に詰まると、レイリがケラケラと笑った。

「あはは、言えてる〜」

ファリンは二人に背中を押されるように、ようやく『心を決めた』と短い手紙を書いて門番に託した。二人は「愛が足りない！」と不満そうだが、人目に触れてサイドの立場を悪くするようなことは書けないだろう。でもやはり、あれだけでは上手《うま》く伝わらなかっただろうか。

悶々《もんもん》として返事を待っているうちに、とうとう日が傾き始めた。

「どうした、また手が止まっておるぞ」

はっとして前を見ると、夕食の皿の向こうから子トラがじいっとこちらを見ている。その澄んだ瞳《ひとみ》は全てを見透かしているようで、だがけして踏み込んでくることはない。それがとっても気ままな精霊様らしくて、ファリンは笑った。

「バァブル様、私が後宮を出ることになったら、一緒に来てくれますか？」

「ふむ、そろそろこの代わり映えのない世界にも飽いておったところゆえ、むしろさっさと連れてゆけと言いたいところだ」

「ふふ、ありがとうございます」

何がどう変わったとしても、変わらないでいてくれる存在に少しだけ安心して、ファリンは出された食事をきちんと平らげた。

やがて夜も更けたころ。寝台からぼんやり窓の月を見上げていると、すっとそこに差す影があった。飛び起きると、見慣れた白いお仕着せ姿のサイードが立っている。

彼は格子の向こうで少し背を屈《かが》めて顔を近づけると、そよぐ夜風のように囁《ささや》いた。

「心は、決まったか？」

「……はい。どうか私を、貴方《あなた》の妻に」

格子ごしに指を絡めると、わずかな、だが確かな温《ぬく》もりが伝わってくる。

「……分かった。必ず、必ずすぐに迎えに来る。だから陛下のお許しを賜るまで……少しだけ、待っていてくれ」

「いいえ、私も共に参ります。もしこれが罪になるのなら……私も、同罪ですから」

「ありがとう。だがどうかここは、俺を信じて任せてくれないか」

「そう、ですか……でも何かあった時には、必ず私を呼んでください！」

精霊が叶えられる『願い』は、物理で解決できるものだけだ。人の心を変えることはできないから、皇帝の御心を変え許しを乞《こ》うことはできないだろう。

——でも万一のとき、彼をどこか遠くへ逃がすことぐらいなら！

だがそれが、サイードの姿を見た最後の口になろうとは——。

その時は、思いもよらなかったのだ。

# 最終夜　ナイト・フライト

『必ずすぐに迎えに来る。だから少しだけ、待っていてくれ』

その言葉を信じて、ファリンはじっと耐えた。だが五日過ぎ、そして七日が過ぎても、サイードは迎えに来るどころか姿すら見せなかった。それは皇帝陛下も同様で、後宮を訪れることが全くなくなっていたのだ。

不安な様子が、表れていたのだろうか。レイリと共にヴィラまで訪ねて来たアーラは、ファリンの顔を見るなり心配そうに口を開いた。

「そんなに気になるのなら、マハスティ様に外の様子を伺ってみたら？」

「でも、あまり多くの人に知らせて大丈夫なのかなって……」

そこまで言って口ごもると、レイリは人差し指を自らの唇に添え、首をかしげた。

「でも、マハスティ様もフツーに気づいてると思うよ？」

「そうなの⁉」

「ええ。『最近彼女の創作に迷いが見えるけど、何か心境の変化でもあったのかしら？』って聞かれたことがあるのよね。適当にごまかしておいたけど、たぶんバレてるわね」

「そ、そうだったんだ……」

完璧《かんぺき》に隠せていると思っていたのは、どうやらファリンだけだったらしい。

もしや過去の話を教えてくれたのは、それが理由だったのだろうか。否定する感じではなかったと思うけど――そう考え込んでいると、レイリに背中をぺしっと叩《たた》かれた。

「ほら、悩むくらいだったら行こうよ！」

確かに、正妃の代役として公務の場に出る機会も多いマハスティは、内廷の事情にも明るいはずだ。もしかしたら、内廷に捜しに行く手引きをしてくれるかもしれない。


二人に見送られて、ファリンはマハスティのヴィラを訪れた。事情を打ち明けると、彼女は「やっぱりねぇ！」と笑って祝福してくれた。しかし「後宮を出て捜しに行きたい」という頼みについては、今は控えるようにと断られた。マハスティによるとなぜかこの頃宮殿中の警備が強化されていて、変装しての外出は難しいとのことだった。

「わたくしの内小姓に命じて外を探ってあげるから、あなたはじっとしていて」

そう親身に説得されて、ファリンはお願いすることにした。だが空が暗くなり始めた頃ようやく戻って来た内小姓の話では、内廷でも、外廷でも、サイードの姿を見つけることができなかったというのだ。

「サイード様がご不在の理由、誰かに聞いてみてはないの？」

マハスティが問うと、彼は申し訳なさそうに口を開いた。

「聞いてはみたのですが、はぐらかされるか、知らないかのどちらかで、全然聞き出せませんでした……」

「はぐらかされるって、一体どんな理由があるのかしら……。そうだ、他に何か変わった話はなかった？」

「そういえば、内小姓頭が近々ダリシュ様に交代するという噂がありました」

「内小姓頭が……交代⁉」

──まさかあのサイード様が、新年の諸官任命式以外の時期に地位を失おうとしているなんて。やっぱり陛下の怒りに触れたのでは……！

動揺をあらわにしたファリンの背を、マハスティは気にしすぎだと優しく撫《な》でた。今夜はこのまま泊まって行くようにとも言われたが、ファリンはそれを丁寧に断りヴィラを出た。自室へ向かってとぼとぼ歩いていると、悪い考えばかりが頭に浮かぶ。

考えすぎだとは分かっていたが、ファリンはその不安をかき消すことができないでいた。言われた通り良い子で待っていたのに、迎えが来ることはなかった。大切な人たちは皆、自分から離れて行ってしまう──。

ただ待つことしかできない状況は、ファリンにとって何よりも辛《つら》いことだった。

『必ず二人で迎えに来る。だからこの家で、どうか良い子で待っていてね』

そう言って、母は消えた。

『必ずすぐに迎えに来る。だから少しだけ、待っていてくれ』

そう言って、彼も消えた。

なんでいつも、私ばかりが、待って——なんで、待たなきゃいけないの？

ファリンはぐっと顔を上げて走り出すと、自らのヴィラへ駆け込み、寝室に繋《つな》がる垂幕を撥《は》ね上げた。寝床でくつろいでいた白い子トラが、目をぱちくりとさせている。

「どうした、そんな慌てて」

「バァブル様、私、今すぐサイード様に会いたい！　捜しに行くのを、手伝ってくれませんか⁉」

彼の無事を確かめて、もし危険な状況ならば助けたい。そう勢い込んで言ったファリンに、子トラは小さく首をかしげた。

「それが、お主の『願い』か？」

「はい、お願いします‼」

ハッキリとした声音で言うと、バァブルはニヤリと笑ってみせる。

「確認なのだが、『連れて来る』ではなく、『捜しに行く』でよいのだな？」

「はい。私が、迎えに行くの！」

「なんたる無欲！　そんなことでたった一つの願いを使って、もったいないとは思わんのかね？　お主は合理を重んじる質《たち》だと思っていたが」

「それでも私は……迎えが来るのをただ待っているだけなんて、もうやめたいんです。二度と会えなくなってから、後悔なんてしたくない。だから、自分で行きたいの！」

決意を込めて再び願いを口にすると、子トラは跳ねるように立ち上がった。

「ふむ、その心意気や良し！　では準備ができたなら、また声をかけるがよいぞ。吾輩《わがはい》のとっておきを授《さず》けてやろう」

「はい！」

ファリンは急いで鏡の前に立つと、意を決して砂色の髪をつかんだ。あの日サイードに見つかって以来ずっと伸ばし続けていた髪は、ようやく肩甲骨の下あたりまで伸びている。だが、かつて何度もそうしたように、ファリンは髪の毛の半ば辺りに小刀の刃を当てた。カツラに納まりきらないからと切り落とした毛束が手中に残るたび、かつては心が痛んだものだった。だが今は、これは自分の意思なのだ。

ファリンは胸にぎゅっと晒木綿を巻きつけて少年の姿になると、しばらく着ることのなかった内小姓のお仕着せに身を包む。

「準備万端です。お願いします！」

「うむ。その願い、叶《かな》えてしんぜよう！」

小さな両前足で天を仰ぐと、精霊様が吠《ほ》える。するとボムンっという音と共に、辺りに白煙が湧き上がった。薄まった煙の向こうから出てきたのは、人ひとり充分寝転べそうな、よく見る大きさの絨毯《じゅうたん》である。くるくる巻かれた大きさは、なんとかファリンでも片腕で抱えて運べるほどだ。

「え、絨毯ですか？」

「うむ。だがただの絨毯ではないぞ。広げてみたまえ！」

言われた通りに、端をつかんで広げると——それは床に落ちることなく、膝《ひざ》ぐらいの高さにとどまっているではないか。

「うそ、浮いてる⁉」

「これで壁を飛び越えるぞ」

「えっ、飛ぶんですか？　私が⁉」

西方には蒸気の力で空を飛ぶ巨大な船があると、ファリンは父から聞いたことがある。だがこんなに小さなもので飛べるなんて、にわかには信じがたいことだ。しかし子トラは自信たっぷり頷《うなず》くと、ファリンの肩へ促すように飛び乗った。

「その通り。ほれ、早《はよ》うゆくぞ！」

巻いた絨毯を腕に抱き、ファリンはそっと庭へ出る。そして内廷との間を仕切る壁際まで走ると、それを再び振り広げた。

月明かりの下でおっかなびっくり足を乗せると、絨毯はまるで生きているかのようにぐおんっと強くたわんで、足の裏で波を打つ。これでは足場と呼ぶには弾力がありすぎて、まるで綱渡りをしているようだ。だがファリンは勇気を出して膝に力を入れると、そこから先は一気に飛び乗った。

「よし。それでは行くぞ、慣れぬうちはしっかりつかまっておれ！」

「はい！」

ファリンは絨毯に膝立ちで伏せると、端に付いた豪華な房飾り《フリンジ》をぎゅっと握りしめた。

瞬間――。ぐいんっと引っ張られるような感覚と共に、絨毯は一気に加速した。夜闇の中を壁沿いに滑るように飛びながら、徐々に高度を上げてゆく。充分に加速したところで、ぐっと鎌首をもたげると……絨毯はぶわりと、一気に夜空へ舞い上がった。

「わあっ……！」

眼下には、広大な宮殿の敷地を一望する景色が広がっている。夜半でもまだ働く者がいるようで、月夜の宮殿に点々と、赤い篝火《かがりび》の光が見えた。

「あそこ、あのあまり灯火のないところに下ろしてもらえますか？」

かつての入念な取材の記憶を呼び起こし、人の少ない区画に向かって指をさす。

「では、そちらへ行きたいと、心の中で念《ねん》じるがよい」

「え、私がですか⁉」

「その通り。案ずるな、すでにこの絨毯の主人はアーファリーン、お主だ」

「……やってみます」

心の中で強く念じると、絨毯はたちまち加速した。

「うっ、わわわわわ！」

驚いてとっさに止まるように念じると、急停止して前へとつんのめる。さんざん揺さぶられながら、ようやく外廷でも人気《ひとけ》の少ないエリアにふわりと降り立つと、ファリンは絨毯を巻いて両腕に抱え込んだ。

　さて内廷へ忍び込むことはできたが、もしサイードがどこかに囚《とら》われているのだとしたら、よくて自室で謹慎か、悪ければ地下の懲罰房《ちょうばつぼう》あたりだろうか。進む方向に迷っていると、子トラがその青い瞳をクリッとこちらへ向けた。

「あやつの匂い、たどってやろうか？」

「もう絨毯を出してもらったのに、また頼んでもいいんですか？」

「あやつを捜す『手伝い』がお主の願いだからな、これも願いの一部としてやろう」

「ありがとうございます！」

　回廊をゆく人とすれ違うたび、両腕に抱えた絨毯でさりげなく顔を隠してやり過ごす。あの日地面に鼻をつけるようにして匂いをたどるバァブルの後をついて歩いて行くと、あの日サイードに見つかった、謁見の間の奥にある皇帝の休息所にたどり着いた。

　幾重にも垂れる薄絹にそっと近づいてゆくと、小さな話し声が漏れている。すぐにでも突入したいのをぐっと我慢して、ファリンは艶《つや》めく絹地の陰にうずくまった。そして、かつてそうしたように、そっと中の様子を覗《のぞ》き見る。だがこちらに背を向けて皇帝と話《ビシュト》し込んでいる人物が着ているのは、あの白いお仕着せではない。金糸で縁取られた外套を片袖《かたそで》に羽織り、皇帝の衣装にも見劣りしないその盛装は、まるで——。

「でも、この声は……！」

――どんな格好をしていても、彼を間違うはずがない。

思わず漏れた声を聞きつけ、サイードらしき人物が声を上げた。

「誰だ⁉」

瞬時に駆け寄ってきた人物が、目の前の帳《とばり》を撥ね上げる。

「……って、アーファリーン？　なぜこんなところに！」

瞳に動揺の色を浮かべた青年は、確かにサイードなのだろう。だがあまり歓迎されていない気がして、ファリンはしどろもどろに答えた。

「あの私、ただ待ってるだけじゃ不安で……。もしサイード様の身に何かあったなら、助けに行かなきゃって……」

「そんな理由で、再びここまで来るという危険を冒《おか》したのか⁉　まったく、もしかしたら君が捜しに来てしまうかもしれないと思って門の警備は強化しておいたんだが、一体どうやって抜け出したんだ……」

迷惑、だったのだろうか。困った様子の彼に、ファリンは小さくなって謝った。

「ご、ごめんなさい。行方が分からないと聞いたら、居ても立ってもいられなくて……。なんだか一人で空回りして、軽率な行動でご迷惑をおかけしました……」

勝手に早とちりして、暴走して、恥ずかしい――涙目になってうつむくと、一転してサイードの穏やかな声が響いた。

「いや、なかなかすぐに迎えに行けず、心配させたのは本当にすまなかった。だが今こうして危険を冒してまで迎えに来てくれた……そんな君だから、俺も新しい一歩を踏み出そうという気になれたんだ」

顔を上げると、そこにはとろけるような笑みがある。ファリンはほっとして、満面の笑みを返した。

「いいえ、サイード様がご無事で、本当によかった！」

「そなたら……二人の世界に浸るのはよいが、余の存在を忘れておるだろう」

そこに割り込んで来たのは、呆《あき》れ果てたような皇帝の声である。

「陛下！」

「も、申し訳ございません！」

「まあよい。ここまで知られてしまったならば、アーファリーンにも話しておいた方がよいだろう。まあ、余の目論見《もくろみ》通り、というところだが」

「目論見、ですか……？」

訝《いぶか》しげな顔をするサイードに、皇帝は苦笑した。

「初めてここで相対《あいたい》した時からアーファリーンに強く興味を引かれておるようだったから、散々機会を作ってやったというのに……あまりにも煮え切らん態度に苛立《いらだ》って、いっそ奪ってやろうかと思ったぞ」

「なっ……父上、お戯《たわむ》れを！」

「フン、若いくせに無駄に理性的で、さっさと腹をくくらんお前が悪い」

気楽に胡坐《あぐら》をかき、呆れたように腕組みをするその姿は……どうにも威厳あるいつもの皇帝陛下のものとは思えない。それに、今聞こえた呼び方は――。

「父上って……」

ファリンが首をかしげると、皇帝は苦笑して言った。

「こいつの本当の名は、メフルザードという。ようやく帰って来た、俺の息子だ」

「ええっ、サイード様が、陛下の!?」

ファリンが驚きの眼差《まなざ》しを向けると、サイードは気まずそうに頷いてみせる。その様子を見ていた皇帝は、苦笑と共に話を始めた。

「あの頃はどうにも刺客が後を絶たなくてな。だからメフルザードも妻と共に亡くしたことにして、俺の姉の許《もと》で育てることにしたのだ――」

ところが、統一を終え皇帝となった父が迎えに行くと、当時八つだったサイードは『皇帝の第一子』の肩書を拒否して、臣下として仕えたいと言ったのだという。

その言葉の通り、彼は十歳で内小姓として宮殿で学び始めたが、何度息子に戻れと言っても、頑として首を縦には振らなかった。だが守りたい相手ができれば意識が変わるのではないかと、アルサラーンは一計を案じたということらしい。

「確かに、お前には皇位を継ぐには少々真面目で優しすぎる部分がある。だが……ようやく見つけられたのではないか？　それを補ってくれる存在を」

「……はい」

アルサラーンは目を細めて息子を見ると、満足そうに笑って言った。

「では、そろそろ夜も更けた。婚前の娘を、自室まで送ってやれ。お前達は、互いの真実《ほんとう》の願いを……見失わぬようにな」

二人は深く頭を下げると、部屋を後にした——。


点々と篝火の灯《とも》る内廷の回廊を歩きつつ、ファリンは隣を歩く青年に声をかけた。

「あの、サイード様」

慣れ親しんだ名を呼んで見上げると、彼は少しだけ困ったような顔で笑った。

「すまないが、内小姓頭のサイードは役目を終えた。俺の本当の名は……メフルザードという。どうかこれからは、メフルザードと呼んでくれないか？」

「はい、メフルザード様。そんな事情があっただなんて思い至らず、飛び込んで行ってしまって申し訳ありませんでした……」

「ああ、それについては内密のことだったので、こちらこそ先に明かせずすまないことをした。だが君にだけは打ち明けておくべきだったたな。ただ……君がこれほどまでに強く想ってくれていたことを知れたのは、正直言って、嬉《うれ》しいんだ」

彼は目を細めて微笑んでから、しかし一転して、困ったようにため息をついた。

「それにしても、一体どうやって後宮を抜け出したんだ？　この宮殿の警備は、そう簡単に破れるものだとは思っていなかったんだが……」

「それは……この魔法の絨毯《じゅうたん》を使って空を飛んで来たからです」

「絨毯で空を飛んだ……だと？」

「はい！」

ファリンは並んで歩いていたメフルザードから離れ、開放型の廊下から暗い庭の方へ降り立った。ずっと小脇に抱えていた絨毯を、ぶわりと宙に広げて見せる。

「浮いている……。一体これは、なんなんだ⁉」

「あの魔法の楽団みたいに、これもバァブル様に出してもらったんです」

いつの間にか足元に合流していた精霊様の方に目を向けると、ニヤリと笑ってその小さな胸を張る。

「なるほど、精霊様の魔法か……この絨毯、俺も乗せてもらうことは出来るだろうか？」

メフルザードの問いかけに、子トラは丸い頭をコクリと下げた。

「大丈夫みたいですね」

「では……少しだけ、帰りは寄り道をしてもらってもいいか？」

「寄り道、ですか？」

するとメフルザードは寄り道という気軽な響きとは裏腹に、真剣な顔で答えた。

「ああ。この国を、空から広く眺めてみたいんだ」

昼間とは打って変わって涼やかな砂漠の夜空を、二人を乗せた絨毯はすべるように進んでゆく。吹く風になびく前髪をかき上げながら、彼はしみじみと呟《つぶや》いた。

「ああ、美しいな。家々の灯火《ともしび》が、どこまでも遠く広がっている。あの街明かりの一つ一つに、守るべき人々の暮らしがあるんだな……」

メフルザードはそれっきり何も言わず、しばし眼下に続く皇都の灯《ともしび》を眺めた。やがて都の上空をすぎ、星明かりも静かな永遠の砂漠の上を進み始めた頃——彼は風になびくファリンの髪に、そっと指先で触れた。

「君の髪の色……月夜に輝く黄金の砂漠に似ているな。綺麗《きれい》で、俺の大事な故郷の色だ」

「あ、ありがとうございます……また、短くなっちゃいましたけど」

「それも、俺を捜しに来るためか……？　すまない。だが、初めて言葉を交わした時を思い出すな。そっちもよく似合ってる」

目を細めて見つめられ、ファリンは思わず、熱くなった顔を伏せる。今の気持ちを伝える言葉を探しているうちに、先に話を始めたのはメフルザードだった。

「君は俺を助けに来たと言ったが、その後はどうするつもりだったんだ？　今ごろ地位も財産も全て失って、砂漠を彷徨《さまよ》うお尋ね者になっていたかもしれないだろう？」

その言葉を聞いて、ファリンはあの砂嵐の中での楽しい空想を思い出した。

「……貴方《あなた》と二人でなら、行商でもしながら世界中を旅してまわるのも楽しいかなって。私、けっこう苦労には慣れているんです」

「それ、本気で言っているのか？」

「本気じゃなければ、こんな風に飛び出してきていません。……ご迷惑でした？」

「ははっ、いや。それもアリだな、二人なら！」

嬉しそうな声と共に肩を抱き寄せられて、ファリンはこの選択がやはり間違っていなかったのだと考えた。こうして、母も父を追って飛び出して行ったのだろうか。

──ほんと、親子ってダメなところばかりが似ちゃうんだから。

少しだけ吹っ切れた気がしてファリンが苦笑していると、サイードが静かに言った。

「正直に言うと、俺は恐れていたんだ。常に暗殺に怯《おび》える生活なんて、まっぴらだ。覇王の後継者なんて、俺なんかには荷が重すぎる、と。大宰相として陛下の治世を助けたいなどと言って、俺は先頭に立つ者の責任から逃げていたんだ」

『俺なんか』という言葉を聞いて、ファリンは彼の口から何度かその言葉を聞いたことがあると思い出した。

──サイード様と私は正反対なんだと思ってたけど、似ている部分もあったんだ……。

「でも、変わろうと決意なさったんですね」

肩を抱かれたまま横を見ると、そこには強い光を宿した、だが優しい瞳《ひとみ》があった。

「ああ。君が隣を歩んでくれるなら、俺はこの国と民の平和を守るために戦える」

──私も、変わりたい。この人の隣で、同じ夢を描きたい。だから──。

「貴方が皆のために戦うというのなら、私が貴方を守ります！」

明るく言ったファリンに対し、だがメフルザードの瞳は不安そうに揺れた。

「ありがとう。だがどうか……絶対に俺より先に逝かないと、約束してくれないか？」

「はい。何があっても最後まであがいて、生き残ってみせます。絶対に！」

そう笑顔で応《こた》えると、彼の腕にぐっと力がこめられる。横にチラリと視線をやると、子トラはそっぽを向くようにうずくまり、丸い毛玉になっていた。

「愛してる。何があっても、必ず守り切ってみせる。だからずっと、共に——」

夜風にそよぐ白い毛玉に、心の中でお礼を言うと。

ファリンはそっと、目を閉じた——。


あっという間の空の旅を終え、絨毯は後宮の片隅にフワリと舞い降りる。内廷へと戻るメフルザードをヴィラの入口から見送って、ファリンは子トラの方を振り向いた。

「バァブル様、今日は本当にありがとうございました。すっかり遅くなってしまいましたね。早く中に入りましょう」

だがバァブルは、静かに首を振る。

「吾輩《わがはい》は、そろそろゆくとしよう。その魔法の絨毯は、お主らへの餞《はなむけ》にくれてやる」

「行くって……どこへ？」

「願いは叶《かな》えられた。そろそろ油燈《ランプ》の中に戻らねばならん」

「そんな！」

——そうだ、願いを叶えたら、バァブル様はまた油燈に閉じ込められてしまうんだ。

一緒にいるのが当たり前になって、こんな大事なことを忘れてしまっていたなんて！

愕然《がくぜん》とするファリンに向かい、バァブルは珍しく声を上げて笑った。

「そんなに心配そうな顔をせずとも、お主がこの油燈を手放しさえせねば、あの者たちの願いを叶えに行くことはできぬゆえ。せいぜい丁重に保管することだ！」

「そんな……そんなのダメです！　すぐに義妹《シリン》に頼んで、また外にっ」

焦ったように大きく頭《かぶり》を振ったファリンに、子トラは微《かす》かに目を細めてみせる。

「その必要はない。お主の先祖たちは、ずっと信頼できる子孫にだけ吾輩を伝えてきたのだ。そのおかげで、いつもなかなかに悪くない仕事ばかりよ」

「バァブル様……」

「なんてな、あの者どもは何やら気に食わんだけだ」

ペロリと舌を出す子トラに、ファリンは思わず小さく噴き出した。

「あはは、それじゃ仕方ないですね」

「のうファリン、短い間ではあったが……ここでお主と過ごした日々は、昔を思い出すようで楽しかったぞ。いつかもしお主らに子が生まれたら、また吾輩を呼ぶがよい」

「はい、また呼びますね。きっと！」

目の前の小さなトラは徐々に薄くゆらめいて、白い煙になってゆく。思わず駆け寄り伸ばした両手は、もはや空を掻《か》いただけだった。

──また会おうぞ！

◇　◇　◇

後日、隠されていた第一皇子のお披露目、及び立太子の儀が、華々しく執り行われた。

それと時を同じくして下された御言宣《みことのり》は、もう一つある。

『ロシャナク族のアーファリーン。本日付けで、余の第十六妃の位を解く。改めて、皇太子メフルザードの第一妃に命ず』

こうしてファリンの肩書は変わったが、実はまだ元の後宮に住んでいる。まさかサイードが皇帝の実子だったなんてと驚く友人たちに、ファリンはおずおずと切り出した。

「それでね、別に宮を用意しようかとも言われたんだけど……お断りしちゃったの。みんなと、離れたくなくて……まだ、ここにいてもいい？」

二人は一瞬、目を丸くして息を呑《の》む。だが次の瞬間──。

「「もちろんでしょ！」」

「「よかったー!!」」

ほとんど同時に、ぎゅっとファリンを抱きしめた。

「そうと決まったら、今日は久しぶりに夜通し語り明かそうよ！　さっそく陛下の新しいお相手を探さなきゃ。あのサイード様はもういなくなっちゃったし、親子だって聞いちゃったら、なんか違うなって感じだもんね」

そう困ったように首をかしげるレイリに、ファリンも同じく首をかしげてみせる。

「でも、他に適任者なんて……」

するとアーラが指をピンっと立てて、ニンマリと笑いながら言った。

「そういえば、陛下と敵対する者としてよく登場している大宰相……実は本当に政務の場で無礼にも陛下に意見することが多い方だそうなのだけれど、なぜ罷免しないのかと陛下に伺ってみたのよ。そうしたら『余に諫言《かんげん》できる命知らずなど、あの者だけだ』と言って、面白そうに笑っていらっしゃったの!!」

「なにそれ……すっごくイイ!!」

胸の前で指を組み、レイリが瞳をキラキラさせる。そんな二人を見て、ファリンは嬉《うれ》しくなって新しい物語を紡ぎ始めた。

「じゃあまず、二人がお互いを意識し始めたきっかけは……」

こうして、懲りない面々の変わったようで変わらない日々は、まだまだ続く――。

◇　◇　◇

あれから三か月――。ファリンは再び、鮮やかな赤い衣装を纏っていた。
一面に施された繊細な刺繍《ししゅう》のうち、時間に余裕がない中でファリンが自ら刺したのは、胸飾りの部分だけである。他はまるで寄せ書きのように――レイリとアーラが二人仲良く、美しく華やかな縁取りを持つスカートを。バハーミーンとパラストゥーがケンカしながら、それでも綺麗《きれい》に対となった優雅な両袖《りょうそで》を。気合の入ったマハスティをロクサーナが手伝って、繊細な金糸のレースで覆われたヴェールを――それぞれのパーツを妃たちが大急ぎで手分けして、だが丁寧に仕上げられたものだ。

「ねぇファリン、もう入っても……うわぁ、すっごくキレイ！」

着付けのために用意された部屋の入口から顔を出すなり、レイリが声を上げた。

「本当に、とても良く似合ってるわ！」

レイリに続いて部屋に入りながら、アーラが声を弾ませる。ファリンが二人に礼を言っていると、次々と人が入ってきた。

「急いだわりに、なかなか良い出来じゃない。全く、このわたくしに刺繍なんて手伝わせたんだから、絶対に上手くやりなさいよ！」

メフルザードの立太子が決まったとき、このパラストゥーの怒りは相当なものだった。

『本当は陛下の息子なのですって!?　ならもっと早く言いなさいよ！』

だがその怒りの方向は、ファリンが懸念していたものと少し違っていた。突然出てきてソルーシュから皇位を奪ったと恨まれるかと思いきや、彼女が怒ったのは、ただメフルザードが一度重責を放り出し、そして今さら戻ってきたという点だけだったのだ。

「ま、もし失敗したら、いつでもソルーシュが皇太子の座を代わってあげるわ！」

腕組みをして言い放つパラストゥーの横で、バハーミーンが「相変わらずねぇ」とクスクスと笑っている。

「細部まで調和がとれていて、完璧《かんぺき》な仕上がりですわね……本当に美しいわ」

ロクサーナがうっとりしながら言うと、マハスティが感慨深げに頷《うなず》いた。

「アーファリーン、今日の貴女《あなた》は、最高に綺麗よ。……貴女の晴れ姿、きっとデルカシュも見たかったでしょうに……」

「デルカシュ様……」

ファリンは思わず懐かしい名を呼ぶと、自らの赤い衣装に目を落とした。

——あのときデルカシュ様の手紙が背中を押してくれたから、私は……。

とたんに視界が涙で滲《にじ》むと、マハスティの焦るような声が響いた。

「あっ、泣かないで！　もう本番なのに、お化粧が取れてしまうじゃない！」

だがそう言うマハスティが、一番に目元の化粧を崩している。ファリンは慌てて侍女に化粧を直してもらうと、皆と別れて、着付けの部屋を後にした——。


メフルザードとファリンの婚姻の儀を急ぎ行うことになった発端は、突然現れた年頃の皇太子のもとに各所から縁談が押し寄せたことだった。正妃の座を巡って激しい権力争いの始まりが予想された、その時——機先を制するように、第一妃アーファリーンを正妃の座に据える、つまり二人が正式に婚姻を結ぶことが決まったのだ。

この案が御前会議を満場一致で通過した理由は、争う諸部族を牽制（けんせい）するためとされている。だがメフルザードが新妻の耳元で囁《ささや》いたのは、「約束は守る」というものだった。

新年のように盛大な宴席が組まれた大庭園に二人が姿を現すと、大きな歓声が沸き起こった。だが新年と違うのは、その中央をつらぬくように花々で彩られた道が用意されているという点、そして、妃たちにも席が用意されているという点だ。

妃たちの撒《ま》いた花びらが、海風に乗ってさらに高く、ひらひらと舞っている。それまですまし顔で歩いていたファリンはそこで思わず微笑んで、友人たちに手を振った。

さらに道を下手《しもて》に進むと、また見知った顔が現れた。宴に似合わぬ渋面《じゅうめん》を作っているのは、あの義父と義妹たちである。

準備を取り仕切っていた新しい内小姓頭の話によると、実は入場が始まってすぐ、席取りでひと悶着《もんちゃく》があったらしい。花嫁の親族だからと当然のように上座に陣取ろうとしたロシャナク族長とその連れの者たちが、いつもの場所へと追い返されたというのだ。

「妃の親族であろうと贔屓《ひいき》はしないと殿下はおっしゃっていたが、真《まこと》に公平な御方であらせられるようで。なんとも、頼もしいことではないか！」

そう周りの族長たちから口々に揶揄《やゆ》された義父は引きつった笑みを浮かべ、義妹は今にも憤死しそうになっていたという。

「君の義父たちが騒いでくれたおかげで、娘を寵妃《ちょうひ》にしたところで無意味だと族長たちへの良い宣伝になったな。これでしばらく縁談攻めから解放されそうだ」

歓声の中でこっそりと囁くメフルザードに、ファリンは満面の笑みを返した。

「本当に、二人には感謝しなければ！」


やがて宴席の終端まで進むと、その先に居並ぶ官吏たちの間を通り抜け、二人は最後に、外廷の一角にある小ぶりだが壮麗な礼拝所に足を踏み入れた。高い天井にある採光窓には、あえて水面《みなも》のように波打つ硝子《ガラス》が嵌《は》め込まれている。それは砂漠の厳しい日差しを和らげて、女神を祀《まつ》る祭壇へと柔らかな光を注いでいた。

祭壇の前に並び立ち、ただ二人きりで慣例通りの誓いを述べる。だが式次第の通り速やかに退出することはなく、メフルザードはファリンの方を向いて両の手を取った。

「……あの砂嵐の中で、このまま君を遠くへ連れ去ってしまおうかと考えた。だがそのとき、気がついた。俺はまた、逃げようとしていたのだと」

低く囁くような告白が、他に誰もいない礼拝所の中を静かに響いてゆく。彼はそこで一息つくと、再び想いを紡いだ。

「そんな心の持ちようで、君を幸せになんてできるはずがない。だから俺は、決めたんだ。たとえ茨《いばら》の道を選ぼうと、必ずや堂々と君を手に入れる。君を幸せにするためならば、王としてこの国の民全てを幸せにするぐらい、いくらでもしてみせる」

あの内廷でサイードに捕まった時から、ファリンの日常は大きく変わった。小さな世界に閉じこもり、満足しようとしていたファリンに、外へと足を踏み出すきっかけをくれたのだ。それからの日々はめまぐるしくて、辛《つら》く悲しい別れもあった。だがその全てがあったからこそ、今、ファリンはここにいる。

――だから。今なら、自信を持って言える。

「ならば私は、その何倍もメフルザード様を幸せにします！」

ファリンはいつしか、困ったときは一番に『サイード様』を頼るようになっていた。

その姿を見るだけで、ホッとするようになっていた。だがいずれ皇帝となるメフルザードが頼れる人間は、ごくわずかだろう。

――私は絶対に、この人を孤独な皇帝になんてさせない。

取り合った手をぎゅっと握りしめ、ファリンは心からの笑顔を見せた。

「……俺はずっと、君を助けてやりたいと、幸せにしてやりたいとばかり思っていた。だがいつの間にか助けられていたのは、勇気づけられていたのは、俺の方だったな」

彼は目を細めると、嬉《うれ》しそうに微笑んだ。

――この人と二人なら、きっと、どんなことでも乗り越えてゆける。

「俺はもう逃げない。だから……共に行こう、この先へ」

「はい。どこまでも、共に……！」

晴れやかな二人の門出を、陽光が優しく照らし出していた。

参考文献

『トプカプ宮殿の光と影』N・M・ペンザー　岩永 博（訳）法政大学出版局
『食はイスタンブルにあり　君府名物考』鈴木董　講談社学術文庫
『『アラビアンナイト』から　アラジンとお菓子』ムナ・サルーム　レイラ・サルーム・エリアス　今川香代子（訳）東洋出版
『アラビア遊牧民』本多勝一　亀倉雄策（装丁）　講談社文庫
『図説　世界史を変えた50の植物』ビル・ローズ　柴田譲治（訳）原書房

本書は二〇二二年から二〇二三年にカクヨムで実施された第8回カクヨムWeb小説コンテスト〈ライト文芸部門〉特別賞を受賞した「千夜一夜ナゾガタリ～義妹の身代りで暴君に献上されたまま忘れられた妃は、後宮快適ニート生活を守るため謎を解く～」を改稿し、改題の上、文庫化したものです。

この物語はフィクションであり、実在の人物・地名・団体等とは一切関係ありません。

# 金《きん》沙《さ》後《こう》宮《きゅう》の千《せん》夜《や》一《いち》夜《や》

## 砂《さ》漠《ばく》の姫《ひめ》は謎《なぞ》と踊《おど》る

干野《ほしの》ワニ

令和6年 2月25日 初版発行

発行者●山下直久

発行●株式会社KADOKAWA
〒102-8177 東京都千代田区富士見2-13-3
電話 0570-002-301（ナビダイヤル）

角川文庫 24036

印刷所●株式会社暁印刷
製本所●本間製本株式会社

表紙画●和田三造



●お問い合わせ
https://www.kadokawa.co.jp/（「お問い合わせ」へお進みください）
※内容によっては、お答えできない場合があります。
※サポートは日本国内のみとさせていただきます。
※Japanese text only


ISBN 978-4-04-114407-7 C0193

◇◇◇